Udo Luh

WISIBADA MORTALE
– Drunterwelt –

udo luh

wisibada
mortale
drunterwelt

roman

Bluhu Verlag

ISBN 978-3-944095-04-2

Impressum

© 2015 Bluhu Verlag, Niedernhausen,
Einzelunternehmen, Inhaber: Udo Luh, www.bluhu.de
Lektorat: Silvia Vormelker
Covergestaltung: Luh Media, www.luh-media.com
unter Verwendung eines Motivs von Patrick-Emil Zörner,
lizenziert unter CC BY-SA 3.0 via Wikimedia Commons
QR-Codes: www.goqr.me/de

Für Nadine,
die wunderbare Bewegungsfee

1

Die Ereignisse, von denen hier berichtet werden soll, nahmen ihren verhängnisvollen Verlauf an einem ungewöhnlich milden Oktobertag.

Nicht weniger als im Frühjahr, verbreitete Wiesbadens Kurpark mit prächtigen Farben Glanz und Wohlgefühl. Eifrige Kastaniensammler klaubten ihre stachelige Beute auf und zogen zum nächsten Baum. Kinder ließen auf dem Kurparkweiher – dem kleineren, am Warmen Damm gelegenen – Holzboote an langen Schnüren Spuren durch das trübe Wasser ziehen. Enten schnatterten aufgeregt um eine alte Dame herum, die es sich auf einer Parkbank gemütlich gemacht hatte und ihnen Brotkrumen zuwarf. Kurzum: Es war ein idyllischer Tag, ein geschenkter Wohlfühltag, der die Ahnung vom nahenden Winter vertrieb.

Auch Frederieke Jacobs – 38 Jahre alt, groß, auffallend schlank, mit rotblondem kurzem Haarschopf – gönnte sich eine halbe Stunde Sonnetanken. Die Beine lang ausgestreckt, die Augen geschlossen und das Gesicht der Sonne zum Streicheln zugewandt, saß sie auf ihrer Lieblingsbank am Ufer eben jenes Kurparkweihers (50.081647, 8.246330) und versuchte, sich dem so angenehm warmen Gefühl gänzlich hinzugeben. Was ihr jedoch nicht recht gelingen wollte. Zum einen wartete der Nachmittagsdienst auf sie, zu dem sie an diesem herrlichen Tag überhaupt keine  Lust verspürte. Zum anderen war da ihr gefasster Vorsatz, ab heute oder vielleicht ab morgen eine schokoladenfreie Woche einzulegen. Ihr Konsum an Süßigkeiten im Allgemeinen und an Schokolade im Besonderen war ein klein wenig übertrieben hoch. Tatsächlich gab es Tage, an denen sie sich kaum von etwas anderem ernährte. Trotzdem hatte sie keine Gewichtsprobleme. Als Physiotherapeutin achtete sie sehr auf ihre Gesundheit, nordicwalkte regelmäßig und hatte neben ihrer Gier auf Süßes keine weiteren Laster. Zumindest keine, derer sie sich bewusst gewesen wäre. Frederieke seufzte, kramte in ihrer Handtasche und wurde fündig. Genüsslich brach sie einen Riegel von der halben Tafel Trauben-Nuss-Schokolade ab – allein das Knacken ließ sie erschauern – und gab sich der süßen Sünde hin. In demselben Moment brach auf der gegenüberliegenden Seite des Weihers ein heftiger Tumult los.

»Brutus, pack sie!«

Walther Hamann gab einem seiner drei verhaltensauffälligen Kurzhaardackel Leine und die Enten am Kurparkweiher stoben in Panik auseinander. Der blässlichen alten Dame fiel vor Schreck der Unterkiefer herunter, die Tüte altbackener Brötchen von der Bank und sie fast hinterher. Brutus hechtete mit Gebell dem Vogelvieh nach, bis das Ende der Leine ihn aufhielt und die Szene im herzhaft sadistischen Lachen Hamanns endete.

»Brutus, du enttäuschst mich«, grummelte Hamann kopfschüttelnickend und linste in Richtung der aufgeschreckten Dame. Diese hatte sich und das Vogelfutter schnell wieder im Griff und schickte sich an, Parkbank und Hamann ihrem Schicksal zu überlassen. Hamann ließ noch einmal sein meckerndes Lachen hören und zerrte den Hund an der Leine zu sich heran. Winselnd suchte der Dackel die Gesellschaft seiner Artgenossen.

»Na. Immer auf der Jagd, was?«, wurde Hamann von hinten angeblökt. Der Angesprochene machte eine 180-Grad-Drehung, seine Augen zu schmalen Schlitzen verengt, die Stirn in

Falten. Hinter ihm, an einen Baumstamm gelehnt, stand Krause, einen speckigen Ledermantel über dem rechten Arm, die Daumen in die Hosenträger gehakt, und grinste sein übliches gemeines Grinsen.

»Ist das nicht ein verflucht sauberes Wetter?« Krause schloss die Augen und reckte das spitzkinnige Gesicht in die Herbstsonne.

»Hatte ich nicht gesagt, wir treffen uns am Kurhaus?«, herrschte Hamann ihn an. Er sah sich witternd um und taxierte die Umgebung. Am gegenüberliegenden Ufer des Weihers hatte sich eine Frau von einer Parkbank erhoben und starrte zu ihnen herüber.

»Hör zu, Krause, wir müssen reden. Aber nicht hier.«

»Was haste denn wieder Geheimnisvolles, Hamann?«

»Nicht hier, hab ich gesagt. Drüben, hinterm Kurhaus, der Platz an der Muschel vorbei links, wie immer. In einer Viertelstunde.«

Hamann zog die Dackelhunde, die neugierig an Krauses Schuhwerk leckten, zur Seite. Ohne ein weiteres Wort schritt er kräftig aus, den Blick konzentriert an dem soeben Gemaßregelten vorbei auf die Wilhelmstraße gerichtet. Achselzuckend zog Krause seine Hosenträger auseinander und ließ sie auf seine stattliche Plauze klatschen, worauf sein fleckiges Hemd eine Staubwolke entließ, die in der Herbstsonne golden glitzerte. Krause drehte sich um und blickte Hamann hinterher. Wenn der feine Herr meinte, dann sollte es eben so sein. Schließlich war Hamann der Geldgeber.

Krause stieß sich von dem Baum ab und schlenderte am Ufer des Kurparkweihers entlang. Der Treffpunkt hinter dem Kurhaus war nicht weit entfernt, Hamann würde mit seinen Kötern sicher die Wilhelmstraße entlang dackeln und das Kurhaus von Westen aus umrunden. Passierte man die Kon-

zertmuschel (50.084400, 8.248532) auf dem Hauptweg, zweigte links ein schmaler Pfad ab, der direkt zu einer Parkbank am Weiher führte. Von Büschen und Bäumen verdeckt, war dort der ideale Platz für eine ungestörte Unterhaltung.

Krause konnte sich schon vorstellen, um was es ging: Briesekorn war frei. Nach zwölf Jahren im Bau zurück an alter Wirkungsstätte. Sie hatten noch eine Rechnung offen. Und was für eine! Eigentlich war ihm gleich, was Hamann von ihm wollte, er hatte längst eigene Pläne für das Zusammentreffen mit Briesekorn. Aber man konnte ja mal zuhören.

Krause hatte noch etwas Zeit, bis Hamann auftauchen würde. Langsamen Schrittes umrundete er den Weiher, kickte eine Kastanie vom Weg und schimpfte über eine achtlos liegengelassene Schokoladenverpackung. Schließlich schlug er die Richtung zum Kurhaus ein. Ein jäher Windstoß fegte welkes Laub vor ihm her, der Himmel bedeckte sich zusehends, die Herbstsonne verblasste.

Ebenso verblasst, doch nicht vergessen – zumindest nicht von den beteiligten Personen – waren die Geschehnisse zwölf Jahre zuvor, mit denen unsere Geschichte ihren Anfang nahm. Wie doch Menschen und Orte und Begebenheiten in Raum und Zeit miteinander verknüpft sind! Jahre vergehen, Ereignisse reihen sich aneinander, bedingen einander, gestalten Schicksale – bis das Gummiband der Zeit sich unweigerlich zusammenzieht, den Raum krümmt und unvermittelt alles wieder an seinen Ursprungsort zurückschleudert, wo die Geschichte ihr Ende findet oder wieder von Neuem beginnt, das Band sich wieder dehnt …

2

Krause schlurfte durch die spärlich beleuchteten Flure der kardiologischen Tagesklinik des Johos, wie das St.-Josef-Hospital im Volksmund genannt wurde. Bekleidet war er mit Pyjama und Bademantel. An seinen Füßen steckten blaue Plüschhausschuhe, die er wegen ihres erbärmlichen Zustands längst hatte entsorgen wollen. Sein Gang wirkte daher etwas unsicher. Immerhin machte er so den Eindruck, als sei er tatsächlich ein Patient der Klinik.

Natürlich hatten sie nichts gefunden, es gab ja auch nichts zu finden – die heftige Herzattacke hatte er nur vorgetäuscht. Der Notarzt hatte nichts Besorgniserregendes feststellen können, Krause dennoch zur Beobachtung einweisen lassen. Anders dagegen Briesekorn: Frisch aus der JVA Frankfurt am schönen Main entlassen, hatte ihn ein Unglück ereilt, dass ihn, kaum hatte er das Leben in Freiheit wieder, dasselbe hätte kosten können. Auf dem Fußgängerüberweg der Wilhelmstraße in Richtung Warmer Damm war er von einem rüpelhaften Sportwagenfahrer derart gestreift worden, dass es ihm die Beine unter dem Hintern weggezogen hatte. Beim folgerichtigen Sturz auf die Fahrbahn hatten die Bänder seines rechten Knies geräuschvoll ihrer Funktion entsagt und Briesekorn einen Krankenhausaufenthalt beschert.

Hamann hatte Krause bei ihrem Gespräch im Kurpark von Briesekorns Unfall erzählt. Und bemerkt, dass sich das Aufsuchen desselben damit erheblich verkompliziere. Krause hatte gemeint, dass manchem die Freiheit eben nicht bekomme, besonders dann nicht, wenn man so ein sauberer Knastbruder wie Briesekorn sei. Eigentlich sei es ja fast ein

Zellentausch, und man könne sich durchaus fragen, wo die Betreuung und das Essen wohl besser …

Hamann hatte Krauses Geplapper mit einer Handbewegung weggewischt. Krause solle statt eines offiziellen Besuchs an Briesekorns Krankenlager besser seinerseits eine Einweisung ins Joho in Betracht ziehen. Auf diesem Wege sei unauffälliger an Briesekorn heranzukommen. Krause hatte erwidert, dass das doch wohl total idiotisch sei. Wie er denn bitteschön als Patient durch die Gänge des Krankenhauses schleichen solle, um dann irgendwo Briesekorn zu finden. »Genau so, dachte ich«, hatte Hamann geantwortet, nur auf ein Blumensträußchen müsse er dann eben verzichten. Und wenn ihm das vielleicht zusätzlich Antrieb gebe, so sei ihm gesagt, dass Briesekorn wahrscheinlich derjenige gewesen sei, der ihn damals verraten habe. Mehr Antrieb brauchte Krause in der Tat nicht.

Krause stolperte weiter die Gänge der Klinik entlang und nahm Kurs auf einen der verglasten Aufzüge des Haupthauses, der ihn zu den Pflegestationen bringen sollte. Hamann hatte telefonisch Station und Zimmernummer Briesekorns erfragt und Krause entsprechend instruiert. Endlich hielt der Glaskasten auf seiner Etage, Krause betrat die Kabine und fuhr bis in den fünften Stock. Die Eingangshalle tief unter ihm wirkte aus dieser Perspektive unwirklich. Auch die Menschen schienen lediglich Statisten zu sein, wie puppenhaftes Spielzeug. Der Aufzug hielt mit leichtem Ruck. Krause blieb einen Moment stehen und genoss die Aussicht über Wiesbadens Dächer hinweg. Nun aber los! Bis hierhin war alles wie geplant gelaufen, das Weitere würde sich finden. Er tapste durch die Gänge, orientierte sich an den Hinweispfeilen und hatte schnell die richtige Station erreicht. Mit leicht gesenktem Kopf, die Schultern nach oben gezogen, die vorbeiwandernden Zimmernummern im Blick, näherte er sich langsam seinem Ziel. Er stoppte, um eine vorbeieilende Krankenschwester durchzulassen, vertrat sich dabei die Füße und wäre gestürzt, hätte ihn nicht eine zweite Person aufgefangen. Hektischen Blickes, da offensichtlich ebenfalls in Eile, hielt sie den vermeintlichen Patienten, fest. Dieser klammerte sich dankbar an ihren Hals. In diesem Moment schwebte Oberarzt Dr. K. J. Overbeck aus dem gegenüberliegenden Zimmer und bedachte die beiden mit einem vielsagenden Blick.

Die Person löste sich mühsam von Krause und meinte: »Hoppla, 'tschuldigung, ich bin in Eile, Ihnen geht's gut? Dann ist ja alles fein, ich muss weiter, wo wollen Sie eigentlich hin?«, worauf sie bereits um die nächste Ecke war.

Krause lehnte sich an die Wand und wartete, bis der Arzt auch verschwunden war. Das war knapp gewesen. Der arrogante Schnösel hatte ihn wie ein lästiges Insekt von oben herab gemustert. Krause hoffte, dass er keinen Verdacht erregt hatte. Immerhin war er nun am richtigen Zimmer angelangt. Eine Sache war noch kritisch: Es war nicht zu erwarten, dass Briesekorn ein Einzelzimmer mit Chefarztbehandlung hatte. Eher ein Zweibett- oder sogar Dreibettzimmer wie er selbst. Einen Zuhörer konnte er nicht gebrauchen, vielleicht würde er improvisieren müssen. Krause drückte sich von der Wand ab, linste den Gang hinauf und hinunter. Als die Luft rein war, öffnete er, ohne anzuklopfen, die Tür und trat ein. Er hatte Glück. Das zweite Bett war leer, Briesekorn war allein im Zimmer. Er schien zu schlafen. Na, nicht mehr lange, sagte sich Krause und schloss leise die Tür.

3

Frederieke Jacobs war spät dran. Durch einen Patienten hatte sie wertvolle Sekunden ihres ausgeklügelten Zeitplans verloren, die es wieder einzuholen galt. Sie bog um die Ecke, eilte den Gang hinunter, schlidderte an einer Reihe von Zimmern vorbei und bremste schließlich bei Nr. 5 ab. Hinter der geschlossenen Tür wartete ihr nächstes Opfer. Frederieke besann sich kurz, dann klopfte sie an und betrat, ohne eine Antwort abzuwarten, das Zimmer. Für übertriebene Höflichkeiten hatte sie keine Zeit, auch wenn sie sich selbst im Allgemeinen für ausgesprochen freundlich und einfühlsam hielt.

»Sooo, jetzt sind wir zwei beiden mal wieder an der Reihe!« Mit schnellen Schritten huschte sie ans Bett und beugte sich zu der darin liegenden Gestalt hinunter. Diese zeigte allerdings keinerlei freudige Reaktion.

»Wir liegen wohl noch im Halbschlaf, was?«

Na, die müden Knochen werden wir schon zu neuem Leben erwecken, dachte Frederieke. Voller Elan sprang sie zum Fenster. Ratsch, die Gardinen auf. »Ahh! Die herrliche Sonne! Tut die Sonne nicht gut, Frau Heinrich? Heute war ich im Kurpark, einfach wundervoll, sage ich Ihnen.«

Zurück zum Bett, mit Schwung aufgedeckt und eines der mageren, dünnhäutigen Unterschenkelchen von Frau Heinrich gepackt – und einmal nach oben, und dann den anderen ... Frau Heinrich beeindruckte das nicht. Sie war an diesem Morgen weder übertrieben mitteilsam noch besonders kooperativ. Noch ruhiger als sonst war sie heute, die alte Dame.

Ach was, jetzt den Poppes in die Höhe, damit wir mal ein bisschen Kreislauf kriegen in die klammen Knochen – na, die sind aber schon recht kalt. »Frau Heinrich, geht's Ihnen nicht gut?«

Nein, Frau Heinrich ging es nicht besonders gut, oder wie man's nimmt, womöglich auch besser denn je, denn sie hatte das Zeitliche gesegnet und die Leiden und Schmerzen des Alters überwunden. Als Frederieke endlich realisierte, dass sie die Beine einer Toten in den Händen hielt, ließ sie dieselben fallen wie heiße Kartoffeln. »Mein Gott, Frau Heinrich, was machen Sie nur für Sachen?«

Der Tag versprach nichts Gutes, wenn schon der erste Patient nicht mitspielte. Das konnte ja heiter werden. Freddy, wie Frederieke von ihren deutschen Freundinnen genannt wurde – ihre heimischen aus Belgien würden sie nie so nennen –, stöhnte laut auf. Der herbeigerufene Arzt, Dr. K. J. Overbeck, drehte sich vom Totenbett der Frau Heinrichs zu Freddy um und bedachte sie mit einem einfühlsamen, väterlichen Blick. So etwas erlebe man ja schließlich nicht jeden Tag. Es sei verständlich, dass sie aufgewühlt sei. Freddy warf Arme und Augenbrauen in die Höhe, fuhr sich mit den Fingern durchs zottelige Haar und stürmte aus dem Zimmer. Dieses verständnisvolle Getue konnte sie gar nicht ab. Außerdem wartete schon der nächste Patient.

Weiter zu Zimmer 14. Frederieke klopfte an die Tür und wartete gespannt auf eine Reaktion. Von der anderen Seite war ein gurgelndes Stöhnen zu vernehmen. Da rührte sich was, also ran an die Arbeit. Schnell war Frederieke im Zimmer, am Bett, am zum Glück noch lebenden Objekt.

»Einen wunderschönen guten Morgen, Herr« – sie sah auf die Karte am Bett – »Herr Briesekorn. Wie geht's uns denn heute Morgen?«

Der Angesprochene drehte äußerst schwerfällig den Kopf nach links und rechts, was wohl eher negativ zu werten war.

»Was hat er denn? Hmm?«

Frederieke beugte sich über die mit Teeflecken übersäte Bettdecke zu dem bleichen Gesicht herunter. Die trüben Augen des Herrn Briesekorn rollten wild in ihren Höhlen umher, sein Atem ging nur stoßweise. Die vor Trockenheit rissigen Lippen versuchten, Worte zu formen, und brachten doch nur unverständliche Satzfetzen zustande. Ausgesprochen besser als Frau Heinrich ging es ihm wohl nicht. Wie sollte ihm da eine Physiotherapie helfen?

Freddy näherte sich weiter dem eingefallenen Gesicht. Da packten Herr Briesekorns Knochenfinger sie überraschend kräftig am Kittel und zerrten sie noch dichter zu sich heran. Freddy sah sich erschrocken nach dem Notknopf um. Doch die briesekornschen Finger umklammerten unbarmherzig den Kragen ihres Kittels. Die Knochen stachen fast durch die gräuliche Haut. Der Alte starrte Freddy durchdringend, ja flehend an. Sie drehte ihr Ohr unwillig dem Munde zu, zuckte zurück, als Speicheltropfen ihr Ohrläppchen besprühten, und erschrak, als sie endlich Worte verstand und einen Sinn in dem Gestammel erahnen konnte.

»Kata….Bomben unter Wies… Wiesbaden.«

Hatte sie richtig verstanden: Bomben unter Wiesbaden?

»Mord, … ich … ich. Salzbach… kan...«

Der Alte riss die Augen auf, stemmte sich mit aller Kraft, die noch in ihm steckte, hoch und spuckte ihr seine letzten Worte ins Ohr.

»Su… such nach Kno… Knochen unter Wies… Wiesba… Clementine, Kraus…e …«

Die letzten Worte waren kaum zu verstehen, die Stimme versickerte. Der Sterbende sank aufs schweißnasse Kissen zurück, röchelte noch einmal und dann war es aus mit ihm.

Die entsetzte Frederieke wich zurück, doch die Finger des Herrn Briesekorn klebten noch immer an ihrem Kittel. Mühsam löste sie einen nach dem anderen vom Kittelkragen und legte die verkrampfte Hand auf die Brust des Toten.

Wie war das eben: Knochen unter Wiesbaden? Und Mord? Und Bomben? Vielleicht hatte er von Schokobomben fantasiert, aber das wäre doch ziemlich albern, im Moment seines Ablebens. Und irgendetwas mit einem Salzbach? Wo hatte sie das schon mal gehört? Und wer war diese Clementine des Grauens? Freddy langte nach dem Kabel mit dem Notknopf, betätigte diesen, zog sich einen Stuhl heran und ließ sich einigermaßen bestürzt darauf nieder. Schon eine Minute nach dem grässlichen Vorfall war sie sich nicht mehr sicher, was sie tatsächlich gehört hatte. Sie ahnte nur eines: Herr Briesekorn hatte, wohl im Angesicht des Todes, seine Seele von einer alten Schuld befreien wollen.

Das war ja wirklich mal ein ungesunder Tag. Freddy beschloss, heute keinen weiteren Patienten zu übernehmen. Sicher würde ihr Chef dafür Verständnis zeigen. Sie verspürte plötzlich ein heftiges Verlangen nach Schokolade, nach Süßem, nach Entschädigung für den eben erlebten Albtraum. Aber nein, kein noch so gutes Alibi würde sie dazu bringen, schon am zweiten Tag ihres selbst auferlegten Süßigkeitenentzugs schwach zu werden. Sie bleibe stark, bestätigte sie sich in ihrem Entschluss.

In diesem Moment wurde die Tür des Zimmers aufgerissen und eine Krankenschwester kam herein.

»Herr Briesekorn, was …?«

Freddy blickte zu ihr hoch und schüttelte den Kopf. Die Krankenschwester starrte verständnislos zurück: Was machte die Jacobs denn heute für Übungen mit den Patienten? Und was machte sie überhaupt in diesem Zimmer? Freddy erhob sich achselzuckend und gewahrte aus den Augenwinkeln

Herrn Dr. K. J. Overbeck, der soeben an der geöffneten Tür vorbeiflog. Als er Freddy erblickte, setzte er umgehend zur Landung an. Er stellte eines seiner langen Beine ins Zimmer, schob den Kopf hinterher und erfasste in Sekundenschnelle die Dramaturgie der Szene.

»Frau Jacobs – Sie hier?«, begann er mit hochgezogenen Augenbrauen. Freddy sprang auf und stürmte wortlos an ihm vorbei. An diesem Tag wurde sie in der Klinik nicht mehr gesehen. Es gab auch keinen weiteren Todesfall.

4

Das Arbeiten mit dem Tablet war für Jasper F. Frinton ungewohnt. Für das Anlegen einer detaillierten Zeichnung empfand er dieses Gerät als zu unhandlich. Für eine schnelle Skizze dagegen war es durchaus brauchbar, wenn man die richtige App und einen drucksensitiven Zeichenstift zur Verfügung hatte. Außerdem waren die Foto- und Videofunktionen des Tablets hilfreich. Jasper hatte nicht vor, die zahlreichen Motive in und um Wiesbaden, die er als Aquarelle für einen historischen Bildband anfertigen sollte, in Freilichtmalerei zu erstellen. Die digitalen Skizzen und Fotoaufnahmen aus verschiedenen Perspektiven mussten als Basis für die Ausarbeitung im Atelier genügen.

Walther Hamann, sein Auftraggeber in Person des Vorsitzenden eines Wiesbadener Historienvereins, hatte ihm dieses Projekt ans heimatverbundene Herz gelegt. Jasper sei ja ein waschechter Wiesbadener Bub, hatte Hamann im Verein bei der Vorstellung des Projektes erwähnt. Wenn auch mit englischem Vater, sei er doch hier geboren und aufgewachsen, also mit nachweislichem Wiesbadener Bezug.

Eine befreundete Galeristin hatte Jasper bereits vor einiger Zeit an Hamann vermittelt und ihn als besonders begabt, gerade für detailgetreue Zeichnungen historischer Gebäude, angepriesen. Wie nah er ihr tatsächlich stand, hatte sie verschwiegen. Seine Vorstrafe wegen Kunstfälschung hatte sie dagegen beiläufig erwähnt – mit der Gewissheit, dass Hamann dies nicht ganz ungelegen kam. Hamann hatte bereits nach kurzer Zeit Jaspers außergewöhnliche Fähigkeiten zu schätzen gelernt. Er sah in ihm eine absolute Bereicherung seiner Werkzeuge. Hamann organisierte in unregelmäßigen

 Abständen Kunstauktionen, bei denen der Katalog das ein oder andere Mal mit wiederentdeckten Originalen, wie Hamann sich auszudrücken pflegte, aufgefüllt werden musste. Jasper war ihm ein williger Lieferant.

Jasper Frinton machte ein letztes Foto des Monopteros (50.098356, 8.230074) und fragte sich, die wievielte Aufnahme des Tempelchens auf Wiesbadens Hausberg dies wohl sein mochte. Natürlich musste dieses architektonische Kleinod Aufnahme in den Kunstband über Wiesbaden finden. Es gesellte sich zu den anderen historischen Sehenswürdigkeiten im Umkreis: Nerobergbahn, Löwenterrasse und die Russisch-Orthodoxe Kirche mit ihren fünf vergoldeten Kuppeln. Auch der übrig gebliebene Turm des abgebrannten Neroberghotels sollte als Motiv herhalten. Und morgen war das Kulturdenkmal Salzbachkanal an der Reihe. Die mehrfach verschobene Führung durch das Kanalgewölbe unter Wiesbaden sollte endlich stattfinden. Jasper freute sich auf das Motiv. Manchmal hatte er tatsächlich noch Spaß an seiner Arbeit, auch wenn der monetäre Aspekt schon lange im Vordergrund stand. Hamann war ein knauseriger Typ. Doch in Kürze winkte eine satte Entlohnung. Und das für eine leichte Arbeit. Dabei ging es nicht um den Kunstband, sondern um Nachforschungen im Salzbachkanal. Was genau er dort finden sollte, war ihm nicht klar. Hamann hatte sich bedeckt gehalten. Der große Zusammenhang sei schließlich seine Sache. Von ihm, also Jasper, werde lediglich erwartet, einen Bereich des Salzbachkanals auf Auffälligkeiten zu überprüfen. Auffälligkeiten, das hieß Zeichen am Mauerwerk, Risse oder gar Löcher, Spuren von möglichen Grabungen. Jasper konnte nur mutmaßen, um was es hier ging. Dreitausend Euro für eine harmlose Nachforschung waren ungewöhnlich. Wer so viel Zaster ausgab, suchte wohl nach einem größeren Schatz. Ja, das war es wohl – Jasper sollte auf Schatzsuche gehen. Womöglich eröffnete sich ein weitaus lukrativeres Geschäft, doch man musste vorsichtig zu Werke gehen. Von Ruth, der Galeristin, wusste er einiges über Hamanns Vergangenheit. Hamann hatte lange Zeit ein florierendes Juweliergeschäft in bester Lage, an der Wilhelmstraße, geführt. Als sein Name im Zusammenhang mit Hehlerei gefallen war – freilich hatte es nie ein Verfahren gegen ihn gegeben –, waren die zahlungskräftigen Kunden ausgeblieben. Nachdem sein Laden unter mysteriösen Umständen ausgeraubt worden war, hatte Hamann das Geschäft aufgegeben und war untergetaucht. Jahre später kam er wieder aus der Versenkung und machte sich einen Namen als Kunstauktionator und gönnerhafter Mäzen kultureller Projekte. Jasper war sich sicher, dass bei der Schatzsuche in Wiesbadens Unterwelt noch mehr aus Hamanns Vergangenheit zum Vorschein kommen würde. Die Führung durch den Salzbachkanal war für morgen, 11 Uhr angesetzt. Da blieb der Nachmittag für weitere Skizzen im Kurpark und noch genug Zeit, um anschließend Ruth aufzusuchen. Der Besuch bei ihr war dringend erforderlich. Denn um Hamann auszutricksen, bedurfte es eines ausgeklügelten Plans und der Hilfe seiner Vertrauten. Er war sich sicher, dass sie voll und ganz auf seiner Seite war.

Jasper Frinton sichtete seine heutigen Aufnahmen und Skizzen und schaltete das Tablet aus. Vielleicht sollte er Ruth noch heute aufsuchen. Es war Zeit, dass dieses Getingel aufhörte. Sie musste sich endlich entscheiden. Klar, der alte Gauner würde es in seiner Eitelkeit nicht hinnehmen, wenn ihm seine Partnerin in allen Lebenslagen den Laufpass gäbe. Außerdem lebten Jasper und Ruth hauptsächlich von Hamanns schmutzigen Geschäften. Keine einfache Situation. Der nächste Tag konnte durchaus eine Veränderung bringen. Jasper war gespannt, was ihn im Gewölbe des Salzbachkanals erwartete.

5

Frederiekes Ehegatte hatte ihr tags zuvor wie üblich beim gemeinsamen Frühstück aus der Wiesbadener Zeitung vorgelesen, was Frederieke – wenn gutgelaunt vorgetragen – ebenso genoss wie ihren süßen Brotaufstrich. Gelegentlich waren seine Kommentare zum Gelesenen jedoch herberer Natur, mitunter recht bissig. Ein Artikel über die Führung durch den Salzbachkanal hatte ihn gestern zu einer spöttischen Bemerkung veranlasst: »Da wandert eine Rotte gelangweilter, auf gruselige Spannung gierender Möchtegernabenteurer durch einen feuchten, stinkenden Kanal und beschwert sich anschließend über Ratten und Unrat – nur um endlich wieder mal was erzählen zu können.«

Frederieke hatte in ihr Brötchen gebissen und genüsslich kauend erwidert, dass die Ratten ja auch irgendwo und von irgendwas leben müssten, und wenn sie dabei Unrat fraßen – noch ein herzhafter Biss ins Brötchen –, sei das doch in Ordnung. Und wenn jemand sie dabei beobachten wolle, sei das doch deren Sache. Ihr Mann hatte dazu bemerkt, dass es um den Salzbachkanal ginge und nicht um das Ungeziefer. Dann hatte er nach der Kaffeekanne gelangt und gefragt, ob Freddy gerne noch ein wenig trübe Brühe mögen würde.

Salzbach, das war eines jener gestammelten Worte des Sterbenden in Zimmer 14 gewesen, das Frederieke verstanden hatte und das ihr seitdem im Kopf herumgeisterte. Jetzt, da sie nach ihrem Albtraumerlebnis nach Hause kam, sich erschöpft an den Küchentisch setzte, die Tageszeitung erblickte, kam ihr der Artikel wieder in den Sinn. Er hatte eine öffentliche Führung durch den Salzbachkanal für morgen angekündigt. Das war die Chance, das Geheimnis zu lüften. Sie ergab sich zu einem so unglaublich günstigen Zeitpunkt, dass man einfach zupacken musste.

Frederieke war unbändig neugierig, was aber nicht hieß, dass dies in pure Abenteuerlust ausarten musste. Abenteuer erleben bedeutete, der Gefahr ins Auge zu blicken. Und zwar direkt. Unmittelbar. Freddy war jedoch eine Person, die am liebsten mutig aus einer sicheren Deckung heraus agierte. Sie war aber auch durchaus begeisterungsfähig und mitunter recht impulsiv. Die Neugier kämpfte also mit der Gefahr, rang mit der Unsicherheit, bekam kräftige Unterstützung durch Forschungsdrang und Ruhelosigkeit und obsiegte schließlich. Freddy entschloss sich, an der Führung teilzunehmen. Das Geheimnis der mysteriösen Bomben unter Wiesbaden musste enträtselt werden. Schließlich war sie als Krimifan eine Spezialistin auf diesem Gebiet. Ihren Mann würde sie vorerst nicht einweihen. Sie war nach einem kleinen Scharmützel am Abend zuvor nicht gut auf ihn zu sprechen. Bei der Wahl ihres Nachtmahls hatten sie sich nach einigem Hin und Her endlich auf ein Nudelgericht geeinigt. Sie hatte daraufhin vorgeschlagen, so etwas wie einen Zwiebelkuchen zu backen. Den Hinweis ihres Mannes, dass der Nudelanteil bei diesem Gericht doch verhältnismäßig gering sei, hatte Freddy mit der Bemerkung kommentiert, er sei sehr unflexibel und stets negativ eingestellt. Worauf er gemeint hatte, sie könne sich ihren Nudelkuchen alleine aufbraten. Ihm sei der Appetit und auch sonst noch einiges vergangen. Dann war er mit einer Flasche Bier und einer Tüte Chips zum Fernseher abgezogen.

Freddy war mit festem Tritt die Treppe hochgepoltert, hatte sich ins Arbeitszimmer begeben und die Tür leise zugezogen. Einen Moment hatte sie gezögert, dann die Tür nochmal geöffnet und heftig ins Schloss geknallt. Anschließend hatte sie sich einigermaßen entspannt an den Schreibtisch gesetzt. Mit dem ersten Handgriff hatte sie die Power-Taste ihres Laptops betätigt, mit dem zweiten einen Schokoriegel aus dem Kugelschreiberbecher zutage gefördert – nur mit Mühe hatte sie der Versuchung standgehalten. Für die Beruhigung ihrer Nerven hatte schließlich ein gefühlvoller Schmelzer auf einem Videoportal gesorgt.

Beim Gedanken an den gestrigen Abend vor dem PC kam es Freddy in den Sinn, im Internet über den Salzbachkanal zu recherchieren. Sie ging die Treppe hoch, betrat das Arbeitszimmer und schaltete ihren Laptop an. Auf Wikipedia wurde sie gleich fündig. Die Salzbach entspringe unter dem Nebennamen Rambach im nordöstlichen Wiesbadener Stadtwald zwischen Kellerskopf und dem Taunushauptkamm, war in einem Artikel zu lesen. Vor dem Kurparkweiher werde der Bachlauf in das unterirdische Kanalsystem geleitet, den Salzbachkanal. Erst nach etwa 3,5 Kilometern trete er zwischen Theodor-Heuss-Ring und Kläranlage wieder zutage. Dabei unterquere er auch den Warmen Damm. Freddy stutzte. Das bedeutete, dass der Kanal unter dem vorderen Kurparkweiher entlangführte – dort wo sie vorgestern den warmen Oktobertag genossen hatte. Freddy las weiter und erfuhr, dass der über hundert Jahre alte Kanal ein anerkanntes Kulturdenkmal war, ein Meisterwerk der Ingenieursbaukunst und des Handwerks, ein Tunnelgewölbe aus massivem Ziegelmauerwerk.

Ach, ist ja toll, dachte sie. Aber wie sieht es da unten wirklich aus? Sie erinnerte sich an den Kommentar ihres Mannes. So ganz falsch würde er wohl nicht liegen: kalt, nass, stinkig, voller Ratten. Hmm, was wollte sie eigentlich dort unten? Nur weil sie die letzten Worte eines Sterbenden – alles Gute auf Ihrem Weg, wohin auch immer, Herr Briesekorn – womöglich falsch verstanden hatte? Und dunkel war es da sicher auch. Obwohl – in dem Artikel stand, es habe schon gleich zu Anfang elektrisches Licht gegeben. Sie scrollte weiter bis zu einer Abbildung des Kanalgewölbes. Der Gang war tatsächlich teilweise beleuchtet. Das fand sie praktisch, da hatte mal jemand mitgedacht. Und wenn das Licht ausfiel? Zur Sicherheit konnte sie einen ihrer Nordic-Walking-Stöcke mitnehmen, nur so zur Abwehr. Wen oder was sie dort würde abwehren müssen, mochte sie sich nicht im Einzelnen ausmalen.

Freddy stand auf, ging die Treppe herunter und gelangte durch das Wohnzimmer in die Diele. Aus der Abstellkammer holte sie sich die gestrige Zeitung vom Altpapierstapel. Schnell hatte sie den Artikel gefunden. Die Führung sollte um 11 Uhr beginnen und eine halbe Stunde dauern. Das passte, ihr Dienst begann um 14 Uhr. Treffpunkt war der Einstieg in den Kanal vor der Villa Clementine. Clementine? Hatte der arme Briesekorn nicht von einer Clementine gefaselt? Das konnte kein Zufall sein. Sie war definitiv auf der richtigen Spur. Freddy las weiter. Eine Anmeldung war nicht erforderlich. Die Führung fand nur bei trockenem Wetter statt. Das war kein Problem, denn das schöne Wetter sollte noch einige Tage anhalten. Freddy spürte ein Kribbeln, eine Vorahnung der Gefahr, aber auch freudige Erregung – ihr Entdeckungsdrang regte sich. Ach, war das alles aufregend. Ob sie ihren Mann zur Sicherheit nicht doch einweihen sollte? Freddy ging in die Küche und sah auf die Uhr am Backofen. Henrich würde jeden Moment nach Hause kommen. Da! Jetzt hätte sie es fast vergessen – heute war sie mit Essenmachen an der Reihe. Diese Tage mochte sie weniger leiden, das hielt immer so auf. Deutlich angenehmer war es, wenn sich Henrich um die Zubereitung der Speisen kümmerte. Sie kramte die Nummer des Pizzaservice heraus und bestellte zwei Peperoni-Pizzas und einen italienischen Salat. Das war erledigt, ging eigentlich recht flott heute. Die Pizza und ihr Mann trafen gleichzeitig ein. Tolles Timing, dachte Freddy anerkennend. Henrich schien das anders zu sehen. Die hochgezogenen Augenbrauen und der vielsagende Blick veranlassten Freddy, ihr geheimes Vorhaben vorerst doch für sich zu behalten.

6

Pünktlich um 11 Uhr hatte sich eine Handvoll Personen vor dem Kurpark gegenüber der Villa Clementine (50.080289, 8.245461) versammelt. Freddy, die vor Aufregung kaum geschlafen hatte, wunderte sich darüber, dass es verhältnismäßig wenig Personen und außerdem fast nur Japaner waren. Beim genaueren Hinsehen stellte sie fest, dass es sogar ausschließlich Japaner waren, die – mit Fotoapparaten und Videokameras bewaffnet – das bevorstehende Erlebnis erwarteten.  Als Freddy sich umdrehte, bemerkte sie eine weitere, wesentlich größere Gruppe auf der Wilhelmstraßenseite. Zwei Führungen auf einmal? Freddy war verwirrt. Im selben Moment fuhr eine Kutsche vor, gezogen von vier prächtigen Rappen. Die Japaner stiegen ein und die Kutsche entschwand im leichten Trab mit einem Schwenk auf die Wilhelmstraße in Richtung Kurhaus. Verrückt, was es alles gab.

Auf der anderen Seite setzte sich die größere Gruppe, die sich inzwischen nahezu in Demonstrationsstärke präsentierte, langsam, aber zielstrebig in Bewegung. Freddy suchte nach Protestschildern und Bannern. Nein, hier musste es sich tatsächlich um die richtige Führung handeln. Einer nach dem anderen verschwand im Boden, als ob sich das gezackte Maul eines Monsters aufgetan hätte und gierig Menschen in seinen Schlund hineinsaugen würde. Freddy schüttelte das Fantasiegebilde ab und beeilte sich, dem Strom der Neugierigen zu folgen. Als Allerletzte wurde sie von einem Mitarbeiter der Wiesbadener Entsorgungsbetriebe sachte, aber bestimmt zum Einstieg gedrängt und eine enge Wendeltreppe hinunter geleitet. Die sechsgeteilte Abdeckung über ihnen wurde von außen geschlossen. Freddy kam es vor, als sei sie in die Falle gegangen, und schloss unsicher zu den anderen auf. Dicht gedrängt standen sie auf einer Seite des Rundgewölbes und lauschten den Ausführungen des sachkundigen Besichtigungsleiters, der sich auf der anderen Seite postiert hatte. In der gemauerten Rinne zwischen ihnen dümpelte ein klägliches Abwasserrinnsal seinem noch weit entfernten Ziel, der Kläranlage, entgegen. Laut den Erklärungen des Fachmannes konnte der Wasserfluss bei starkem Regen erheblich anschwellen. Seine Ausdehnung reichte dann durchaus bis an die Decke des Gewölbes, die sich in bis zu vier Metern Höhe befand. Beim letzten heftigen Wolkenbruch sei der Kanal komplett überflutet gewesen und es habe viele Schäden gegeben. Man erinnere sich nur an die vollgelaufene Tiefgarage des Kurhauses. Freddy rief sich schnell den Wetterbericht ins Gedächtnis. Nein, der Wettermann hatte in seiner Glaskugel keinen Regen gesehen.

Freddy lugte nach links und rechts. Zum Glück war das Gewölbe einigermaßen gut beleuchtet. In regelmäßigen Abständen waren Lampen angebracht, die die Wege ausreichend ins Licht setzten. Dazwischen gab es dunkle Zonen, die nicht sofort preisgaben, was einen dort erwartete. Insgesamt machte das Gewölbe einen ordentlichen Eindruck. Die kunstvoll mit glasierten Tonziegeln gemauerten Bögen waren beeindruckend. So aufgeräumt hatte sich Freddy den Abwasserkanal nicht vorgestellt. Nur die feuchte, etwas modrige Luft konnte man nicht als angenehm bezeichnen. Die Wände fühlten sich zudem recht glitschig an.

Auf Geheiß des Exkursionsleiters setzte sich die Menge in Bewegung. Die Stimmen und Schritte hallten hier unten in einem merkwürdig hohlen Echo wider. Einige der Besucher hatten Lampen mitgebracht und schickten Leuchtfinger in das Unbekannte vor ihnen. Die tanzenden Schatten verstärkten die unheimliche Atmosphäre noch zusätzlich. Der Durchgang des Gewölbes wurde etwas schmaler. Auf beiden Seiten der mittigen Abwasserrinne schützten Absperrungen aus Seilen vor einem Tritt oder gar Sturz in dieselbe. Die Enge der Gänge zwang die Besucher dieses ungewöhnlichen Etablissements dazu, im Gänsemarsch hintereinander her zu trippeln. Ab und an mündete ein seitlicher Zulauf in den Hauptkanal, gelegentlich verbreiterte sich das Gewölbe und der Weg wurde abschüssiger. Die Erläuterungen des eifrig ausschreitenden Führers über Bauweise und Funktion des Kanals waren, wie Freddy fand, sicher sehr interessant. Nur hatte sie im Moment kein Ohr für derlei. Sie äugte nach allen Seiten und war, je länger die Führung dauerte, mehr und mehr enttäuscht. Was hatte ihr Mann da nur geschwätzt? Weder Ratten noch übel riechenden Unrat gab es zu sehen. Nicht dass sie das unbedingt gebraucht hätte, aber irgendwie gehörte das doch dazu. Vor allem aber drängte sich keinerlei Hinweis auf das zu lösende Geheimnis auf. Freddy fühlte sich nur von dem hinter ihr her schleichenden Mitarbeiter der Entsorgungsbetriebe bedrängt. Der sollte als Schlussmann wohl aufpassen, dass niemand verloren ging. Um sich ungestört umsehen zu können, musste sie den Kerl loswerden. Als an einer Stelle zwei Zuläufe auf den Hauptkanal trafen und sich das Gewölbe zu einer hallenähnlichen Dimension ausweitete, ergab sich die Gelegenheit. Der Führer stoppte und gab ausführliche Erklärungen über die kunstvoll gemauerten Korbbögen und die Bedeutung des Kanals als zuverlässiges Entwässerungssystem der Innenstadt.

Freddy hörte nicht richtig zu. Ihr Interesse konzentrierte sich auf den weiterführenden Stollen hinter ihr. Anfangs noch beleuchtet, war er nach einigen Metern in Dunkel getaucht. Vielleicht war das eine Möglichkeit, sich von der

Gruppe abzusetzen. Freddy drückte sich an die Wand, die hier noch glitschiger war als im vorderen Teil des Kanals. Langsam schob sie sich den leicht abwärtsführenden Weg weiter. Niemand achtete auf sie. Endlich hatte sie das schützende Dunkel erreicht. Sie kauerte sich hin und beobachtete aus ihrer Deckung heraus die Personen, die mit dem Rücken zu ihr standen. Auch ihr aufdringlicher Begleiter – ein Bulle von Mann, mit rotem Gesicht und Kinnbart – stand an der Seite. Aber er hatte sie wohl nicht mehr auf seinem Radar.

Freddy drehte sich vorsichtig um und besah sich die nähere Umgebung. Kaum fehlte das Licht, roch man die Ausdünstungen des Abwassers deutlicher und der Gruselfaktor wuchs. Etwas huschte über ihren Arm. Freddy hätte fast aufgeschrien. Angeekelt verscheuchte sie das Krabbeltier. Auf einmal kam Bewegung in die Truppe: Der Leiter hatte seinen Redeschwall beendet und bedeutete den Zuhörern, Kehrt marsch zu machen und ihm zurück zum Einstieg zu folgen. Das war Freddys Chance. Sie duckte sich noch tiefer in die Dunkelheit und wartete, bis nach den Besuchern auch der rote Bulle den Rückweg eingeschlagen hatte. Der halbhohe Stollen eines der Zuläufe schien ihr einen Besuch wert zu sein. Im selben Moment, als sie ihren Plan in die Tat umsetzen wollte, gewahrte sie aus eben diesem Gang einen Lichtblitz. Zuerst glaubte sie an eine optische Täuschung. Als sie aus ihrer Deckung herauskam und auf die Mündung des Zulaufs zuging, sah sie einen weiteren Lichtblitz. Allmächtiger, dachte sie. Was war das? Weitere Lichtblitze huschten durch den Stollen und warfen flackernde Schatten auf Freddy. Deutlich waren Klickgeräusche zu hören. Als Freddy den Ursprung der Wahrnehmung erahnte, vernahm sie ein scharrendes Geräusch.

7

Am Vormittag hatte Hamann mit Krause telefoniert. Es hatte lange gedauert, bis dieser an sein Handy gegangen war.

»Es läuft hier nicht so sauber, wie ich es mir vorgestellt habe, Hamann«, hatte Krause ins Handy gewispert.

»Erstens mal, muss ich doch tatsächlich noch zwei Tage hier bleiben, weil die Ärzte – stell dir das vor, Hamann! – auf einmal doch was gefunden haben, also bei mir, an meinem Herz, verstehste? Dabei hatte ich nichts, als ich hier eingeliefert wurde. Irgendein Rhythmus stimmt wohl nicht.«

»Okay, das war erstens, was folgt zweitens?«, hatte Hamann ohne jegliches Mitgefühl gefragt.

»Ist dir wahrscheinlich schnuppe, das kann ich mir schon denken. Aber das andere wird dir sicher nicht egal sein.«

»Was?«

»Der B., du weißt schon wer, der hat nämlich, also, wie soll ich es sagen … der hat …«

»Mensch, was denn nun?«

»Also, der hat nämlich so viel gesagt wie nix. Also gar nix.«

»Was soll das heißen?«

»Na, er hat halt hin und her gedruckst, und weil ich so was gar nicht leiden kann, also …«

»Ja?«

»… da hab ich ihm gesagt, er soll doch endlich mal Butter bei die Fische tun, aber …«

»Was aber?«

»Na, er weiß angeblich nicht, wo …«

»Mensch, keine Details am Telefon. Wann kommst du raus? Wann können wir uns treffen?«

»Also, wie es aussieht, dauert das mindestens noch zwei Tage, ich meine, wenn alles sauber …«

»Melde dich bei mir, sobald du raus bist«, hatte Hamann ins Handy gebellt und das Gespräch abrupt beendet.

Nein, Hamann war nicht sauer, er war erbost. Nichts, aber auch rein gar nichts hatte der lausige Kerl in Erfahrung bringen können. Er hatte es nicht richtig angepackt, einfach zu lasch der Typ. »Tu mal Butter bei die Fische!«, äffte Hamann Krause nach. Nein, den Briesekorn musste man härter rannehmen. Aber diese Chance war vertan. Solche Dinge erledigte man am besten selbst, aber das verbot sich in diesem Fall. Das Risiko, bei Briesekorn gesehen zu werden, war einfach zu groß. Man konnte nicht ausschließen, dass er von der Polizei observiert wurde.

Und was nun? Krause, der Blindgänger, hatte versagt. Andererseits – konnte er ihm überhaupt trauen? Hatte er die Wahrheit gesagt? Wollte er gar eigene Sache machen und ihn übergehen?

Blieb noch der Bericht von Jasper Frinton. Hamann erwartete ihn ungeduldig. Der Kerl ließ sich Zeit. Zu viel Zeit für seinen Geschmack. Dabei hielt Hamann große Stücke auf den jungen Künstler. Er hatte eine sensible Persönlichkeit und war außerordentlich begabt. Hamann musste sich fast eingestehen, dass er väterliche Gefühle für Jasper hegte. Eigener Nachwuchs war ihm versagt geblieben. Familie war aber auch nicht das, wonach er sich sehnte. Die Erinnerungen an seine eigene Kindheit waren zu schmerzhaft. Aber zu Jasper fühlte er sich hingezogen. Er genoss seine Nähe und ihre Gespräche, in denen Jasper reifes Kunstverständnis bewies, auf Hamanns Urteil dennoch großen Wert legte. Natürlich nahm er auch gerne Hamanns Geld an. Wer tat das nicht. Daran war nichts auszusetzen. Für gute Arbeit gab es gutes Geld. Was Hamann nicht passte, war die Vertrautheit, die er zwischen

Jasper und Ruth, seiner Lebensgefährtin, seit einiger Zeit bemerkt hatte. Jasper war über zwanzig Jahre jünger als er, groß, schlank und gutaussehend. Dazu war er mit einem Charme ausgestattet, der ihm das Leben im Allgemeinen und den Kontakt zu Frauen im Besonderen erheblich erleichterte. Gelegentlich war er etwas naiv, leichtgläubig, ließ eine gesunde Bauernschläue vermissen. Außerdem konnte er nicht mit Geld umgehen. Aber das er ihn, seinen Gönner, hintergehen würde, das wollte sich Hamann in seiner Eitelkeit nicht vorstellen. Ruth traute er dagegen weniger. Sie hatte eine skrupellose Ader – die er sogar mochte, wenn er daraus einen Vorteil für sich ziehen konnte. Im Grunde passten sie hervorragend zusammen. Seit knapp acht Jahren waren sie ein Paar. Neben dem Bett teilten sie auch diverse geschäftliche Vorhaben, die sie mit der ihnen eigenen ausgeprägten kriminellen Energie stets mit Erfolg abschlossen. Doch Ruth war unersättlich. In allen Belangen. Sie war sich ihrer Klasse und Ausstrahlung bewusst und schwer zufriedenzustellen. Hamann war ihr verfallen. Darüber war er sich im Klaren. Das war seine Schwäche, seine Achillesferse. Ansonsten kam man kaum an ihm vorbei. Wer es mit ihm aufnahm, zog im Allgemeinen den Kürzeren. Hamann würde das Verhältnis zwischen Jasper und Ruth im Auge behalten. Zuerst musste er sich um andere Angelegenheit kümmern.

Krause hatte versagt. Hamann setzte auf Plan B – auf Jasper Frinton. Es musste doch mit dem Teufel zugehen, wenn er von ihm nicht die Informationen bekam, auf die er seit Langem wartete. Mehrfach hatte er in den letzten Jahren – neben Krause, dieser Flasche – Gehilfen in den Kanal geschickt. Die hatten sich jedoch ebenfalls als Nieten herausgestellt. Keiner von ihnen hatte eine heiße Spur gefunden. Dabei wusste Hamann ungefähr, wo die Suche zum Erfolg führen konnte und wo die Mühe vergebens war. Es musste sich um den Stollen eines Nebenzulaufs handeln. Vielleicht aber war diese Information falsch und er war seit Jahren einer Lüge aufgesessen. Hamann wischte die lästigen Gedanken beiseite und wählte die Handynummer Frintons.

8

Nein, kein Monster, kein Feuer speiender Drache entstieg dem halbhohen Stollen des Zulaufs, sondern ein dunkel gekleideter Mann, ausgestattet mit Fotoapparat und Taschenlampe. Freddy war vor Überraschung nicht fähig, sich zu bewegen. Was im Nachhinein betrachtet in der Situation das Beste war, denn für eine Flucht war es zu spät. Der geheimnisvolle Typ bemerkte die im Halbdunkel verharrende Freddy nicht. Zwar wandte er ihr einen kurzen Moment sein Gesicht zu, als er sich nochmal nach dem Stollen umdrehte, sah sie aber nicht. Er schien sich in einer angespannten Gemütslage zu befinden. Dazu passte auch die gehetzte Gangart, die er einlegte und in der er den anderen Besuchern hinterher eilte. Im nächsten Moment zerriss der polyphone Klingelton eines Handys die Stille des Gewölbes. »Time to say goodbye« klang es überlaut und merkwürdig verzerrt durch die Katakomben. Freddy wäre fast das Herz stehengeblieben. Ähnlich musste es dem schwarz gekleideten Typ gegangen sein. Total aufgelöst langte er in seine Tasche und versuchte, krampfhaft den Ton des Handys abzustellen. Was ihm jedoch nicht gelang. Im Gegenteil flutschte ihm das Teil aus der Hand und landete in der Abwasserrinne, wo die digitalisierte Stimme Andrea Bocellis kurz darauf gurgelnd erstarb. Der Typ fischte das triefende Handy aus der Brühe und hastete dem Ausstieg zu.

Was für eine merkwürdige Begebenheit! Freddy war verwirrt. Wer war dieser Typ und was hatte er in diesem Stollen fotografiert? Höchst verdächtig war es allemal. Gab es noch jemanden, der hier einem, am Ende sogar demselben Geheimnis wie sie nachforschte? Und was war das eigentlich für ein

Geheimnis? Tatsächlich wusste sie nicht, wonach sie suchen sollte. Nach Bomben, Knochen, Spuren eines Mords? Freddy war kurz davor, zu resignieren. Sie kam aus der Hocke in den Stand, reckte die schmerzenden Beine und trat aus der Deckung hervor. Ihr Blick wanderte den Gang entlang in Richtung des Ausstiegs. Die anderen Besucher samt dem mysteriösen Fotografen waren längst verschwunden – die holte sie nicht mehr ein. Auf der linken Seite gähnte das finstere Maul des Zulaufs, aus dem der Typ gekommen war. Ein unangenehmer Anfall von Mut überfiel Freddy. Ohne weiter nachzudenken, bewegte sie sich auf den kaum einen Meter hohen Stollen zu. Sie ging in die Hocke und lugte in den dunklen Gang hinein. Ein schauderhafter Geruch strömte daraus hervor. Freddy erinnerte sich, im Internet gelesen zu haben, dass Abwässer giftige Substanzen freisetzen konnten, die zur Bewusstlosigkeit führten. Sie schob den Gedanken beiseite. Der Typ eben war jedenfalls heil wieder herausgekommen. Sie entnahm ihrem geräumigen Rucksack eine Taschenlampe und schaltete sie ein. Der Lichtkegel beleuchtete etliche Meter des Stollens, der leicht anstieg. Die Wege links und rechts der Abwasserrinne waren schmal, aber begehbar. Freddy zog den Kopf ein und kroch weiter, wobei sie den Strahl ihrer Lampe in jeden Winkel des Gemäuers wandern ließ.

Nach etwa zwanzig mühsamen Metern machte sie Halt. Die gewölbte Decke war von einem feuchten Glanz überzogen, der im Widerschein blinkte und blitzte. Ein Wassertropfen löste sich aus einer Mauerritze und schlich sich wie eine kalte Hand in Freddys Genick. Entsetzt schrie sie auf und schüttelte sich. Das Echo des Schreis fuhr ihr in die Knochen wie ein Messer in warme Butter. Die gruseligsten Horrorfilmszenen fielen ihr ein. Sonst lachte sie über solche Bilder, nun aber steckte das Lachen in ihrem Halse fest und schien sie erwürgen zu wollen. Nein, jetzt war Schluss! Freddy beschloss, umzukehren. Da fiel das Licht ihrer Lampe auf eine Stelle, die sich von der sonst gleichmäßig eintönigen Mauerfläche abhob. Ein scharfer Knick unterbrach die Wand. Auch die Decke des Gewölbes schien höher zu sein. Vielleicht sollte man dort doch noch schnell nachschauen – aber dann nichts wie raus hier. Freddy robbte einige Meter weiter. Hier war es feuchter und schlüpfriger und der Gang wesentlich steiler. Man musste höllisch aufpassen, nicht in die Abwasserrinne zu rutschen. Endlich erreichte sie die Stelle mit dem auffälligen Gemäuer. Nicht nur die Decke wölbte sich hier höher, sie konnte fast aufrecht stehen, auch der Stollen war breiter. Der Knick, den sie bemerkt hatte, war eine Einbuchtung in der Wand. Das Ziegelmauerwerk war durch eine zementierte Fläche unterbrochen, bei der Teile des Putzes abgeblättert waren. Womöglich war an dieser Stelle ein Zulauf zugemauert worden, worauf auch die verfüllte Rinne im Boden hinwies. Es schien keine neue Baumaßnahme zu sein. Alter, rissiger Zement war unter dem schadhaften Putz sichtbar, ein Stück Holz schimmerte durch, vielleicht ein Stützpfosten.

Freddy bückte sich und holte ein Taschenmesser aus ihrem Rucksack. Das gehörte natürlich Henrich, ihrem Mann, also sollte sie sorgsam damit umgehen. Sie ließ eine der tausend Klingen aufschnappen und kratzte an einem Spalt im Zement herum. Kleinere Teile bröckelten heraus und gesellten sich kullernd auf ein Häuflein von Artgenossen, das Freddy erst jetzt am Fuß der Wand bemerkte. Ach, schau an – hatte der rätselhafte Typ hier auch herumgegraben? Freddy beugte sich noch tiefer herunter. Beherzt stieß sie die Klinge des Taschenmessers in den Spalt und zuckte erschrocken zurück, als ein großes Stück des Verputzes abplatzte, die Wand herunterrutschte und, zusammen mit der jäh fallen gelassenen Taschenlampe, in die Wasserrinne klatschte. Ein Quieken ließ Freddy herumfahren und erschaudern – sie hatte Zuschauer, äußerst unliebsame Zuschauer. Im Widerschein der Lampe funkelten kleine flinke Lichter auf. Ekel stieg in Freddy auf. Angewidert rückte sie ein Stück näher an die Wand heran. Den massiven Holzpfosten an ihrer Handfläche zu spüren, gab ihr etwas Sicherheit. Freddy ging in die Knie und streckte ihren Arm nach der Taschenlampe aus. Diese lag in der Rinne zusammen mit Geröll und anderen undefinierbaren Brocken, die den Wasserfluss aufstauten. Die trübe Brühe drohte über die Rinne zu steigen, als mittlerer Sturzbach hinab zu rauschen und die Taschenlampe auf Nimmerwiedersehen auf ihre Reise mitzunehmen. Panik ergriff Freddy. Ohne Licht in diesem stinkigen, rattenverseuchten Gang. Sie würde sicher vor Ekel und Dunkelheit sterben. Sie lehnte sich noch weiter vor, angelte mit ihrem Zeigefinger nach der Schlaufe am Stabende der Lampe und bekam sie endlich zu fassen. Mit einem Ruck schnellte die Lampe hoch und Freddy fing sie mit der anderen Hand auf. Das war gekonnt. Gerade als ihre Zuversicht eine Auffrischung erhielt, gesellte sich eine Portion Pech hinzu. Durch den Schwung rutschte sie auf dem glitschigen Untergrund aus und konnte sich nur durch einen beherzten Satz auf den Geröllhaufen retten. Dabei stieß sie äußerst unsanft gegen Wand und Stützpfeiler, der diese Bezeichnung im nächsten Augenblick nicht mehr verdiente. Mit einem hässlichen Knirschen knickte er ein und riss ein Loch in die Mauer.

Freddy rieb sich ihre schmerzende Schulter und besah sich das Fiasko. In der Wand klaffte ein großer Spalt, wie eine offene Wunde. Sie richtete den Strahl der Taschenlampe darauf und entdeckte einen Hohlraum. Freddy beugte sich weiter vor und leuchtete hinein. Der Lichtkegel erfasste den Rand eines runden Gegenstandes, der kurz aufblitzte. Er schien aus Metall zu sein. Freddy rutschte näher heran und streckte – zögerte, noch etwas tiefer – eine Hand in den Spalt. Ihre Finger umklammerten ein festes, kaltes Ding mit mehreren ringförmigen Wulsten. Sie erstarrte. Wie war das gewesen: Bomben unter Wiesbaden? Sie hielt also gerade nichts anderes als den Tod in der Hand. Aber nein, das war doch zu albern. Freddy musste laut lachen. Hysterie machte sich in ihr breit. Dann gesellte sich ihre älteste Freundin dazu, die Neugier. Kurzerhand griff Freddy zu und zog das metallene Teil aus dem Loch. Das, was da zum Vorschein kam, war tatsächlich eine Bombe, wenn auch keine explosive – zumindest nicht im wörtlichen Sinne, denn es handelte sich um eine Geldbombe. Das Freddy sie als solche erkannte, verdankte sie dem Umstand, dass eine ihrer zahlreichen Schwestern mit einem Geldboten liiert war. Dieser Schwachkopf hatte mal einige dieser Dinger mitgebracht und …

Freddy konzentrierte sich wieder auf das Hier und Jetzt. Sie langte noch einmal in den Spalt und holte eine zweite Geldbombe heraus. Unglaublich, was die Leute alles herumliegen ließen. Mein Gott, das konnte ja von wer weiß wem geklaut werden. Vorsichtshalber würde sie den Fund mitnehmen. Sie verstaute die Metallteile in ihrem Rucksack und griff noch einmal in das Loch, tastete herum und packte kräftig zu, als sie auf einen Widerstand stieß. Das fühlte sich überraschend anders an – auf eine unangenehme Art anders. Vorsichtig zog Freddy ihre Hand heraus und besah sich die Beute. Ihr Verstand weigerte sich einen Moment lang, den Fund als das zu erkennen, was es war. Schließlich durchzuckte sie die Erkenntnis und die Knochen einer menschlichen Hand glitten aus der ihren. Das Entsetzen, das sich ihrer bemächtigte, nahm ihr die Luft. Nach derselben ringend drehte sie sich um und floh. Geistesgegenwärtig riss sie Taschenlampe und Rucksack hoch, rutschte den steilen Untergrund herunter, landete in der Rinne, worauf Hose und Schuhe innige Bekanntschaft mit dem Abwasser machten, stieß sich mehrfach den Schädel an der niedrigen Decke und wurde endlich von dem Stollen ausgespuckt. Minutenlang blieb sie auf dem Bauch liegen und hielt sich Augen, Ohren und Nase zu – sie war restlich bedient. Als sie nach einer gefühlten Stunde die Augen öffnete, war sie nicht sonderlich erstaunt, dass Dunkelheit sie umfing. Nichts konnte sie mehr schocken. Sie fragte sich nur, wer das Licht ausgemacht hatte. Sie fand das recht unvernünftig. Oder lag sie in ihrem Bett und hatte gerade den schlimmsten ihrer Albträume?

9

»Was hat denn das Bärchen?«, flötete Dr. Ruth Kalteser-Kries ihrem Lebensgefährten und Geschäftspartner Walther Hamann ins Ohr.

»Nenn mich nicht so. Du weißt, ich mag das nicht.«

»Ach Bärchen, sei doch nicht so brummelig.« Sie strich ihm mit dem Zeigefinger über die behaarte Brust und sah ihm hingebungsvoll in die Augen. »Dich bedrückt doch was.«

»Hmmm.«

»Na komm, erzähl es deinem Lämmchen, du weißt doch, dass du mir sowieso nichts verheimlichen kannst.«

Sie rückte näher an Bärchen heran und legte ihren Kopf auf seinen Bauch. »Du darfst auch wuscheln.«

Hamann griff in das dunkle, volle Haar der Galeristin und begann zu wuscheln. Wenn sie so zu ihm sprach, stand das im krassen Gegensatz zur ihrer kühlen, überheblichen Art, die sie bei ihren gemeinsamen Geschäften an den Tag legte. Aber so war sie eben: mal die kaltblütige, gefräßige Wölfin, mal das sanfte Lämmchen. Wobei Hamann das Gefühl nie los wurde, dass auch das Lämmchen einen Mordshunger hatte.

Bärchen und Lämmchen hatten sich zu einem Schäferstündchen verabredet. Mittwochs-Siesta, so nannte Hamann ihr wöchentliches Treffen. In einem seiner teuren Appartements über den Dächern Wiesbadens mit Blick aufs Kurhaus. Hamann legte größten Wert auf Lage, Stil und Ambiente. Dies galt für seinen Geschäftssitz ebenso wie für seine privaten Adressen. Mittelmaß kam für ihn nicht in Betracht. In keinem Bereich.

Er betrachtete Ruth und die Eifersucht meldete sich. Jaspers jungenhaftes Gesicht sprang ihm unangenehm ins Gedächtnis. Seine Stimmung verfinsterte sich, wenn er an ihn dachte. Dessen Vertrautheit mit Ruth passte Hamann nicht. Und was die zurzeit wichtigste Angelegenheit betraf, hatte er noch immer nichts von Jasper gehört. Dabei musste die Führung durch den Salzbachkanal längst vorbei sein. Er hatte ihn auf seinem Handy angerufen, aber es war keine Verbindung zustande gekommen. Möglicherweise war Jasper noch immer in dem unterirdischen Gewölbe tätig, da konnte sein Handy natürlich kaum Empfang haben.

»Hast du heute schon mit Jasper gesprochen?« Hamann zog etwas kräftiger an einer von Ruths Locken, die er sich um einen Finger gewickelt hatte.

Ruth beschwerte sich lautstark über Hamanns Grobheit. Nein, von Jasper habe sie schon mehrere Tage nichts gehört, er sei doch voll und ganz mit Hamanns Buchprojekt beschäftigt, oder etwa nicht? Und überhaupt, warum er sie immer wieder nach Jasper frage, er sei doch öfter mit ihm zusammen als sie.

»Tatsächlich? Ist das so?« Hamann zog noch fester an ihrem Schopf, worauf das Lämmchen die Reißzähne entblößte und Hamann in den Arm biss.

»Verflucht, du …« Hamann stieß sie unsanft von sich, setzte sich auf und schlug die Decke zurück. »Die Frage scheint dich zu treffen, was?«

»Was willst du damit sagen?«

»Du reagierst ziemlich heftig, oder etwa nicht?«

Ruth lehnte sich zu Hamann herüber und legte ihm einen Arm um die Schultern. Vorsicht war geboten. Es war nicht auszuschließen, dass Hamann Verdacht geschöpft hatte. Sie zwang sich zur Ruhe.

»Bärchen, ich weiß nicht, was du meinst. Aber du – du scheinst etwas auszubrüten. Du hast eine richtig miese Laune heute.«

Hamann schüttelte ihren Arm ab und stand auf. Er griff sich seinen Morgenmantel, zog ihn über und ging ohne ein weiteres Wort ins Bad. Ruths kalter Blick folgte ihm.

Im Gegensatz zu ihm hatte sie sehr wohl von Jasper Frinton gehört. Kaum dem düsteren Kanal entstiegen, hatte er sie angerufen. Total aufgeregt, wie ein kleines Kind, hatte er geklungen, atemlos und euphorisch. Ja, er habe etwas Verdächtiges entdeckt, wobei er ja gar nicht gewusst habe, wonach er habe suchen sollen. Aber es gebe da eine vielversprechende Stelle, die eben eine dieser Auffälligkeiten aufweise, auf die ihn Hamann hingewiesen habe. Nur, was der dort zu finden erwarte, sei ihm nicht klar. Lukrativ würde es allemal sein, so wie er Hamann kenne.

Ruth hatte schon eher gewusst, welchen Fund sich Hamann erhoffte, hatte er ihr doch einiges angedeutet. Die Details musste sie noch aus ihm herausbekommen. Das würde bei seiner heutigen Laune nicht einfach sein, aber sie hatte ihre Mittel. Schwungvoll verließ sie das zerwühlte Bett und stolzierte zum Bad hinüber.

»Bärchen ...?«, mähte sie sanft.

Natürlich hatte sie die Informationen bekommen. Sie war auf ihre Überredungskünste nicht besonders stolz, es langweilte sie eher, wenn ihr Partner so leicht zu durchschauen und zu manipulieren war.

Ruth befand sich mittlerweile in ihrer edlen Kunstgalerie in einem der aufwändig restaurierten Stadthäuser in der Mühlgasse und wartete auf Jasper Frinton. Er wollte eine Motivstudie im Kurpark anfertigen und anschließend bei ihr vorbeikommen.

Die merkwürdige Aktion im Salzbachkanal erschien Ruth nach Hamanns Erklärungen in hellerem Licht. Doch nicht alles, was er ihr verraten hatte, war zu ihrer Zufriedenheit gewesen. Vor allem dass Krause – ausgerechnet dieser schmierige Fettsack – in die Sache involviert war, schmeckte ihr ganz und gar nicht. Diesem Typ war nicht zu trauen. Aber Hamann hing irgendwie an dem Kerl, auch wenn er nie ein gutes Haar an ihm ließ, wenn er von ihren Treffen berichtete. Vielleicht wusste Krause etwas von Hamann, dass … Nein, Hamann würde sich nie in eine bestechliche Situation bringen lassen. Krause musste in irgendeiner Form hilfreich für Hamann sein, nur dann machte diese Beziehung einen Sinn.

Hamann hatte preisgegeben, dass Krause aus einem ehemaligen Raubkumpan – unglaublich, mit welchem Gesocks sich Hamann abgab – Hinweise über die Sache im Salzbachkanal herauspressen solle. Der Kerl liege nach einem Unfall im Krankenhaus. Krause habe einen Weg finden sollen, unauffällig an ihn heran zu kommen. Doch er habe wieder mal versagt und nichts Neues herausgebracht. Habe er jedenfalls behauptet. Ruth traute dem Braten nicht. Sie konnte sich sehr gut vorstellen, dass Krause in die eigene Tasche spielte. Oder er hatte doch Neuigkeiten erfahren und diese an Hamann weitergegeben. Auch dem war nicht zu trauen. Wie auch immer, in ihren Augen war Krause ein sehr unliebsamer Mitwisser. Mitesser passte eigentlich besser, dachte sich Ruth. Und Mitesser drückte man besser aus, bevor sie größer würden. Wenn Krause aus dem Weg wäre, könnte man sich selbst um diesen anderen Ganoven – Briesekorn hieß er wohl – kümmern. Das wäre eine Sache für Jasper Frinton.

10

Dass die Führung längst vorbei war, hatte Freddy mitbekommen. Auch dass sie hier unten bis auf die Gesellschaft der widerlichen Kanalratten alleine war, war ihr durchaus bewusst. Und natürlich war noch der Aufstieg zur etwa sieben Meter höher gelegenen Wilhelmstraße nötig, um ins normale Leben zurückzukehren. Realisiert hatte sie indes noch nicht, dass sich die Rückkehr recht kompliziert gestalten könnte, würde man die Kanalöffnung verschlossen vorfinden. Wovon man unbedingt ausgehen musste.

Das nächstliegende Problem war jedoch die undurchdringliche Dunkelheit. Die Stablampe, auch sie eine unfreiwillige Leihgabe ihres Mannes, hatte ihren Dienst quittiert. Verständlich, wenn man der heftigen Stöße gedachte, die das gute Stück beim Sturz aus dem Stollen abbekommen hatte. Freddy betätigte wild den Schalter, als ob man nur hundert Mal hin und her knipsen müsste, um die kaputte Birne zu reparieren. Allmählich machte sich Panik in Freddy breit. Die undefinierbaren Geräusche, die aus allen Ecken des Gewölbes zu kommen schienen, und der Gestank, den Freddy im Dunkeln noch extremer wahrnahm, machten sie völlig konfus. Sie fühlte sich hilflos, alleine gelassen. Das war alles so ungerecht. Was hatte sie denn verbrochen, dass sie hier in diesem dunkeln Verlies vermodern sollte? Ja, natürlich würde sie die Geldbomben bei der Polizei abgeben, fest versprochen! Nur gerade jetzt war das etwas schwierig.

Freddy erhob sich und schulterte ihren Rucksack, in dem die Beutestücke klackernd gegeneinander schlugen. Sie trat einige kleine Schritte zurück und erschrak, als sie gegen die Wand stieß. Doch der Halt gab ihr etwas Sicherheit. Langsam tastete sie sich an der Mauer entlang, suchte nach einem Lichtschalter. Als sie keinen fand, stieß sie einen markerschütternden Schrei aus. An der dürftigen Illumination änderte das nichts. Erschrocken vom Echo der eigenen Stimme geriet Freddy ins Wanken und wäre um ein Haar in die Abwasserrinne gestürzt. Sie verfluchte ihre bescheuerte Idee, an dieser Geisterbahnführung teilzunehmen. Sie sehnte sich nach Schokolade und nach ihrem Mann. Ach Henrich! Der wüsste sicher, was zu tun sei. Hatte er ihr nicht mal erklärt, wie man aus einem Labyrinth wieder herauskomme, wenn man sich verlaufen habe – was ja der eigentliche Sinn desselben war. Man müsse einfach nur unaufhörlich mit der rechten Hand an der Wand entlang fahren, bis man den Ausgang des Irrgartens unweigerlich erreiche. Auf ihre Frage, ob das unter Umständen nicht recht lange dauern könne, hatte er geantwortet, dass es lediglich um das Prinzip gehe. Nein, hier ging es nicht um irgendein Prinzip. Sie wollte, zum Teufel noch einmal, raus aus dem stinkenden Kanal.

Kurz überlegte sie, wo links und wo rechts war, fand endlich die richtige Hand und ging, ständig Kontakt mit der verklinkerten Mauer haltend, zielstrebig dem Ausstieg entgegen. Die Augen hatte sie aus Protest geschlossen. Man konnte ja doch nichts erkennen, und falls doch, war das sicher nichts Aufheiterndes. Auf halbem Wege machte sie Halt. Was, wenn sie in die falsche Richtung ging? War sie gar auf dem Weg zur Kläranlage? Erschrocken riss sie die Augen auf und starrte in die Finsternis. Als sie sich an die Lichtverhältnisse angepasst hatten, bemerkte Freddy in einigen Metern Entfernung eine Ausbuchtung. War das die Treppe des Ausstiegs? Freddy fasste neuen Mut und beschleunigte ihre Schritte. Tatsächlich gelangte sie an eine Treppe. Aber das konnte unmöglich die richtige sein, denn bei der hätte man heiter herabflutendes Tageslicht erwarten dürfen. Womit Freddy bei jenem Problem angelangt war, welches sich ihr noch nicht in voller Konsequenz offenbart hatte: die gezackte Einstiegsluke war verschlossen. Und zwar von außen – was Freddy entsetzt bemerkte, als sie das obere Ende der Wendeltreppe erreichte. Ihre Versuche, die Eisenluke zu öffnen, scheiterten kläglich. Aufs Tiefste empört, angelte sie die treulose Taschenlampe aus ihrem Rucksack – das hatte sie nun davon – und schlug mit dem Stabende kräftig auf den eisernen Deckel ein. Freddys Zuversicht wuchs. Das Hämmern machte einen ordentlichen Lärm. Mit dramatischen Hilferufen verstärkte sie ihn noch.

Eine Etage über ihr entstieg eben eine Gruppe müder japanischer Touristen einer vierspännigen Pferdekutsche und trottete – klick, klick, noch ein letztes Foto – an der Luke des Kanals vorbei. Ein Mitglied der Gruppe bewegte den Kopf im Takt der metallenen Schläge, die von irgendwoher als nette Untermalung des Berufsverkehrs ertönten. Nur die leicht hysterische Stimme im Hintergrund wollte nicht recht dazu passen. Herr Chen Li blieb irritiert stehen und blickte sich um. Da war es wieder, ganz deutlich. Nur woher der Radau kam, war nicht auszumachen. Herr Chen Li rief den Rest der Gruppe zurück. Nach gemeinsamer Beratung und der Einkreisung des Phänomens mithilfe japanischer Gründlichkeit wurde die Quell der rätselhaften Töne – was war das doch für eine fremdartige Stadt – schließlich lokalisiert.

Freddys Zuversicht begann sich zu verabschieden. Waren das japanische Stimmen, die sie da vernahm? An welchem Ausstieg des Kanals war sie nur herausgekommen?

Ein bulliger, rotgesichtiger Kerl mit Kinnbart, der sich vor der Villa Clementine mit einem Mann unterhielt, wurde auf die japanischen Touristen aufmerksam. Diese schienen eine folkloristische Tanzeinlage rund um die Abdeckung des Salzbachkanals darzubieten. Der Bulle schüttelte den Kopf. Konnten die ihre heimischen Riten nicht woanders aufführen? Das musste unterbunden werden! Er rückte seine Warnweste zurecht und schritt entschlossen zur Tat.

Herr Chen Li bemerkte die besonders kräftige Langnase zuerst. Zielstrebig und mit eher unfreundlicher Miene steuerte sie auf ihn und seine Freunde zu. Herr Chen Li gestikulierte heftig und deutete auf die Luke zu seinen Füßen. Nachdem die Langnase sich vor dem Japaner aufgebaut hatte, entspann sich ein für beide Seiten verwirrender Austausch deutschjapanischer Konversationstechniken. Endlich gipfelte dieser im Öffnen der Luke. Heraus stieg, mit einer zerbeulten Taschenlampe winkend und ihren Rucksack eng an sich drückend, die sich zitternd bedankende Frederieke. Herr Chen Li musterte sie irritiert. Was war das doch für eine fremdartige Stadt.

Freddy klopfte sich den Schmutz von den Kleidern und strahlte die sie umgebenden Personen mit gewinnendem Lächeln an. Dem Aufpasser, der sich selbstverständlich an sie erinnerte, konnte sie glaubhaft machen, dass sie durch ihre Schusseligkeit – der Kerl nickte eifrig – versehentlich in die falsche Richtung gelaufen sei und den Anschluss an die Besichtigungsgruppe verloren habe. Sie überließ die Touristen der netten Gesellschaft des Aufpassers und hastete über die Straße, dem Kurpark zu. Nach wenigen Schritten ließ sie sich auf einer Bank nieder. Das Abenteuer musste erst einmal verdaut werden. Nach einer Brise frischer Luft im wärmenden Sonnenschein kam sie langsam wieder zu sich.

Das Erlebte zu sortieren war nicht ganz so einfach. Zumindest konnte Freddy sich nach dem Fund der Raubbeute – und nur um eine solche konnte es sich handeln – einiges zusammenreimen. Das, was der dahinscheidende Herr Briesekorn von sich gegeben hatte, war das Geständnis eines Bankräubers gewesen. Und betrachtete man die skelettierte Hand an der Fundstelle, war derselbe womöglich sogar ein Mörder. Freddy erschauerte bei dem Gedanken. Aus dem rätselhaften Vorfall mit dem fotografierenden Kerl wurde sie nicht schlau. Er war genau aus dem Stollen gekommen, in dem sie das Beuteversteck entdeckt hatte. Das konnte alles Mögliche bedeuten: Jemand hatte wie sie mitbekommen, dass hier unten etwas versteckt sein sollte; vielleicht war es auch ein Komplize Briesekorns, der sich immer wiedermal aus der Beute bediente. Aber das war Unsinn. Der würde das doch nicht bei einer öffentlichen Führung tun. Womöglich hatte das Ganze aber auch nichts mit dem Fund zu tun.

Die Sache mit der Knochenhand ging Freddy nicht aus dem Sinn. Der Mord – oder war es ein Unglück gewesen? – konnte nicht erst gestern passiert sein. So schnell ging das nicht, dass von einem Menschen nur noch Knochen übrigblieben. Gerne hätte sie einen Blick auf die Geldbomben geworfen, um ein Datum oder andere Hinweise zu finden. Sie stieß mit dem Fuß leicht an den Rucksack, der an der Parkbank lehnte. Die Geldbomben schepperten metallisch. Von dem unerwartet lauten Ton überrascht, blickte sich Freddy hastig nach allen Seiten um. Das hatte hoffentlich niemand mitbekommen! Die Dinger musste sie unbedingt loswerden. Nur wie? Die nächste Polizeidienststelle bot sich an. Aber konnte sie sicher sein, dass sie nicht gerade jetzt von einem der Gangster beobachtet wurde, der jeden ihrer Schritte überwachte, um im geeigneten Moment … ? Sie dachte an den schwarz gekleideten Typ. Hatte der sie am Ende doch bemerkt und lag jetzt irgendwo auf der Lauer? Nein, das war ja lachhaft. Jetzt nur nicht schreckhaft werden!

Kurz entschlossen sprang sie auf, schnappte sich ihren Rucksack und eilte den gekiesten Weg weiter Richtung Hessisches Staatstheater. Sie kam an ihrem Lieblingsplatz am Weiher vorbei, wo die Enten seit Jahr und Tag mit Brotkrumen beworfen wurden. Das Federvieh saß faul in der Sonne und tat so, als gehe sie das Geschehen im Salzbachkanal ganz und gar nichts an.

Frederieke sah sich um, ob ihr nicht doch jemand folgte, und setzte sich, mit dem Vorsatz, nur eine Minute zu verweilen, auf den Wiesenplatz. Niemand schien von ihr Notiz zu nehmen. Nicht die Gören am Ufer des Weihers, nicht das ältere Ehepaar, das die gegenüberliegende Seite entlang spazierte, nicht der gutaussehende dunkelhaarige Mann, der sich gerade zwei Meter von ihr entfernt auf einer Parkbank niederließ. Was man sich nicht alles einbilden konnte. Freddy zweifelte an ihrem Verstand. Sie glaubte eine Ähnlichkeit mit dem Typ im Kanal zu erkennen. Da drehte sich der Mann zu ihr um und sah sie an. Nein, man konnte eigentlich nicht sagen, dass er ihm ähnlich sah. Tatsächlich war er es selbst! Freddy blieb fast das Herz stehen.

11

Jasper Frinton nickte der etwas blassen, aber sympathisch wirkenden Frau, die es sich auf der Wiese gemütlich gemacht hatte, mit einem vielsagenden Grinsen zu. Er konnte es einfach nicht lassen, die holde Weiblichkeit zog in nun mal an. Diese Dame schien allerdings weniger empfänglich für seinen umwerfenden Charme zu sein. Sie hatte den Kopf hastig in die andere Richtung gedreht und beachtete ihn nicht weiter. Sei es drum, er hatte anderes zu tun. Jasper zog sein Tablet-PC aus der Tasche und wandte sich den Gebäuden des Hessischen Staatstheaters zu. Ungeachtet der Neuigkeiten, die er seiner Geliebten Ruth kurz zuvor telefonisch mitgeteilt hatte, musste er seinem Gönner Hamann bald weitere Entwürfe für den Bildband liefern. Das Gebäude des Theaters stand ebenso auf dem Programm wie das Aushängeschild Wiesbadens: das Kurhaus. Jasper stellte in der Illustrations-App seines Tablets das Raster auf die richtige Perspektive ein. Dann setzte er mit dem digitalen Zeichenstift erste grobe Striche als Grundgerüst für seine Motivstudie.

Seine Konzentration ließ jedoch zu wünschen übrig. Zu aufwühlend nagten die Ereignisse knapp eine Stunde zuvor an seiner Gemütslage. Die Spuren, die er im Kanal entdeckt hatte, waren vielversprechend, äußerst vielversprechend sogar. Ihm war ein zuzementierter Bereich in der Mauer eines Zulaufs aufgefallen. Der Putz war beschädigt gewesen, große Teile davon heruntergerutscht. Die Bruchkanten hatten frisch ausgesehen. Der Schaden musste erst vor kurzem entstanden sein. Jasper hatte an mehreren Stellen den brüchigen Zement gelockert, bis ein Loch entstanden war. Tatsächlich bestätigte sich das, was das Abklopfen der Wand schon hatte vermuten lassen: Dahinter befand sich ein großer Hohlraum. Jasper war sich sicher gewesen, dass er den entscheidenden Hinweis gefunden hatte. Er hatte mehrere Aufnahmen von der Wand und der freigelegten Stelle gemacht. Für weitere Untersuchungen war allerdings die Zeit zu knapp gewesen. Hamann hatte ihm eingeschärft, keine Aufmerksamkeit zu erregen. Was bedeutete, so schnell als möglich wieder zur Gruppe aufzuschließen.

Auf Jaspers Rückweg hatte ihm der Weckruf seines Smartphones – die Erinnerung seines Terminkalenders an das Treffen mit Hamann – einen erhöhten Pulsschlag beschert. Der Tenor Andrea Bocellis hatte in dem Kanalgewölbe geklungen wie die unheilvolle Warnung aus einer Geistergruft. Jasper zog bei dem Gedanken fröstelnd die Schultern hoch. Das Treffen mit Hamann hatte dann doch nicht stattgefunden. Er hatte ihn angerufen und ihm berichtet, dass es eigentlich nichts zu berichten gebe, weil Neues nicht wie erwartet zutage getreten sei. Hamann hatte darauf wutentbrannt ihr Treffen abgesagt und das Gespräch kurzerhand beendet. So war er eben, der alte Hamann, Misserfolge gehörten nicht zu seinen Vorlieben.

Jasper sah auf die Uhr. Da blieb ihm mehr Zeit für Ruth. Er beschloss, seinen Besuch bei ihr vorzuziehen, das Skizzieren fiel ihm heute ohnehin ungewohnt schwer. Er überlegte, ob er noch die Fotos aus dem Kanal sichten sollte, entschied sich aber dagegen. Das eilte nicht. Er schaltete sein Tablet aus, steckte es in seine Kameratasche und erhob sich von der Parkbank. Ein Blick zurück bestätigte ihm, dass die blasse Dame nach wie vor auf ihrem lauschigen Platz verharrte. Sie war ganz in ihr Smartphone vertieft und hatte offensichtlich kein Interesse an ihm – Sachen gab's. Jasper F. Frinton zog weiter, Ruth erwartete ihn sicher schon sehnsüchtig.

Kaum hatte sich der Typ verzogen, legte Freddy ihr Smartphone zur Seite. Die Bilder, die sie heimlich von ihm gemacht hatte, waren bedauerlicherweise total verwackelt. Kein Wunder – hatte die zitternde Freddy doch jeden Moment damit gerechnet, dass der Kerl eine Pistole oder ein Riesenmesser hervorholen würde, um ihr ein jähes Ende zu bereiten. Nicht fähig, sich auch nur einen Zentimeter von der Stelle zu rühren, hatte sie sich dennoch gewappnet. Ihr Schicksal – vom dem sie der Meinung war, dass es allein ihr gehörte – sollte keinesfalls durch diesen Schönling besiegelt werden. Sie hatte aus ihrem Rucksack das Taschenmesser herausgeholt, bemerkt, dass die Klinge wohl beim Hantieren im Kanal abgebrochen war, und dafür das Korkenzieherteil aufgeklappt. Zweifellos konnte das auch eine schöne gemeine Wunde verursachen. Am besten irgendwo im Gesicht – links oder rechts oberhalb der Wangen vielleicht. Sollte es zu einem Angriff kommen, würde sie kein Erbarmen haben, da war sich Freddy sicher.

Aber offenbar war ihre Panik unbegründet. Der Kerl hatte nicht gewagt, sein schmutziges Geschäft zu Ende zu bringen. Sicher hatten ihn die vielen Zuschauer in der Nähe davon abgehalten. Was er da so eifrig mit seinem Tablet gewerkelt hatte, war nicht zu erkennen gewesen.

Sie schaute dem Fremdling hinterher. Wie er den Weg entlang schwänzelte, dieser lange Schlacks, ja direkt stolzierte. Er schien die Ruhe selbst zu sein. Seelenruhig betrachtete er die Gegend, die Kameratasche lässig über der Schulter baumelnd. Die dunkle Regenjacke und der schwarze Rolli, passend für die Exkursion im Kanalgewölbe, wirkten hier im Kurpark an diesem sonnigen Oktobertag eher ungewöhnlich. Merkwürdig war auch dieses hintergründige Grinsen, mit dem er sie bedacht hatte. Ein Grinsen, das besagen sollte: Du bist mein Opfer, ein Entkommen ist unmöglich. Und dabei hatte ein Lächeln seine Augen umspielt, ein kaltes Lächeln mit dem Charme eines Todesengels.

Vele groetjes, dachte Freddy, als Rolli endlich hinter einem Busch verschwand. *Vele groetjes!* In Momenten besonderer Anspannung trat unnachgiebig ihre belgische Seele zutage. Und auch die Neugier obsiegte ein weiteres Mal. Denn ohne lange zu überlegen, schnappte sich Freddy ihre Tasche, sprang vom Sitz in den Stand und nahm die Verfolgung auf. Solange der Typ in der Nähe gewesen war, hatte Freddy nicht gewagt zu telefonieren. Eine kurze SMS an ihren Henrich hatte sie aber senden können. Wobei, so im Nachhinein betrachtet, war der Text nun nicht mehr ganz aktuell und könnte womöglich falsch verstanden werden. Für derlei komplizierte Überlegungen hatte sie aber weder Zeit noch Lust – es galt nun, Rollis Spur nicht zu verlieren und ihm schnellstens zu folgen.

12

Jasper F. Frinton bog vom Warmen Damm her kommend in die Wilhelmstraße ein, ging am rechterhand gelegenen Parkplatz vorbei und blieb einen Moment vor der westlichen Front des Hessischen Staatstheaters stehen. Er überlegte, ob er dem Bowling Green (50.084709, 8.245755) noch einen kurzen Besuch abstatten sollte. Flankiert von den Theater- und Kurhauskolonnaden und geprägt durch das an der Stirnseite thronende Kurhaus, bot der großzügige Platz ein imposantes Bild. Einst war die Grünfläche, in deren Mitte zwei dreischalige Kaskadenbrunnen sprudelnd um Aufmerksamkeit buhlten, von prächtigen Platanen gesäumt. Diese waren jedoch vor einigen  Jahren einer vieldiskutierten Fällaktion zum Opfer gefallen. Den Grund, weshalb die Bäume hatten weichen müssen, sahen viele in der mittlerweile fertiggestellten Tiefgarage unter dem Bowling Green. Auch Jasper war dieser Meinung gewesen. Mit Genugtuung hatte er den verheerenden Wolkenbruch im Sommer begrüßt, in dessen Folge besagte Tiefgarage komplett vollgelaufen war.

Jasper wog die Aussicht auf das Bowling Green mit der auf das verführerische Lächeln seiner Geliebten Ruth ab und entschied sich für Letzteres. Das Kurhaus stand eh noch auf seiner Skizzenliste. Strammen Schrittes marschierte er bei laufendem Verkehr quer über die Wilhelmstraße, die »Rue«, wie die Wiesbadener ihre Prachtmeile nannten. An der Ecke zur Burgstraße sprang er auf den Bürgersteig, stoppte, wandte sich um und besah sich die Fassade des Theaters. Jasper beschloss, noch ein schnelles Foto mit dem Tablet zu machen.

Gerade hatte er sein Motiv im digitalen Fokus, als er durch ein heftiges Hupen auf eine Frau aufmerksam wurde. Behände umschlängelte sie den Kotflügel eines Sportwagens und hechtete eben noch so auf den Bürgersteig, bevor die heranbrausende Blech- und Kunststofflawine ihr den Garaus machen konnte. Na, die hat Nerven, für solche Leute gibt es doch Fußgängerampeln, dachte sich Jasper. Er wandte sich wieder seinem Bildmotiv zu, wechselte die Perspektive und schoss noch einige Aufnahmen. Dann hielt er inne. Diese Frau eben, war das nicht ...? Tatsächlich erkannte er übereck durch ein Schaufenster die Dame vom Kurpark wieder. Jene verstockte Person, die ihn keines Blickes gewürdigt hatte. Sie stand da, drückte ihre Nase an einer Glasscheibe platt und starrte in eines der mondänen Bekleidungsgeschäfte der Rue, deren Luxusartikel sie sich nach Jaspers Befinden wohl kaum leisten konnte. Was also tat sie hier? Da, eben hatte sie herübergelinst und gleich darauf verschreckt – och, das arme Häschen – zur anderen Seite geblickt. Jetzt ging sie demonstrativ in die andere Richtung und nun blieb sie wieder stehen. Jasper schaltete sein Tablet aus, klemmte es unter den Arm und ging ein Stück weiter die Burgstraße entlang. Er würde schon sehen, ob sie ihm folgte. Wenn ja, wovon er ausging, interessierte sie sich doch für ihn. Auch das erschien ihm mehr als wahrscheinlich. Im Spiegelbild eines Schaufensters bemerkte er die Silhouette der Frau, die ihm zwar zögerlich, aber doch eindeutig hinterherkam. Wozu dieses Versteckspiel? War sie so schüchtern? Ach Gott, wie niedlich! Jasper drehte sich halb in ihre Richtung, hielt sein Tablet unauffällig in Hüfthöhe und machte einige Aufnahmen von seiner Verfolgerin. Dann setzte er seinen Weg fort.

Er hatte vor, an den Quellen vorbei zur Schellenbergpassage zu laufen, als ihn eine Personengruppe nötigte, vom Bürgersteig auf den Parkplatzbereich auszuweichen. Es war knapp vor 13 Uhr – auch das noch! Ein Ereignis von globaler Bedeutung erwartend, hatte sich unter anderen ein Tross japanischer Touristen vor der größten Kuckucksuhr der Welt an der Ecke der Burgstraße (50.083648, 8.243095) eingefunden. Unglaublich für was Wiesbaden in der Welt berühmt war. Jasper beeilte sich dem Blitzlichtgewitter zu entgehen, das unweigerlich auf das Erscheinen des albern gackernden Vogels folgte, der pünktlich wie immer seinen hölzernen Kopf aus dem Verschlag über der Riesenuhr herausstrecken würde.

Auch diesmal wurde die wartende Menge nicht enttäuscht. Ein Aufschrei der Verzückung und das Klicken der zahlreichen Fotoapparate untermalte den Ruf des Kuckucks. Herr Chen Li von der japanischen Reisegruppe war hoch erfreut. Er hatte den Kakkō perfekt getroffen, mit Fokus auf dem Schnabel, der Hintergrund leicht unscharf. Herrlich! Wobei der Vogel eigentlich nicht richtig herausgekommen war. Womöglich traute er sich wegen der großen Menschenmenge nicht. Sogleich wollte Herr Li den gelungenen Schnappschuss seinen Reisegefährten präsentieren, als ein bekanntes Gesicht sein Blickfeld kreuzte. Das war doch die Frau mit dem fremdartigen unterirdischen Hobby. Was die wohl mit dem schweren Rucksack in der Kanalisation gemacht hatte? Und im Übrigen noch immer mit sich herumschleppte. Und zwar nicht, wie es sich für einen Rucksack gehörte, ordnungsmäßig auf den Rücken geschnallt, sondern nachlässig über die Schulter geworfen. Herr Chen Li setzte sein freundlichstes Gesicht auf, was ihm nicht schwerfiel, denn er war von Natur aus ein sehr netter Zeitgenosse, und stellte sich der Kanalfrau in den Weg. Nicht so, dass sie hätte stürzen können, denn sie schien es recht eilig zu haben, aber derart, dass sie ihn sehen musste.

Prompt rannte sie in ihn hinein, hätte dabei nicht nur Herrn Chen Li, sondern fast die ganze fünfköpfige Gruppe umgerissen und geriet selbst ins Straucheln. Herr Chen Li, mit asiatischen Selbstverteidigungstechniken bestens vertraut, fing beide, Langnäsin und Rucksack samt klapperndem Inhalt, geistesgegenwärtig und reaktionsschnell auf. Als er statt einer Dankesbezeugung nur ein unverständliches Kopfschütteln der Person erntete, die darauf hurtig um die nächste Ecke verschwand, wunderte er sich doch sehr. Und überhaupt, was sollte er jetzt mit diesem Rucksack anfangen, der da an seinem Arm baumelte? Herr Chen Li konnte mit so manchem Verhalten dieser fremdartigen Menschen in dieser fremdartigen Stadt wenig anfangen. Aber da Herr Chen Li, wie gesagt, ein überaus freundlicher Zeitgenosse war, verständigte er seine Reisegefährten, die gerade eifrig mit dem Austausch von Fotomotiven beschäftigt waren. Gemeinsam nahm man die Verfolgung der Dame auf, um jener ihr Eigentum zurückzugeben.

13

Freddy stöhnte. Warum sah das in den Fernsehkrimis immer so einfach aus? Wenn da jemand verfolgt wurde, dauerte es meist eine gehörige Zeit, bis der Verfolgte sich entweder absetzen konnte – in diesem Fall war das der Gute – oder schließlich eingeholt wurde – das hieß, der Böse war gestellt. Hier verhielt sich die Sache anders. Sie, die Verfolgende, also die Gute, hatte bereits nach kürzester Zeit den Verfolgten, also den Bösen, aus den Augen verloren. Nicht zuletzt wegen des Verhaltens dieser nervenden Touris. Irgendwie schien das völlig an ihr vorbeigegangen zu sein, dass halb Wiesbaden von asiatischen Touristen besetzt war.

Wohin konnte Rolli verschwunden sein? War er Richtung Schlossplatz gelaufen oder hatte er Kurs auf die Obere Webergasse genommen? Womöglich hatte er bei dem Tumult an der Kuckucksuhr die Chance genutzt und war wieder umgekehrt. Ein beliebter Trick, zumindest in den einschlägigen Krimis.

Freddy langte nach ihrem Rucksack und fuhr zusammen. Er war verschwunden! Jetzt war es offensichtlich: Rolli war ein Profi. Er hatte die Gelegenheit und ihren Rucksack ergriffen und sich aus dem Staub gemacht. Glücklicherweise hatte sie ihre Brieftasche in ihrer Jacke verstaut. Freddy sah sich um. Von weit her winkte ihr jemand aus der japanischen Touristengruppe zu, die sich nun in Bewegung setzte und auf sie zu kam. Sie winkte zurück und entschied sich, eilends in Richtung Obere Webergasse zu flüchten beziehungsweise erneut die Verfolgung aufzunehmen, je nachdem von welcher Seite man es betrachtete. Die Webergasse schien ihr der plausibelste Weg zu sein. Freddy fühlte ihren kriminalistischen Instinkt wiedererwachen.

Den Beinahesturz der vernarrten Dame hatte Jasper F. Frinton nicht mitbekommen. Wohl aber, dass sie in einer Gruppe Touristen untergetaucht war. Sicher, um sich kurze Zeit zu tarnen – wie putzig. Nun hatte sie die Verfolgung wieder aufgenommen. Hartnäckig war sie schon, das musste man ihr lassen. So langsam verlor Jasper jedoch das Interesse. Eine letzte Runde würde er noch drehen, um diese sture Person abzuschütteln. Er blieb bewusst so lange an der Ecke der Schellenbergpassage stehen, bis er sicher war, das sie ihn entdeckt hatte. Dann betrat er die kurze Passage und schlüpfte in einen der kleinen Läden. Einen interessierten Touristen mimend, verbarg er sich hinter einem Postkartenständer. Er wollte die Lady mal aus näherer Distanz begutachten.

Lange musste er nicht warten, denn seine Verfolgerin erschien, nervös um sich blickend, soeben am Eingang der Passage. Sie drückte sich an den Schaufenstern entlang, linste hier und da in die Geschäfte und verhielt sich ansonsten so auffällig unauffällig, dass Passanten sich nach ihr umdrehten. Jasper grinste. Das hatte sie bestimmt noch nicht oft gemacht. Er trat zur Seite, da sie jetzt, kaum einen halben Meter entfernt von ihm, am Eingang des Ladens verharrte. Dessen Besitzer, der Jasper schon seit einigen Minuten im Visier hatte, kam hinter der Ladentheke hervor und wollte wissen, ob man dem Herrn irgendwie weiterhelfen könne. Jasper hob beide Hände in die Höhe. In der einen hielt er eine Postkarte im Maxiformat, mit der anderen winkte er dem Besitzer abwehrend zu, was dieser richtig deutete und zum Anlass nahm, sich wieder hinter seine Theke zu trollen.

Jasper entspannte sich und spähte zu seiner Verfolgerin hinüber. Sie machte Anstalten, den Laden zu betreten, was ihm nun gar nicht passte. Andererseits hätte dann dieses alberne Versteckspiel ein Ende. Aber nein, sie überlegte es sich anders, machte kehrt und schlich weiter, dem Ausgang der

Passage zu. Jasper steckte die Postkarte mit einem Abbild der größten Kuckucksuhr der Welt wieder in den Ständer, warf dem Besitzer achselzuckend einen gelangweilten Blick zu und verließ den Laden. Und nun hinterher! Aus der Verfolgerin wurde eine Gejagte. Jasper war gespannt, was sie als Nächstes tun würde. Was trieb sie nur an? War sie tatsächlich so vernarrt in ihn oder steckte etwas anderes dahinter? Nein, so nett wie die Person aussah, machte sie einen eher harmlosen Eindruck. Vermutlich war sie einfach übermäßig neugierig.

Freddy war zutiefst enttäuscht. Der Kerl war verschwunden. Für den Rucksack mit den Geldbomben hatte sie nur eine Menge Frust eingetauscht. Nach Hans im Glück fühlte es sich nicht an. Aber nein! Dafür hatte sie nicht dieses Horrorerlebnis im Kanal auf sich genommen, um jetzt solch ein unbefriedigendes Ergebnis zu akzeptieren. Der Typ musste doch zu finden sein. Und ihren Rucksack würde sie sich auch wieder beschaffen! Am Ausgang der Passage musste sie sich orientieren, da sie in dieser Gegend selten unterwegs war. Von ihrer weiblichen Intuition gelenkt, schlug sie kurzerhand den Weg in die Bärenstraße ein. Etwa alle zehn Meter drehte sie eine Art Pirouette, um möglichst alle Richtungen überblicken zu können. Schließlich stieß sie auf die Langgasse und hatte nun die Wahl, entweder die Fußgängerzone hinunterzulaufen und auf den Kochbrunnen (50.086563, 8.241900) zuzuhalten oder in Richtung Coulinstraße zu gehen. Sie hatte sich gerade für die Fußgängerzone entschieden – wie sie fand, ein guter Platz um Unterzutauchen –, als plötzlich ihr Handy summte. Es war Henrich, der einigermaßen bestürzt zu wissen verlangte, was Freddys SMS zu  bedeuten habe. Worauf Freddy erwiderte, dass sich das mitlerweile erledigt habe, er sich keine Sorgen machen solle, aber sie dennoch bemerken müsse, das sein Anruf etwas auf sich habe warten lassen. Und Henrich darauf, dass ihn das natürlich ungemein beruhige, aber was denn nun gewesen sei, dass eine SMS mit dem Inhalt »Hh« – was für Hallo Henrich stand – »brauche hilfe, im kurpark, entenwiese, bin okay, lg f« nötig gewesen sei. Und im Übrigen befinde er sich just in diesem Moment auf dem Weg zur Entenwiese im Kurpark. Was er, nach Lage der Dinge, nun wohl werde abbrechen können. Freddy bestätigte Letzteres, entschuldigte sich für die irrtümliche SMS und beeilte sich, das Gespräch zu beenden. Sie habe gleich Dienst und müsse sich sputen, um diesen nicht zu versäumen. Henrich hatte noch etwas gemurmelt, was so ähnlich geklungen hatte wie, dass sie heute für das Abendessen sorgen solle und damit keine Pizza gemeint sei. Aber vielleicht hatte sie das auch falsch verstanden. Tatsächlich blieb ihr nicht mehr allzu viel Zeit, bevor sie ihren Dienst anzutreten hatte. Aber sie würde diese nicht ungenutzt verstreichen lassen.

Entschlossen schritt sie aus und gewahrte in etwa sechzig Metern vor ihr, in Höhe der Abzweigung zum Römertor, eine Gruppe asiatischer Touristen, die unschlüssig von einem auf das andere Bein traten. Die schon wieder! Nein, das ging ja nun gar nicht. Sie entschied sich, umzudrehen und durch die Goldgasse zu laufen.

Jasper F. Frinton hatte keine Lust mehr auf die Verfolgungsjagd. Seinem Zielobjekt in die Langgasse zu folgen, danach stand ihm nicht der Sinn. Obwohl ihn durchaus die Neugier gepackt hatte. Gerade als er in die Goldgasse einbiegen wollte, kam ihm die fragliche Person entgegen. Offensichtlich hatte sie ihn nicht bemerkt. Sie stoppte ihren zügigen Gang und beugte sich zur Auslage eines Backshops vor. Etwas aus dem Angebot schien ihrer Aufmerksamkeit wert zu sein. Jasper wechselte rasch auf die andere Seite der Fußgängerzone. Hinter dem aufgespannten Sonnenschirm eines Cafés lehnte er sich an das Schaufenster. Bei dem warmen Oktoberwetter waren noch immer Tische im Freien aufgestellt, die auch rege genutzt wurden. Ein junges Pärchen an einem der Tische, kaum einen Meter von ihm entfernt, sah misstrauisch zu ihm herüber. Als Jasper, den gemeinen Touristen mimend, seine Kamera auspackte, vertiefte es sich sofort wieder in das Gespräch mit seinen Smartphones. Jasper richtete den Sucher auf die bronzene Statue schräg gegenüber, die auf dem Dach des zu großen Teilen im Jugendstil erbauten Kurierhauses (50.083892, 8.239858) thronte. Soweit ihm bekannt war, hatte der Künstler der Statue  den Namen »Das Wissen« gegeben. Sie sollte als Symbol für Aufklärung und Wissensvermittlung stehen – die grundlegende Aufgabe und Verpflichtung einer Zeitung. Wenn man die Statue so betrachtete, konnte man allerdings einen anderen Eindruck gewinnen. Der zornig wirkende Bronzemann schien das aufgeklappte Buch, das er hoch erhoben in den Händen hielt, jeden Moment auf die ignorante Menschenmasse, welche die Langgasse durchströmte, herabschleudern zu wollen. Gerne hätte Jasper eine Nahaufnahme gemacht. Ihn interessierten vor allem die auf den Buchseiten eingravierten Schriftzeichen. Um auf ein Objektiv mit einem leistungsstärkeren Zoom zu wechseln, blieb jedoch keine Zeit. Eben passierte die Zielperson seinen Standort, mit Bäckereitüte in der Hand und vollen Backen kauend. Er wartete, bis sie an ihm vorbei war, und folgte ihr langsam. Sie bog in die Goldgasse ein, durchquerte sie, nach allen Seiten witternd, und blieb kurz darauf auf dem freien Platz in der Wagemannstraße stehen. Sie schien unsicher zu sein, wohin sie ihre Schritte lenken sollte.

Der Kern der Wiesbadener Altstadt, von Wagemann- und Grabenstraße begrenzt und im Volksmund »Schiffchen« genannt, war nach wechselvoller Geschichte wieder ein beliebtes Ziel für Jung und Alt. Etliche urige Restaurants, Bistros und kleinere spezialisierte Ladengeschäfte lockten die Besucher in Scharen an. Daher war es auch nicht verwunderlich, zumal an diesem schönen sonnigen Tag, dass auch hier Tische im Freien zum Verweilen einluden. In dem Augenblick, als Freddy sich umdrehte, in die Wagemannstraße spähte und von der Sonne geblendet einen Schritt in den Schatten tat, kam aus einem der Bistros ein flotter Kellner mit schwer beladenem Tablett herausgeschossen. Beide waren sich weder bekannt noch jemals begegnet. Auch in Zukunft würden sie wohl kaum noch einmal aufeinandertreffen, was sie dagegen jetzt umso heftiger taten. Das Tablett des Kellners bekam einen Stoß ab, woraufhin die Gläser, ihrer Standfestigkeit beraubt, herabfielen und auf dem Kopfsteinpflaster zerschellten. Freddy wirbelte herum und klammerte sich an einen Schürzenzipfel des Kellners, um nicht dem Schicksal der Gläser zu folgen. Aus der neuen Perspektive erspähte sie für einen Sekundenbruchteil jenen dunklen Kerl, den sie längst aus den Augen verloren geglaubt hatte. Der flotte Kellner indes fluchte, funkelte Freddy aus zornigen Augen an und riss an seinem Schürzenzipfel, den die erstarrte Freddy noch immer krampfhaft festhielt. Ob die Dame wohl so gütig sei, endlich die Finger von seiner Kleidung zu nehmen, nachdem sie hier schon so ein Chaos angerichtet habe. Freddy sah ihn entgeistert an. Was wollte der Kellner von ihr? Nein, sie mochte sich nicht an einen Tisch setzen und schon gar nichts bestellen, dafür aber schnellstmöglich von hier verschwinden.

Das Murren und Meckern der kopfschüttelnden Gäste registrierte sie nicht, denn in ihrem Gehirn war ein weitaus wichtigerer Prozess in Gang gesetzt worden. Der kurze Blick auf den Kerl hatte ihr bewusst gemacht, dass nicht sie die Verfolgerin war, sondern es sich genau anders herum verhielt. Ein weiteres Mal gewann Panik die Oberhand und sorgte für einen kräftigen Adrenalinschub. Flucht war Freddys einziger Gedanke. Der Rucksack samt Inhalt war ihr nun gleich. Sollte er den Plunder behalten, ihr Leben war ihr wichtiger. Hans im Glück hatte sich erledigt. Nichts wie weg hier! Sie musste ohnehin schleunigst zum Dienst. Vielleicht blieb noch Zeit, bei der Konditorei in der Markstraße vorbeizuschauen, jene mit den köstlichen Schokopralinen – sie brauchte dringend Nervennahrung.

14

Ihr Blick auf die Uhr war weniger von Sehnsucht als von Ärger bestimmt. Dr. Ruth Kalteser-Kries war es nicht gewohnt, dass man sie warten ließ. Jasper hatte sich für halb zwei angekündigt, da hatte er verdammt noch mal auch da zu sein, der eitle Pfau. Gelegentlich vergaß er, wer ihn protegierte, wer ihm überhaupt eine Chance gab. Und das trotz seiner Vorstrafe. Ja, er sah verdammt gut aus, mit seiner durchtrainierten, fast schon zu schlanken Figur. Eine Pracht dunkel gelockten Haares rahmte sein makelloses Antlitz ein. Und ja, sein künstlerisches Vermögen grenzte an das eines Genies. Aber er musste geführt werden, brauchte jemanden, der ihm die Richtung vorgab, der seine Fähigkeiten und Talente dort einzusetzen wusste, wo sie am meisten Gewinn brachten. Denn seine Naivität war nicht weniger ausgeprägt als sein unwiderstehlicher Charme, dem sie oft genug erlegen war. Auch wenn sie sich dies als Schwäche – als verzeihliche Schwäche – eingestehen musste, blieb sie diejenige, die seinem Leben Halt gab.

Natürlich war da noch Hamann, der alte Sack, der sich gerne als Vaterfigur aufspielte. Ruth hatte längst die Nase voll von ihm. Aber sie brauchte ihn. Noch. Wenn das, was sie über die Sache in diesem Dreckskanal in Erfahrung gebracht hatte, der Wahrheit entsprach, dann sollte sich die Liaison mit Hamann bald erübrigen.

Ruth stieg die gewundene Treppe vom Archiv im Untergeschoss empor in die lichtdurchfluteten Ausstellungsräume der Galerie. Der Türgong kündigte einen Besucher an. Es war Jasper, der mit ausgebreiteten Armen und einem umwerfenden Lächeln auf Ruth zukam.

»Du Schuft, wo bleibst du?«, empfing ihn Ruth mit gespieltem Ernst, um gleich darauf in seiner Umarmung dahinzuschmelzen.

»Du weißt doch, dass vor dir nur die Kunst kommt«, neckte er sie und beschrieb einige der interessanten Motive, die er noch habe skizzieren müssen. Das alberne Verfolgungsspielchen mit dieser merkwürdigen Person aus dem Kurpark behielt er für sich. Solche Dinge gingen sie nichts an. Er war schließlich nicht ihr Eigentum.

»Hamann wartet auf die Skizzen«, bemerkte er. »Und ich will ihn nicht noch mehr verärgern. Dass ich ihm nichts Neues aus dem Salzbachkanal berichten konnte, hat ihm schon genug zugesetzt. Du weißt, er hat das Treffen mit mir gecancelt.«

Ruth sah ihn mit feuchten Augen an. »Komm, lass uns nach oben gehen, das Geschäftliche erledigen wir anschließend.« Jasper grinste. Er wusste, sie war ihm hörig. Er drehte das Türschild auf »Geschlossen« und führte seine willige Geliebte die Treppe hoch in ihre Privaträume.

Das Geschäftliche, welches dem Amüsement umgehend folgte, war die Angelegenheit im Salzbachkanal. Ruth gedachte, Jasper in die Details einzuweihen. Er war tatsächlich der Einzige, dem sie einigermaßen vertrauen konnte. Und sie brauchte Hilfe. Hamann hatte schließlich herausgerückt, um was es tatsächlich ging. Und er hatte die Namen der Typen genannt, die möglicherweise noch fehlende Informationen liefern könnten, um die Sache endlich zu einem erfolgreichen Abschluss zu bringen. Da war dieser Briesekorn, der nach einem Unfall im Krankenhaus lag, und Krause, der schmierige Mitesser, dem Hamann aus irgendeinem Grund zu vertrauen schien. Die Informationen, die Hamann benötigte, waren Ruth dank Jaspers Entdeckung weitgehend bekannt. Wenn sich diese als zutreffend herausstellten. Sie hatte nicht vor, sie an Hamann weiterzugeben. Das Ding würde sie zusammen mit Jasper durchziehen und dann wäre es vorbei mit »Bärchen« Hamann. Dann hätte es sich ausgebrummt. Wie sie sich seiner endledigen würde, das musste zu gegebener Zeit durchdacht werden. Seit knapp zwei Jahren hatte sie einen Jagdschein. Halali!

Vorerst aber galt es, Jasper zu instruieren. Es musste um jeden Preis verhindert werden, dass Hamann von Krause oder Briesekorn etwas über die genaue Lage des Beuteverstecks erfuhr. Denn Hamann würde die stattliche Beute selbst einsacken. Auch wenn er ihr, seinem Lämmchen, in generöser Art ein Brillantcollier in Aussicht gestellt hatte, war das nur ein Almosen im Vergleich zu der Summe, die angeblich im Gewölbe des Kanals schlummerte. Den Schmuck, wahrscheinlich noch aus den Hehlerbeständen seines einstigen Juweliergeschäftes, konnte er sich getrost in die letzten dürftigen Haare schmieren. Ruth konzentrierte sich lieber auf die Beute selbst – und auf die Faktoren, die ihr im Wege stehen konnten. An diesen Briesekorn kam man wahrscheinlich nur schwer heran, ohne Aufmerksamkeit zu erregen. Laut Hamann bestand die Möglichkeit, dass er observiert wurde. Anders sah es bei Krause aus. Er war leichter zu erreichen, aber der gefährlichere.

»Um jeden Preis muss verhindert werden, dass Krause etwas ausplaudern kann, hörst du?« Ruth unterstrich die Bedeutung dieser Worte mit einem Anheben ihres Kinns und einer deutlichen Geste ihrer Hand am Hals. Jasper zuckte angesichts der drastischen Darstellung zusammen und rückte unwillkürlich von Ruth ab. Was sie denn damit sagen wolle? Ob sie tatsächlich von ihm erwarte, dass er … ? Nein, das gehe ja nun deutlich über das hinaus, was er sich an Unterstützung vorstellen könne. Was sie denn von ihm halte? Er sei doch schließlich kein ... Nein, nein, sie solle doch nur mal an seine Künstlerseele denken. Jasper war mehr als empört. Um welche Summe es sich denn eigentlich handele? Doch auch die Höhe der Summe – zumindest jene die Ruth Jasper zugestehen wollte – ließ ihn nicht schwach werden. Außerdem habe er ja bereits seinen Beitrag dazu geleistet, das Beuteversteck auszumachen, oder etwa nicht? Ruth meinte, seine Aufgabe sei längst noch nicht erfüllt. Schließlich sei die Beute noch nicht gefunden und vor allem nicht geborgen. Und wenn man jetzt nicht schnell handelte, käme einer der Ganoven ihnen zuvor. Dem Argument konnte sich Jasper nicht ganz entziehen, aber er blieb dabei: Er werde Krause Krause sein lassen. Was auch immer sie mit ihm vorhabe, solle sie gefälligst selbst tun.

Ruth war ernüchtert – ja nahezu entsetzt. So hatte sie sich das nicht vorgestellt. Jasper entpuppte sich als Schwächling. Ihre Pläne drohten, in Schieflage zu geraten. Als sie einen weiteren Versuch unternahm, ihren Geliebten umzustimmen – mit all den weiblichen Mitteln, die ihr im Übermaß zur Verfügung standen –, wagte es dieser doch tatsächlich, sich von ihr zu lösen und den Erzürnten zu geben. Sein Nein sei endgültig, und wenn sie dennoch ernsthaft darauf bestehe, müsse er sich überlegen, wie er sich weiter verhalten solle. Speziell in dieser Angelegenheit und im Allgemeinen, was ihre Beziehung angehe. Bei seinen letzten Worten hatte sich Jasper hastig angezogen. Er verließ kopfschüttelnd das Schlafzimmer, polterte die Wendeltreppe zur Galerie hinunter und kurz darauf hörte Ruth den Gong der Ladentür.

Ob er sie bewusst schockieren wollte oder in einem Anflug von Panik überreagierte, darüber war sich Ruth nicht im Klaren. Wohl aber, dass sie dieses Projekt nun ohne Jasper durchziehen musste. Sie hatte das kriminelle Potenzial ihres

Geliebten offensichtlich völlig falsch eingeschätzt. So konnte man sich täuschen. Aber er würde zurückkommen, dessen war sie sich sicher. Ihr Vorhaben würde sich jetzt um einiges schwieriger gestalten – was sie freilich nicht davon abhalten konnte, sich die Beute zu holen. Dann musste sie sich eben selbst um diesen schmierigen Krause kümmern. Ein Gedanke irrlichterte indes in Ruths Überlegungen umher und bereitete ihr Kopfzerbrechen. Ein Gedanke, den sie nicht recht fassen konnte, möglicherweise weil er ihren Stolz und mehr noch ihre Eitelkeit verletzte. Konnte es sein, das Jasper, ihr Jasper, der ohne sie regelrecht hilflos war, ihr Jasper, der sie abgrundtief liebte, wie er sich stets ausdrückte, dass ihr Jasper also am Ende eigene Sache machen wollte, sie hintergehen wollte – um die Beute selbst einzustreichen? Letztlich war er im Moment der Einzige, der die Lage des Beuteverstecks kannte. Fast undenkbar, dass er ihr das antun könnte. Doch das Vertrauen in ihn hatte einen Riss bekommen. Ruth schüttelte den Gedanken ab wie ein lästiges Insekt. Flugs kam ihr Krause wieder in den Sinn. Das musste zuerst erledigt werden. Anschließend würde sie sich Jasper noch einmal vornehmen.

15

Gerade noch rechtzeitig trudelte Freddy zu ihrem Dienstantritt im Joho ein. Einen Moment hatte sie überlegt, ob sie nicht einfach anrufen und ihren Dienst krankheitshalber absagen sollte. Ihr war nach den aufreibenden Erlebnissen dieses verrückten Tages absolut nicht nach Arbeiten zumute. Die meisten Patienten verlangten neben den physiotherapeutischen Maßnahmen oft auch aufmunternde Zusprache. Das würde sie in ihrem aktuellen Gemütszustand nicht überzeugend leisten können. Im Gegenteil, die brauchte sie jetzt selbst. Dann war ihr eingefallen, dass heute unter anderem Frieda auf ihrer Liste stand. Frieda Herwig, eine äußerst lebenslustige ältere Dame, der nach einer Hüft-OP wieder auf die Beine geholfen werden sollte. Mit Frieda verband sie eine innige Vertrautheit. Als Witwe eines belgischen Unternehmers war sie der flämischen Sprache teilweise mächtig. Daher schmückte sie ihren Redefluss mit flämischen Begriffen, die in Freddy herzliche Erinnerungen an ihre Jugend weckten. Wenn Frieda erst einmal angefangen hatte, aus ihrem reichen Schatz an Anekdoten und Lebenserfahrungen zu plaudern, kam Freddy oft nur dazu, kurze Befehle, ihre therapeutischen Übungen betreffend, von sich zu geben. Was bei ihrem eigenen stark ausgeprägten Mitteilungsbedürfnis recht ungewöhnlich war.

Die beiden kannten sich schon etliche Jahre. Begegnet waren sie sich zum ersten Mal in einem belgischen Altenheim, in dem Friedas Mutter ihre letzten Jahre verbracht und Freddy ein Praktikum absolviert hatte. Bei einem Besuch der alten Dame war Frieda Herwig mitten in einen Tumult hineingeraten. Und zwar in eine lautstarke Auseinandersetzung zwischen

Freddy, der Chef-Altenpflegerin Schwester Louise – Freddy hatte sie immer »Altenwärterin« genannt – und zwei weiteren Angestellten. Freddy hatte aus »zeittechnischen Gründen« die Gebisse der Bewohner alle zusammen in eine Badewanne geworfen, um das lästige Abschrubben zu beschleunigen. In ihrem Arbeitseifer hatte sie allerdings nicht daran gedacht, dass sie diese nach der Reinigung ihren Besitzern wieder würde zuordnen müssen. Sie hatte die gereinigten Gebisse genommen und den alten Leutchen einfach nacheinander in den Mund gedrückt. Hatten sie einigermaßen gepasst, waren sowohl Freddy als auch die Alten zufrieden gewesen. Nur eben die Chefin nicht. Die war entsetzt. Wenn das rauskomme – nicht auszudenken! Frieda Herwig hatte damals herzhaft über den köstlichen Einfall Freddys gelacht und sie in Schutz genommen. So einen Erfindungsgeist müsse man doch fördern, hatte sie gemeint.

Über die Jahre hatten sich Frieda und Freddy immer wieder getroffen und eine herzliche Freundschaft entwickelt. Frieda betonte stets, sie erkenne gute Menschen auf den ersten Blick, und gute Menschen – wobei sie sich natürlich mit einschloss – hätten eben ein besonderes Verhältnis zueinander. Zumal sie sich gerade bei der Physiotherapie mitunter so nahe kämen, wie das für gewöhnlich nur bei ihrem verstorbenen Mann der Fall gewesen sei. Freddy war, was das persönliche Verhältnis zu ihren Patienten betraf, nicht grundsätzlich so offen. Aber Frieda und ihr unbändiger Lebensmut taten ihr einfach gut.

Auch an diesem Tag war die ältere Dame bestens drauf und legte sofort los, nachdem Freddy ihr erklärt hatte, welche Übungen auf dem Plan stünden. Ob sie denn schon mal erzählt habe, dass sie eigentlich mächtig hätte absahnen müssen, als ihr geliebter Mann so unglücklich das Zeitliche gesegnet habe – und strecken, strecken – aber ihr Schwager, also der

Bruder ihres Mannes, eigentlich der Halbbruder, dieser *Schurk* – und jetzt beugen, beugen – habe einen Teil der Sparbriefe an sich genommen. Da sei sie sich absolut sicher – und das Atmen nicht vergessen! – dann habe angeblich die Firma vor dem Konkurs gestanden und verkauft werden müssen – und hoch, hoch, höher – und laut seinem windigen Geschäftspartner habe der Erlös gerade so ausgereicht, um die Gläubiger auszuzahlen. Der Firmensitz, die herrliche Villa Fondant am Rheinufer bei Walluf sei dabei, sehr zu ihrem Bedauern, in den Besitz des Partners übergegangen – und einmal geht noch, ja, so ist gut! – Uff, nein, gut wäre das alles nicht verlaufen. Die Welt sei nun mal bevölkert von Verbrechern, und wenn es nicht auch so herzliche Menschen gäbe wie Freddy, dann wüsste sie nicht, wo sie ihren Lebensmut hernehmen sollte. Sie strahlte über ihr ganzes rosiges Gesicht und zuckte nur einmal kurz mit den Mundwinkeln, als Freddy – und nochmal strecken, strecken – es etwas zu gut mit ihrer Dehnübung meinte. Zum Glück habe sie aber schon so etwas vorausgesehen, denn die Schwiegermutter, eigentlich die Stiefschwiegermutter, wenn es die Bezeichnung überhaupt gäbe, sei ein richtiges *Beest* gewesen – und halten, halten – Freddy wisse ja sicher selbst, *de appel valt niet ver van de boom* – und das Atmen nicht vergessen! – Sie habe also vorgesorgt und die wertvolle Goldmünzensammlung rechtzeitig in Sicherheit gebracht. Die sei zwar alter Familienbesitz ihres Mannes gewesen und laut Testament seinem Stiefbruder zugedacht – und nochmal halten – aber sie habe ja auch von irgendetwas leben müssen. *Het hemd is nader dan de rok*, wie man so sage, Freddy kenne ja sicher den Ausspruch. Und da sie gewusst habe, dass zumindest das Privathaus inklusive des großen Anwesens laut Testament in ihren Besitz übergehen werde, habe sie den Goldschatz einfach in einem unbenutzten Teil des geräumigen Speichers des Hauses versteckt.

Freddy hielt bei diesem Stichwort abrupt ein mit ihrer Übung, Friedas linkes ausgestrecktes Bein in der Hand. Ob dass ihr Ernst sei, dass sie das Gold einfach an sich genommen habe, man könne ja schon fast sagen gest… Frieda nickte, mit einem belustigten Ausdruck auf dem Gesicht. Ja, so könne man *goed* sagen. Das sei ja nur der gerechte Ausgleich gewesen. Und wie solle sie sich denn bitteschön sonst ein Einzelzimmer mit Chefarztbehandlung leisten können. Dieser Dr. Overbeck im Übrigen … Nein! Freddy hob ruhegebietend eine Hand. Von dem wollte sie gerade gar nichts wissen. Vielmehr überkam sie in einem plötzlichen Anfall von vertrauensvoller Zuversicht das Bedürfnis, jemandem von ihrem wahnwitzigen Abenteuer im Silberbachkanal zu erzählen. Frieda müsse sich allerdings – wolle sie die Geschichte hören – darüber im Klaren sein, dass sie sich damit zur Mitwisserin mache. Au ja, das sei ja herrlich aufregend, sie könne es kaum erwarten, man solle das konspirative Gespräch allerdings möglichst leise führen, *de muren hebben oren*. Freddy ließ endlich Friedas Bein los, setzte sich auf die Bettkante und berichtete möglichst leise. Von den Ereignissen im Kanal, von der aufreibenden beiderseitigen Verfolgungsjagd mit dem mysteriösen Mann und auch von dem leider unglückselig verloren gegangenen Rucksack samt Beute.

Frieda war begeistert. Dass sie so etwas noch erleben dürfe. Und sie seien ja nun quasi Komplizinnen. Ob Freddy denn wisse, dass sie einen ausgezeichneten Privatdetektiv kenne, der … Nein? Keine weiteren Mitwisser? Ja, das leuchte ihr ein. Hmm, da sei zu überlegen, wie sie von ihrem Krankenlager aus in den Fall eingreifen könne, aber das würde sich finden. Das fand auch Freddy, die vor allem froh war, sich jemandem anvertraut zu haben. Sie fühlte sich gleich besser. Und vielleicht konnte Frieda, die beteuerte, dass sie einige sehr gute Kontakte habe, tatsächlich hilfreich sein.

Der weitere Verlauf ihres Dienstes lief routinemäßig ab. Freddys Laune hatte sich durch das Gespräch mit Frieda zwar aufgehellt, dennoch spulte sie ihr Programm eher lustlos herunter. Der Verlust des Rucksacks bedrückte sie. Auch der Gedanke an den unheimlichen Kerl, der ihr womöglich unbemerkt noch weiter gefolgt war, ließ sie nicht los. Er war definitiv nicht in denselben Bus gestiegen, den sie aus Zeitnot für die zwei kurzen Stationen zum Joho genommen hatte. Trotzdem wurde sie das unangenehme Gefühl nicht los, dass sie jemand beobachtete. Freddy schob die düsteren Gedanken beiseite.

Ihr Dienst war schließlich beendet, sie war müde und wollte nur noch nach Hause. Ihren Wagen, einen fünfzehn Jahre alten, rostroten Renault, hatte sie vor ihrer Kanal-Exkursion in einer der Seitenstraßen rund ums Joho geparkt. Man konnte froh sein, wenn man in der Nähe einen Parkplatz fand. Lästig war, dass man nach zwei Stunden die Parkscheibe verstellen musste, denn hier galt Einwohnerparken. Die Politessen hatten die Wagen mit Parkscheibe freilich besonders im Blick und verteilten großzügig Strafzettel. Freddy hatte sich mal überlegt, ob man nicht ein Schild mit der Aufschrift »Bitte keine Knöllchen« ins Auto legen könnte. Es gab doch auch welche mit »Bitte keine Werbung« für den Briefkasten.

Auf dem Weg zu ihrem Renault sah Freddy sich mehrmals um. Sie wollte es sich nicht eingestehen, aber sie war ganz und gar verunsichert. Misstrauisch beäugte sie jeden Passanten, der sich ihr näherte. Das musste aufhören, sie war ja fast schon paranoid.

Ihre Stimmung besserte sich verständlicherweise nicht, als ihr einfiel, dass sie auf dem Nachhauseweg noch etwas fürs Abendessen besorgen musste. Schließlich hatte sie ihren Wagen erreicht. Immerhin hatte sie keinen Knollen bekommen.

 Ihr Weg führte sie über die Bierstadter Höhe, weiter Richtung Naurod und am Kellerskopf (50.137631, 8.283857) vorbei. Die langsam dahinkriechende Schlange des Berufsverkehr gab ihr Gelegenheit, den bunt gefärbten herbstlichen Wald zu bewundern, der in der tiefstehenden Abendsonne zu leuchten schien. Wie herrlich wäre heute ein Waldlauf gewesen, dachte sich Freddy. Stattdessen hatte sie sich in dem muffigen Kanal herumgetrieben. Und anschließend eine bittere Lehrstunde in Sachen Verfolgungsjagd erhalten.

Als sie in Vockenhausen auf den Parkplatz eines Supermarktes einbog, hatte sie noch keinerlei Eingebung zum Thema Abendessen. Für was sollte sie sich entscheiden, um bei Henrich, der sich immer sehr viel Mühe beim Kochen gab, nicht schon wieder Unmut zu wecken? Eines dieser praktischen Tiefkühl- oder Fertigprodukte durfte es sicher nicht sein. Kurzerhand erkor sie die Fleisch- und Wursttheke des Marktes zum Ziel.

»Wasdarfsnsein?«, fragte eine aufmerksame Fachverkäuferin und stapelte dabei Blutwürstchen zu einer hübschen Pyramide. Freddy schüttelte sich bei diesem Anblick.

»Fleischoderwurst?«

Freddy zuckte ratlos die Schultern. »Also …«, begann sie.

»Also hamwirnicht«, gluckste die Verkäuferin und blies ihre rosigen Schweinsbäckchen auf. »Wenn Sies nicht wissen, wiewärsnmit …« Sie schlurfte zwei Meter weiter zur Fleischauslage. »Zum Beispiel sonpaar schöne Hähnchenschenkelchen?«

Freddy schüttelte sich. Sie mochte kein Fleisch, das auch nur irgendwie nach Tier aussah. Die kundige Verkäuferin bemerkte den Unwillen und machte einen weiteren Vorschlag.

»Heut ham wir frisches Sauerkraut bekommen.«

Sie stocherte mit einer großen zweizinkigen Gabel in dem aufgehäufelten Sauerkrautberg. Freddy war sich noch immer unschlüssig.

»Na, und dazu ein gekochtes Haspelchen und ein Rippchen?«

Freddy schluckte.

»Nur vielleicht nochn Äpfelchen reingeschnitten und warm machen. Ansonsten ist alles schon komplett fertig.«

»Ach?« Freddy war überzeugt und bestätigte dies mit einem Kopfnicken. Nur anstelle des Rippchens entschied sie sich für ein Stück Kasseler, da ohne Knochen.

»Darfsnochwassein?«

»Bitte?«

»Darfsnochwassein?«

»Ach so, nein danke.«

»Dazu machense am besten ein schönes Kartoffelpü. Ham wir dahinten. Gang Drei. Aus der Tüte, geht ganz fix. Darfsnochwassein?«

»Äh, nein, nein.«

»Ich mag die Haspelchen am liebsten, wenn schön viel Glibber dran ist, wissense?«

Freddy sah sie entgeistert an.

»Darfsnochwassein?«

»Ja, äh, nein, natürlich nicht, ich meine, das war's.«

»Daswardannalles?«

»Ja doch!«

Die aufmerksame Verkäuferin gab endlich auf und Freddy die verpackte Ware, bedankte sich für den Einkauf – Vielndankundschönntagnoch – und wandte sich dem nächsten Kunden zu: »Wasdarfsnsein?«

Das Abendessen war tatsächlich schnell zubereitet und fand ausgesprochen guten Anklang bei ihrem Gatten. Freddy war stolz auf ihre Wahl. Das Fertigkartoffelpüree – dagegen konnte selbst Henrich nichts sagen – war fix angerührt, das Sauerkraut mit dem Äpfelchen war sauer und schmackhaft, das Kasseler mit viel Mostrich durchaus essbar. Nur das Haspelchen mochte sie nicht so recht näher begutachten. Henrich langte ordentlich zu und aß mit Genuss. Als er anfing, mit einem Kneipchen das Fleisch vom Knochen des Haspelchens abzuschälen, verzog Freddy das Gesicht und erklärte, dass sie da gar nicht näher hinschauen könne. Er, also Henrich, müsse schon entschuldigen, aber wenn man sich den Knochen und vor allem das malträtierte Gelenk anschaue, müsse man feststellen, dass das arme Tier offensichtlich an einer schweren Arthrose gelitten habe. Was wieder mal ein Beispiel dafür sei, dass … Henrich unterbrach sie und beteuerte, dass es ihm ausgezeichnet schmecke. Und selbst wenn das Tier, was er nicht glaube, tatsächlich an irgendetwas gelitten habe, sei es ja durchaus begrüßenswert, dass man es …

Freddy schüttelte den Kopf. Sie mochte nicht länger zuhören, und zusehen schon gar nicht. Tatsächlich hatte sie während des gesamten Mahls überlegt, wie sie Henrich die Ereignisse ihres abenteuerlichen Tages plausibel schildern sollte. Natürlich würde sie ihm alles erzählen. Sie erhoffte sich Rat und Hilfe von ihrem Mann. Und vor allem Verständnis. Allein ihre Motivation, überhaupt auf Schatzsuche zu gehen, erschien ihr im Nachhinein verrückt. Henrich würde das vermutlich genauso sehen. Auch konnte sie sich nicht erklären, warum sie den Anlass des vermurksten Abenteuers, nämlich das Geständnis des sterbenden Ganoven, verschwiegen hatte. Dann war da noch diese vermaledeite SMS, die sie Henrich in ihrer Panik geschickt hatte. Der Verlust des Rucksacks samt Henrichs Taschenlampe und Schweizer Messer, kam noch hinzu. Und ja, die schönen Geldbomben waren natürlich auch dahin. Nicht das Freddy überhaupt auch nur im Entferntesten daran gedacht hätte, diese nicht bei der Polizei abzugeben.

Nach dem sehr anregenden Gespräch mit Frieda Herwig am Nachmittag hätte sie aber durchaus die eine oder andere verwegene Idee über den weiteren Verwendungszeck entwickeln können – wenn sie sich den Rucksack samt Beute nicht auf so lächerliche Weise hätte entwenden lassen. Was halfen die ganzen Überlegungen? Sie musste sich ihrem Manne anvertrauen.

»Mein lieber Henrich, hat's dir denn sehr gut geschmeckt heute?«

16

Endlich hatte sich eine der beiden gläsernen Fahrstuhlkabinen des Johos dazu bewegen lassen, im Foyer anzuhalten. Die blondperückte, mit großen getönten Gläsern bebrillte Frau stieg ein und berührte die Ziffer Vier auf der digitalen Anzeige. Lässig lehnte sie sich mit der Schulter an die Glaswand des Aufzugs. Bewaffnet war sie mit einem dürftigen Blumensträußchen, das sie unter den Arm geklemmt hatte und das harmonisch zu dem billigen Parka, der Plastiktüte und ihrer mürrischen, abweisenden Miene passte. Sie wirkte so, als ob man sie besser nicht anspräche. Auch der Inhalt der Tüte war nicht dazu angetan – hätte denn jemand einen Blick in diese werfen können –, ein Vertrauensverhältnis mit der Dame einzugehen. Doch sie war alleine. Und so nahm niemand wahr, wie sie ihre spitze Nase in die Tüte steckte und die Utensilien begutachtete, die sie in Kürze einzusetzen gedachte.

In der dritten Etage wurde sie bei ihrer Inspektion unerwartet gestört, denn der Aufzug hielt ärgerlicherweise an. Ein beleibter, halbbeglatzter Herr im kurzen Bademantel, aus dem zwei schwarzbehaarte Gebeine herausragten, schob erst sich und dann recht umständlich seinen Infusionsständer in den Aufzug und leistete der Dame Gesellschaft. Er schien ihr das Beisammensein besonders angenehm gestalten zu wollen, denn kaum hatte er ihr gegenüber Stellung bezogen, grinste er sie aufmunternd an. Der Beutel mit der Infusionslösung baumelte lustig zwischen ihnen hin und her. Er begann eine Anekdote seines Krankenhausaufenthaltes zum Besten zu geben. Sie könne sich ja nicht vorstellen, was in diesem Etablissement so alles passiere. Von manch einem dieser Krankenpfleger könne er was erzählen … und erst die Patienten … und dann die ganzen Krankheiten. Und da sei doch tatsächlich so ein Kerl, den man ausgerechnet in seinem Zimmer einquartiert habe, der schnarche so laut wie ein Walross. Und wenn er dieses einmal unterließe, erzähle er stattdessen im Schlaf Geschichtchen, und zwar die übelsten Zoten, könne er ihr versichern. Man stelle sich nur vor … Der Herr holte ein fleckiges Taschentuch aus der Bademanteltasche und wischte sich die Schweißtropfen von der Stirn. In diesen Aufzügen sei es immer so heiß, nicht? Man stelle sich also vor, was der Kerl da heute Nacht von sich gegeben habe …

Er beugte sich ein Stück näher zu der Dame rüber und blinzelte sie verschwörerisch an. Der Angesprochenen blieb ob des Redeschwalls fast die Luft weg. Was auch daran lag, dass sie diese angehalten hatte, um dem beißenden Zwiebelgeruch aus dem Munde ihres Gegenübers zu entgehen. Brüsk drehte sie sich um und mühte sich vergeblich mit der Bedienung des Aufzugtableaus ab. Auf dieses penetrante Gebrabbel konnte sie sehr gut verzichten. Indes, der Aufzug weigerte sich standhaft, das zu tun, was seine Bestimmung war. Er blieb stehen, oder besser gesagt, in luftiger Höhe hängen, während der Zorn der Dame wuchs und ihr Antlitz sich verfinsterte.

Dem aufdringlichen Herrn bescherte der ungeplante Halt die Gelegenheit, seiner Geschichte weitere Einzelheiten hinzuzufügen. Zwar hatte er mittlerweile den berechtigten Eindruck gewonnen, dass die Dame seiner Erzählung nicht mit aufrichtiger Aufmerksamkeit folgte, aber er musste das jetzt loswerden. Er ignorierte die Unmutsäußerungen und klopfte mit einem seiner wulstigen Finger auf den Behälter mit der Infusionslösung. Das Zeug solle stetig laufen, müsse sie wissen. Also, was der Kerl da heute Nacht von sich gegeben habe … Wenn das auch nur ansatzweise stimme, dann sei das ja ein echtes Ding. Denn – die geschätzte Dame werde es kaum glauben – der habe doch tatsächlich im Traum von einem Mord und der verlorenen Beute irgendeines Raubzugs erzählt. Der Herr verschluckte sich fast, als die geschätzte Dame sich ruckartig umwandte, die dicke Hornbrille abzog und ihn entgeistert anstarrte. Was er da gerade erzählt habe? Ob er das wohl wiederholen könne? Und zwar etwas flott. Der Herr war pikiert. Da staune sie, nicht wahr. Er überlege gerade, ob er ihr verraten solle, was der Kerl noch … Ja, doch! Und er solle verdammt noch mal endlich die Details ausspucken, und nicht so lahmarschig wie die ganze Zeit. Moment! Er müsse schon sehr bitten. Gnädigste sei nicht gerade übertrieben höflich und er wisse nicht, warum er ausgerechnet ihr …

Da platzte der Gnädigsten der Kragen. Offensichtlich war sie in einer angespannten Gemütslage. In einem Anfall von Jähzorn packte sie den konsternierten Herrn am Revers seines Bademantels und funkelte ihn aus zorngeweiteten Augen an.

»Wenn du aufgeblasener Heini nicht endlich mit der Sprache rausrückst, dann werde ich dir eine Infusion verabreichen, an der du noch lange zu schlucken hast. Verstanden?«

Sie verabreichte dem Infusionsbeutel einen Schlag mit der flachen Hand. Der beleibte Herr stöhnte auf und rieb sich die Hand, an der die Infusionsleitung angelegt war. Er war jedoch mitnichten so eingeschüchtert, wie die Dame es sich erhofft hatte.

»Sie können mich mal! Und zwar kreuz und quer! Ich bin schon mit ganz anderen Kalibern fertig geworden.«

Der Aufzug schien ganz auf der Seite des Herrn zu stehen, denn er setzte sich ohne Vorwarnung in Bewegung und hielt Sekunden später in der vierten Etage. Der überrumpelten Dame fiel fast die Tüte aus der Hand und vor Ärger nichts Weiteres ein, als dem Infusionsständer einen heftigen Tritt zu versetzen. Der Herr hatte es begreiflicherweise eilig, der Gesellschaft der Dame zu entfliehen. Er zwängte sich an dieser vorbei, langte nach dem Ständer mit der Infusion und zerrte ihn hinter sich aus dem Aufzug heraus. Auf jeden Fall würde die Angelegenheit Folgen für die Dame haben, bemerkte er. Und zwar keine erfreulichen. Und schon war er aus der Glaskabine heraus und wackelte schimpfend den Gang entlang. Unglaublich, was man hier in diesem Etablissement so alles erlebte. Vor allem diese Besucher.

Ehe die zerknirschte Dame reagieren konnte, glitt die Kabinentür zu und der Lift fuhr wieder nach unten. Im Foyer waren mehrere Personen stehen geblieben und hatten die lautstarke Auseinandersetzung belustigt verfolgt. Der Aufzug hielt in der ersten Etage. Scheinbar grundlos, denn vor der sich öffnenden Tür wartete niemand. Die Dame ergriff die Gelegenheit und stürmte im Stechschritt aus der Kabine heraus. Zum Abreagieren war das Treppenhaus sicher gut geeignet.

Dieser Bademantelfatzke hatte ihr vorerst einen Strich durch die Rechnung gemacht. Der war jetzt garantiert auf dem Weg zurück zu seinem Krankenzimmer. Das Zimmer, das wohl auch ihr Ziel war. Das Ganze gestaltete sich schwieriger als erwartet. Wenn der Kerl es sich erst wieder in seinem Bett bequem gemacht hatte, war ihr Plan dahin. Sie konnte sich die Szene bildlich vorstellen, wie er sich genüsslich in seine speckigen Kissen flötzte und dabei über Gott und die Welt lästerte. Sobald sie das Zimmer betrat, würde er augenblicklich Laut geben oder besser gesagt gehörig Krach schlagen. Da war Improvisation angesagt. Sie zwang sich zur Ruhe. Langsam stieg sie die Stufen hinauf und wog nüchtern ab, ob es noch Sinn machte, die Sache durchzuziehen, oder ob das Risiko zu hoch war, entdeckt zu werden. Sie entschied sich, vorerst nach Plan vorzugehen. Sollte sich die Situation tatsächlich negativ entwickeln, konnte sie immer noch abbrechen.

In der dritten Etage suchte sie eine Besuchertoilette auf, schloss sich ein und entnahm der Plastiktüte Einweghandschuhe und einen weißen Kittel. Es war nicht genau die Tracht, welche die Krankenschwester hier zu tragen pflegten, aber das würde niemandem auffallen. Rasch zog sie sich um, den Parka hängte sie an einen Haken an der Toilettentür. Da konnte er ruhig hängen bleiben. Sie nahm die Handschuhe und stülpte sich zuerst einen über die linke, dann einen über die rechte Hand. Anschließend streckte und spreizte sie ihre Finger, bis das Vinyl richtig saß. Das war irgendwie ein gutes Gefühl. Langsam und genüsslich zogen sich ihre Finger zusammen, verwandelten sich in gefährliche Krallen, die erbarmungslos zudrücken konnten. Aber so würde er nicht sein Ende finden. Nein, hier war eine andere Methode angesagt. Vorsichtig griff sie nochmals in die Tüte und förderte eine Schachtel zutage, in der eine vorbereitete Spritze lag. Die Spritze verbarg sie sachte in der rechten Tasche des Schwesternkittels. Eigentlich schade. Die Spritze mit der Überdosis eines Herzmittels, intravenös verabreicht, war eigentlich viel zu barmherzig. Aber es musste eben schnell gehen. In ihrer Fantasie hatte sie sich wesentlich schönere quälendere Methoden ausgemalt. Rattengift zum Beispiel. Das war ein Mittelchen, das noch genug Zeit ließ, alle Qualen und Schmerzen voll auszukosten. Doch genug der Wunschträume. Die Zeit drängte.

Sie schloss die Toilettentür auf, betrat den Vorraum und stopfte die Plastiktüte samt dem schon arg mitgenommenen Blumensträußchen in den Mülleimer. Mit ihren behandschuhten Händen fuhr sie sich durch die blonde Perücke, rückte ihre Hornbrille zurecht und verließ die Besuchertoilette. Auf dem Gang prägte sie sich deren Standort ein und ging zügig Richtung Treppenhaus. Als sie es auf der vierten Etage wieder verließ, begegneten ihr zwei jüngere Männer in

Arztkitteln. Offensichtlich Assistenzärzte. Sie beäugten sie aufdringlich und schwebten an ihr vorbei. Im selben Moment entdeckte sie die Halbglatze. Der Schwätzer stand an einem Wasserspender und redete auf ein schmächtiges altes Männlein ein. Das zog die buschigen Augenbrauen erstaunt in die Höhe und versuchte, mit einem seiner dürren Zeigefinger dem Redeschwall Einhalt zu gebieten. Vergeblich. Halbglatze hatte sich offensichtlich in Rage geschwätzt. Mit Händen und Füßen rudernd, schwadronierte er über das bittere Los der Patienten. Sie seien hilflos der Willkür der Ärzte und dem maroden Gesundheitssystem ausgesetzt, das nur eines zum Ziele habe, nämlich das möglichst frühzeitige Ableben der ihm auf der Tasche liegenden Kranken. Halbglatze beugte sich zu dem Alten hinunter. Er kenne da zum Beispiel einen Fall, der ... Der Alte sah ihn hilflos, fast flehentlich an. Halbglatze fuhr ungerührt fort. Das Opachen habe doch sicher noch etwas Zeit für die Geschichte. Andererseits, wenn man ihn so anschaue ... Aber die paar Minuten werde er doch wohl noch ...

Die Blondberückte nutzte die Chance. Sie drehte den Kopf zur Seite und eilte, einen ihr entgegen kommenden Pfleger grüßend, an den beiden vorbei.

17

Krause war froh, seinen nervigen Zimmermitbewohner für einige Zeit los zu sein. Der konnte sein Mundwerk keine Minute im Zaum halten. Den ganzen Tag ging das so. Ob er schon gehört habe und ob er eigentlich wisse und er könne sich nicht vorstellen. Dabei musste er dringend nachdenken. Aber der Vielschwatz folgte ihm überall hin. Es war wie bei Hase und Igel. Immer war der Kerl schon da. Im Aufenthaltsraum oder in der Cafeteria, wenn Krause mal in Ruhe einen Kaffee trinken wollte. Selbst beim Röntgen saß er neben ihm auf der Wartebank. Als sei er sein ureigener Schatten.

Ja, Krause musste nachdenken. Die Sache mit Briesekorn hatte sich etwas anders entwickelt als geplant. Zwar war er sich sicher, dass niemand Verdacht schöpfen würde, aber es stand außer Zweifel, dass er das Krankenhaus schleunigst verlassen musste. Hätte dieser übereifrige Assistenzarzt nicht etwas Nachprüfenswertes – etwas, was man angeblich nicht auf die leichte Schulter nehmen dürfe – bei ihm entdeckt, wäre er schon längst weg. Aber er hatte Respekt vor derlei Angelegenheiten. Immerhin hatte er vor einiger Zeit bereits einen Herzinfarkt überstanden. Die heutige Untersuchung wollte er noch abwarten. Wenn die Diagnose, wie er hoffte, nichts Besorgniserregendes zutage brachte, würde er diesem Krankenzimmer und dem geschwätzigen Zimmergenossen Lebewohl sagen. Wobei die mögliche Entlassung sicher erst am nächsten Morgen anstand. Nur, wie sollte es dann weitergehen? Er hatte Hamann in ihrem Telefongespräch nichts verraten. Es war dürftig genug gewesen, was er aus Briesekorn hatte herauspressen können. Der sture Bock hatte partout nicht die genaue Stelle preisgeben wollen. Nie im Leben würde er das tun, hatte Briesekorn beteuert, was tatsächlich zum vorzeitigen Ende desselben geführt hatte. Das war so nicht unbedingt geplant gewesen, aber letztlich Briesekorns Verbohrtheit und seinem einstigen Verrat geschuldet. Dem Verrat, der ihm acht Jahre Knast eingebracht hatte. Zumindest hatte Hamann behauptet, das Briesekorn möglicherweise der miese Verräter gewesen sei. Krause war nicht stolz darauf, Briesekorn den Garaus gemacht zu haben. Er war nicht der kalte, skrupellose Typ. Seine Methode allerdings war eine saubere Sache gewesen. Eine, die man zwar wahrscheinlich würde nachweisen können, doch wer machte schon eine Autopsie bei einem alten Patienten, der offensichtlich an einem Herzversagen dahingeschieden war?

Seinerzeit im Gefängniskrankenhaus, in dem Krause als Aushilfskraft all die Dinge zu übernehmen hatte, die für einen Häftling dreckig genug erschienen, hatte er von einem der Pfleger, einem ehemaligen Straffälligen, einiges gelernt. Im Knast wurde man eben zum richtigen Ganoven. Da bekam man das Rüstzeug, um in der Gesellschaft bestehen zu können.

Seine Methode hatte also darin bestanden, die Infusionslösung, die Briesekorn mit Elektrolyten und einem schmerzlindernden Mittel versorgten, mittels einer kleinen Giftspritze aufzupimpen. Woraufhin der Cocktail rasch und unnachgiebig begonnen hatte, seine unheilvolle Wirkung zu entfalten. An ein schnell wirksames Gift heranzukommen war kein großes Problem, wenn man die richtigen Kontakte hatte. Krause war in diesem Fall jedoch nicht darauf angewiesen gewesen. Er war passionierter Seewasser-Aquarianer und hatte für die Neueinrichtung eines Beckens in einem Onlineshop Lebendgestein bestellt. Gewöhnlich hatte der Lieferant darauf zu achten, dass das Gestein keine giftigen Meeresbewohner beherbergte. Doch zuweilen konnte es passieren, dass dieses eben doch geschah. So war Krause unfreiwillig, aber nicht unwillkommen in den Besitz von einem Exemplar des *Conus textile* gelangt. Einer Kegelschnecke, deren Gift zu den tödlichsten im gesamten Tierreich zählte. Ein wirklich nützliches Tierchen war ihm da untergekommen, das er liebevoll, aber auch respektvoll gehegt und gepflegt hatte. Man konnte ja nie wissen, für welche besonderen Zwecke man die Extraktion seines tödlichen Giftes einsetzen konnte. Nun hatte, fernab seiner indopazifischen Herkunft, *Conus textile* sein letztes Opfer gefunden. Von dem Einstich der Spritze in den Infusionsbeutel hatte Briesekorn nichts mitbekommen. Er war von einer von Krause versehentlich umgestoßenen Teetasse abgelenkt worden. Was ihn selbstredend noch mehr aufgebracht hatte, als er ohnehin durch den Besuch Krauses und dessen penetrante Fragerei bereits war. Krause hatte es fast bedauert, dass er den Lump und Verräter Briesekorn nicht in die fantastische Wirkungsweise des Toxins und das unabdingbar anstehende Ende – ein Gegengift gab es nicht – hatte einweihen können. Aber Briesekorn war höchstwahrscheinlich von selbst darauf gekommen, wer ihm da den Sensenmann geschickt hatte. Es musste ihm spätestens klar geworden sein, als Krause aus dem Zimmer war und das Gift seine todbringende Wirkung auf schmerzhafteste Art und Weise gezeigt hatte. Da war es aber längst zu spät. Den Notknopf hatte Krause wohlweislich aus der Reichweite Briesekorns gebracht.

Im Nachhinein musste Krause es sich eingestehen: Ein Mord im Affekt war es im Grunde nicht. Insgeheim hatte er bei sich nicht ganz ausgeschlossen, das saubere Giftspritzchen, das er im Handgepäck zu seinem fingierten Klinikaufenthalt mitgenommen hatte, auch einzusetzen. Wie auch immer, die Sache war erledigt und sauber zu Ende geführt. Der dumme Zwischenfall vor seinem Besuch des briesekornschen Krankenlagers, bei dem ihn eine hektische Krankenschwester fast über den Haufen gerannt und ihn dieser schnöselige Arzt verdächtig lange angeglotzt hatte, war nicht von Belang. Das würde niemand mit der Tat, wenn die als solche überhaupt je entdeckt werden würde, in Verbindung bringen. Jetzt galt es, nach vorne zu blicken oder besser gesagt nach unten. Denn der Salzbachkanal war nach wie vor sein Ziel. Von Briesekorn hatte er lediglich herausbekommen, dass die Beute tatsächlich noch da unten lag. Und eine sehr grobe Richtungsangabe. Das war dürftig, aber besser als gar nichts. Wenn die noch anstehende Untersuchung erst vorbei sein würde, würde er sich schleunigst aus dem Staub machen und sich auf Schatzsuche begeben. Krause sah auf die Uhr – jetzt wartete er schon seit dreißig Minuten. Die ließen sich mal wieder Zeit. Er überlegte, dem Drogenbistro, wie er die Stationstheke der Krankenschwestern nannte, einen Besuch abzustatten, um den Damen mal etwas Dampf zu machen, als eines jener Exemplare die Tür öffnete und ihre spitze Nase ins Zimmer steckte.

»Herr Krause?«, fragte die Weißbekittelte, trat flugs ins Zimmer und an Krauses Bett.

»Ja sauber! Das wird aber auch Zeit!«

»So ungeduldig? Auf was warten Sie denn, Herr Krause?«

»Das soll jetzt ein Scherz sein oder was? Ich warte schon ewig auf die Untersuchung in der Kardiologie. Ich dachte, Sie holen mich ab.«

»Aber ja doch, noch ein klein wenig Geduld, das Warten hat gleich ein Ende. Fest versprochen. Vorher bekommen Sie aber noch ein Spritzchen.«

Die Krankenschwester holte aus einer Tasche ihres Kittels die üblichen Utensilien heraus.

»Eine Spritze? Wozu?«

»Äh – zur Blutverdünnung, zur Vorbereitung für ihre Untersuchung.«

»Sie sind neu, Ihr Gesicht kenne ich noch nicht. Obwohl irgendwie …«

»Wir hatten gerade Schichtwechsel, wir sind uns sicher noch nicht begegnet.«

Krause streckte ihr den linken Unterarm entgegen. »Bedienen sie sich.«

Die Krankenschwester begann, umständlich an der Venenkanüle des Patienten herumzuhantieren.

»So oft machen Sie das wohl nicht, was?«, sagte Krause, als die Krankenschwester offensichtlich nicht zurechtkam.

»Nee, das mache ich heute tatsächlich zum ersten Mal, wenn Sie es genau wissen wollen.«

»Na, wenigstens haben sie Humor. So, irgendwie kommen sie mir aber doch bekannt vor. Wenn ich nur wüsste …«

»Erst muss die laufende Infusion gestoppt werden, dazu den Dreiweghahn zudrehen, dann kommt die Spritze in die Zuspritzpforte … Nun müsste es passen.«

»Jetzt aber mal Schluss mit den Witzchen! Das hört sich ja wie auswendig gelernt an.«

Die Krankenschwester hob den Kopf, fixierte Krause durch ihre Hornbrille und wisperte mit einem geheimnisvollen Grinsen: »Ich sag doch, das ist das erste Mal.« Damit drückte sie den Kolben der Spritze in den Zylinder.

»Die Injektionsflüssigkeit wird nun durch die Vene zum Herzen geführt und verteilt sich zügig über die Arterien im gesamten Organismus. Das stand da jedenfalls.«

Krause sah sie entgeistert an. »Was …?«

»Na, im Internet. Da wo beschrieben wird, wie man ein Medikament über eine Kanüle injiziert. Das soll eigentlich langsam und bedachtsam geschehen. Aber wir sind ja etwas ungeduldig, nicht?«

Krause verdrehte die Augen. »Was soll das, wer …?«
Er versuchte, sich aufzurichten, was ihm aber nicht gelang. »Mir ist so …«

Panisch griff er nach dem Notknopf, doch der baumelte unerreichbar neben dem Bett. Eine furchtbare Erkenntnis und blankes Entsetzen erfüllten ihn. In seinem schon vernebelten Bewusstsein glaubte Krause zu sehen, wie das unbarmherzige Gesicht der Krankenschwester sich in Briesekorns Antlitz verwandelte. Briesekorn, den er selbst ins Jenseits befördert hatte, lachte. Er lachte ihn aus, mit weit geöffnetem, schwarz bezahntem Mund, und lockte ihn: Komm, Krause, komm zu mir …

Der Blutkreislauf des Gerufenen spielte verrückt. Krause verlor das Bewusstsein.

Die Frau im Schwesternkittel betrachtete fasziniert den zuckenden Mann. »Ich hab dir doch versprochen, dass es schnell gehen wird.«

Sie zog die Spritze sorgsam aus der Kanüle und steckte sie zurück in die Kitteltasche. Dann stellte sie die laufende Infusion wieder her, wandte sich ab und eilte zur Tür.

18

Dr. K. J. Overbeck, Chefarzt der Unfallchirurgie des St.-Josefs-Hospitals und Vorgesetzter Freddys, saß am Schreibtisch seines Büros und war entrüstet. Mehr noch: Er war zutiefst entrüstet und menschlich enttäuscht obendrein. Er schüttelte den Kopf, sah zur Decke empor, ließ den Blick einmal ganz durchs Zimmer wandern und zurück auf seinen Schreibtisch, wo sich alles am rechten Platz befand. Das Telefon, an dem ein blinkendes Licht um Aufmerksamkeit bettelte. Das Diktiergerät, eben noch in Verwendung beim Verfassen eines Arztbriefes. Seitlich die Tastatur des PC, die Dr. Overbeck ein wenig zurechtrückte, und neben einem Zettelkasten das wurzelholzgerahmte Bild seiner Familie. Seine adrette Frau und der verzogen dreinblickende Nachwuchs, in Gestalt eines Jungen im Grundschulalter, grinsten wie jeden Tag in Dr. Overbecks Chefarztzimmer. Alles war in schönster Ordnung.

Doch tatsächlich war nichts in Ordnung und die Situation weit entfernt davon, »schön« genannt zu werden. Denn Dr. K. J. Overbeck gegenüber saß Bernd Simon, einigermaßen entspannt zurückgelehnt auf einem Besucherstuhl und außerdem Kriminalhauptkommissar bei der Mord-Kommission des LKA Wiesbaden. Der Siebenundvierzigjährige, grauhaarige Vegetarier mit Bauchansatz, gerade frisch geschieden, Vater eines halbwüchsigen Sohnes und seit Neuestem Besitzer einer zugelaufenen Katze, hatte Herrn Dr. Overbeck nicht als Patient aufgesucht. Obwohl er durchaus ärztlichen Rates bedurfte, da er über Probleme mit seinem rechten Knie klagte.

Bernd Simon war aus beruflichen Gründen hier. Was er im Grunde bedauerte, und zwar mindestens ebenso wie den

Umstand, dass er das abstrakte Bild im Rücken des Chefarztes betrachten musste. Das Gespräch mit dem Herrn Doktor war ins Stocken gekommen und so bemühte sich der Herr Kommissar seit einigen Minuten, eine Spur Gegenständliches in dem Gemälde zu entdecken. Er wusste, wie albern dieses Ansinnen war, und doch konnte er nicht anders. So wie sich ihm aus den verschlungenen Fäden seines Badezimmervorlegers immer wieder neue Gesichter aufdrängten, wurden diese auch in jedem abstrakten Gemälde lebendig, das er betrachtete. Bernd Simon war kein Freund abstrakter Kunst. Auch die disharmonischen Farben und Formen des Gemäldes hinter Dr. Overbecks unruhig kreiselndem Haupt verursachten ihm mehr Kopfzerbrechen als Entzücken. So wie dieser Fall, der sich nach der über halbstündigen Unterredung mit dem Herrn Chefarzt als einer der verwirrenden Art präsentierte. Alles, was zu diesem Zeitpunkt zwischen den beiden zu bereden gewesen war, war beredet. Und so warteten die Herren. Der eine aufs Äußerste entrüstet und der andere zunehmend genervt. Gelegentlich trafen sich ihre Blicke. Bernd Simon hob dabei missmutig die Braue seines linken Auges, was ein wenig einstudiert wirkte, während Dr. Overbeck ein um Verständnis heischendes Grinsen beisteuerte. Die Herren warteten auf Freddy.

Für gewöhnlich ausnehmend pünktlich, war Freddy heute aufgrund eines kurzen Zwischenaufenthaltes im Kurpark nicht ganz zeitig zum Dienstantritt erschienen. Weniger das noch immer herrliche Oktoberwetter hatte sie dorthin gelockt, als vielmehr der Rat ihres Mannes Henrich. Er hatte am Abend zuvor beim gemeinsamen Kriegsrat erwogen, dass die schöne Beute womöglich noch nicht verloren sei. Was für eine Aussage! Überhaupt hatte er der Schilderung eher mit Gleichmut denn mit der erwarteten Fassungslosigkeit gelauscht. Das war wieder mal typisch Henrich. Die Ruhe selbst, wenn es um Leben und Tod ging, dagegen hochgradig unentspannt, falls wieder mal nur Pizza auf den Tisch kam. Jedenfalls hatte er nach reiflicher Überlegung bemerkt, dass es womöglich keine schlechte Idee sei, wenn Freddy sich – selbstverständlich in seiner Begleitung – erneut zum Ort des Geschehens begebe. Genauer gesagt in den Kurpark oder gar zum Start ihrer Erlebnistour, dem Einstieg zum Salzbachkanal. Nämlich bestünde dort die Chance, entweder den Rucksackdieb anzutreffen, was eher unwahrscheinlich wäre, oder die japanische Reisegruppe, was ihm schon wahrscheinlicher erschiene. Wie Freddy aufmerksam registriert habe, sei der Platz vor der Villa Clementine offensichtlich der Treffpunkt für touristische Exkursionen. Und wenn er den Schilderungen Freddys richtig gefolgt sei, könnten eben jene Japaner – jener Schlag Menschen, von denen behauptet würde, dass sie äußerst korrekt und aufmerksam seien – eventuell Zeugen gewesen sein, wie der rätselhafte Mann sich ihres Rucksacks bemächtig habe. Und sie seien nicht nur als Augenzeugen interessant, sondern hätten vielmehr – und jetzt komme man zum springenden Punkt – am Ende den Kerl sogar fotografiert. Und wenn sie beide, also Freddy und er, sich gemeinsam der Japaner annähmen, dann bestehe durchaus die Aussicht, mehr über diesen Kerl und die Beute in Erfahrung zu bringen. Sie wisse ja, dass er als IT-Fachmann beruflich gelegentlich mit asiatischen Partnern und deren Kultur zu tun habe. Die Möglichkeit, die Polizei einzuschalten, die ja durchaus mit solcherlei Fällen vertraut sei, bliebe ja unbenommen.

Freddy war freudig überrascht, dass ihr Henrich die Geschichte so ruhig und verständnisvoll aufgenommen hatte. Eigentlich hatte sie damit gerechnet, dass er ob ihrer riskanten, ja naiven Verfolgungsjagd einigermaßen bestürzt reagieren und ihr Vorhaltungen machen würde – schließlich hätte sie ja gleich zur Polizei gehen können. Aber nein, ihre Schilderung der Ereignisse hatte Henrich nicht aus der Fassung gebracht. Im Gegenteil: Als die Sprache auf den Inhalt des Rucksacks, nämlich die zwei Geldbomben gekommen war, hatte sie geglaubt, einen unbekannten Glanz in seinen Augen zu bemerken. Und auch die Beschreibung des Fundortes hatte ihn sehr interessiert. Insgesamt, fand Freddy, hätte er sich aber doch ein wenig besorgter um sie zeigen können. Immerhin hatte er dann die Idee mit den Japanern ins Spiel gebracht, was besser war, als gar nichts zu unternehmen.

Und so waren Henrich und Frederieke Jacobs am nächsten Morgen losgezogen. Hand in Hand waren sie am Kurparkweiher entlang geschlendert, hatten sich am Entengeschnatter und am Sonnenglanz auf dem bunten Herbstlaub erfreut und Ausschau nach ihren Japanern gehalten, die dagegen durch Abwesenheit glänzten. Es war schlichtweg der falsche Zeitpunkt. Der japanischen Reisegruppe wurde gerade das Antriebsprinzip der Nerobergbahn als Wasserlast- und Zahnstangenstandseilbahn näher gebracht. Das ging verständlicherweise nur vor Ort, nämlich an der Talstation im Nerotal. Folglich konnte die eifrig fotografierende Gruppe den im Kurpark auf sie wartenden Jacobs keinen Hinweis zur Klärung des Falls geben. Das Wortungetüm »Zahnstangenstandseilbahn« war übrigens der Renner an diesem Ausflugstag. Die japanische Übersetzerin in der Reisegruppe hatte kein brauchbares japanisches Wort gefunden und so wurde fast zwei Stunden geübt, bis der Erste das deutsche Wort unter großem Applaus fehlerfrei aufsagen konnte. Freddy und Henrich warteten vergeblich auf ihre Japaner. Schließlich war Freddy spät und unverrichteter Dinge abgezogen und zum Dienst geeilt. Henrich wollte noch einige Runden durch den Kurpark und über die Rue drehen.

Stationsschwester Angelika saß mit hochrotem Kopf hinter ihrem Tresen. Sie sortierte Patientenakten von links nach rechts und wieder zurück und reckte ihren dürren sehnigen Hals ständig hoch zur Uhr an der Wand und wieder runter. Die leichte Verrenkung veranlasste ihren Drehstuhl dazu, die Bewegung mit einem knarzenden Quietschen zu begleiten. Ein unbeteiligter Beobachter hätte dieses Geräusch durchaus mit der Verdrehung des Halses in Verbindung bringen können. Stationsschwester Angelika hätte sich über eine entsprechende Bemerkung sicher wenig amüsiert gezeigt. Schon gar nicht in ihrer aktuellen Stimmung. Denn sie war besorgt, zutiefst besorgt. Ausgerechnet heute kam Freddy nicht pünktlich. So kannte man sie nicht. Auch das, was da durch Flure und Stationen geisterte, nämlich die übelsten Gerüchte über Dinge, in die Freddy verstrickt sein solle, war unglaublich. Nein, das passte nicht zu der Freddy, die Stationsschwester Angelika kannte und schätzte und mit der sie eine unbändige Lust auf Schokolade verband.

Im selben Moment, in dem ihr Telefon energisch den Befehl erteilte, den Hörer abzunehmen, hastete Freddy um die Ecke. Stationsschwester Angelika sprang von ihrem quietschenden Stuhl auf, riss den Kopf nach oben und den Telefonhörer ans Ohr und winkte Freddy zu sich heran.

»Ja, Herr Dr. Overbeck? Nein, Freddy, ich meine Frau Jacobs, ist noch nicht eingetroffen.«

Strenger Blick zu Freddy. »Ja, Herr Doktor, ich sage Ihnen Bescheid, wenn … Ja, natürlich hab ich es schon telefonisch versucht, aber …« Abwartende Handbewegung. »Ja natürlich, Herr Doktor, sofort.«

Sie feuerte den Hörer auf die Gabel und schnappte sich die verdutzte Freddy am Kragen.

»Wo bleibst du denn nur? Weißt du nicht, was hier los ist? Wieso gehst du nicht ans Handy?«

Freddy war mehr als verwirrt. Ihr Handy habe sie vermutlich nicht eingeschaltet, warum sie sich verspätet habe, ließe sich nicht so einfach erklären, und was hier los sei, solle doch bitteschön Angelika ihr erklären.

»Nur so viel, meine Liebe«, tuschelte ihr Angelika ins Ohr, während ein junger Pfleger über den Gang huschte und die beiden mit einem dümmlichen Grinsen bedachte.

»Du sollst sofort zum Overbeck kommen. Ich weiß nicht, was das zu bedeuten hat, aber ich hoffe sehr, dass du da nicht in etwas Schlimmes verwickelt bist.«

Freddy sah die Stationsschwester verständnislos an.

»Nur damit du vorgewarnt bist«, fuhr Angelika fort, verrenkte ihren Geierhals und blickte verstohlen nach links und rechts. »Der Alte hat Besuch. Und zwar von der Kriminalpolizei.«

Freddy klappte die Kinnlade herunter, alles Blut schien schlagartig aus ihrem Gesicht gewichen zu sein. »Sag das nochmal, ist jetzt nicht dein Ernst, oder?«

»Doch Freddy. Und jetzt sag mir bitte, in was du da hineingeraten bist.«

Aber Freddy sagte gar nichts mehr. In ihrem Kopf fuhren alle Geschehnisse des gestrigen Tages Karussell. Sie konnte keinen klaren Gedanken fassen. Dagegen fasste Angelika sie unterm Arm und schob sie sachte, aber bestimmt zum Chefarztzimmer. Freddy fragte zaghaft, ob sie tatsächlich jetzt da rein müsse. Es gebe doch auch die Möglichkeit, dass … Die Antwort gab die Tür selbst, die in diesem Moment geöffnet wurde, und Dr. Overbeck streckte seinen Kopf heraus.

»Ah, Frau Jacobs, da sind Sie ja. Endlich! Kommen Sie herein! Rasch, wenn ich bitten darf.«

Stationsschwester Angelika schob Freddy ins Zimmer.

»Erst mal tief durchatmen, hörst du?«

19

Kommissar Simon löste sich von den imaginären Fratzen des abstrakten Gemäldes, das seine verdrießliche Stimmung während der Wartezeit noch gesteigert hatte. Er erhob sich von seinem Besucherstuhl und kam auf Freddy zu. Er gab ihr die Hand, stellte sich kurz vor und bat sie, auf einem zweiten Stuhl vor des Doktors Schreibtisch Platz zu nehmen. Dr. Overbeck saß bereits wieder. Während Bernd Simon Platz nahm, blickte der Herr Doktor Freddy herausfordernd an.

»Also, Frau Jacobs, dann erzählen Sie mal. Wo kommen Sie so spät her?«

»Wenn ich bitten dürfte, Herr Doktor«, unterbrach ihn Bernd Simon. »Sehr gerne würde ich Frau Jacobs selbst befragen. Wenn Sie gestatten.«

»Bitte, bitte. Wenn Sie meinen.«

Ja, der Herr Hauptkriminalkommissar meinte es genauso. Er drehte sich zu Freddy um, die in sich zusammengesunken, mit dem Ausdruck völliger Verwirrtheit, auf ihrem Stuhl saß.

»Muss denn tatsächlich die Polizei …? Ich meine, nur weil ich einmal zu spät …?«

Bernd Simon schmunzelte. Aber nein. Haha, das sei ja sicher ein Scherz. Er schätze trockenen Humor übrigens sehr. Aber tatsächlich gehe es um Folgendes. Worauf er Freddy lang und breit erklärte, dass es in den vergangenen Tagen hier in der Klink zu zwei bis drei – das sei im Moment noch nicht zu verifizieren – ungeklärten Todesfällen gekommen sei. Deren Umstände lägen den Verdacht nahe, dass es sich um Gewaltverbrechen handeln könne. Was sie damit zu tun habe, wollte Freddy wissen. Schließlich gebe es doch hier in dieser großen

Klink, Herr Dr. Overbeck könne das sicher bestätigen, jeden Tag Todesfälle. Bernd Simon antwortete ihr darauf, dass dies wohl genauso richtig wie bedauerlich sei – Herr Dr. Overbeck nickte betroffen –, es sich hier jedoch um besondere Umstände handele. Nämlich um eine wie auch immer geartete Beteiligung ihrerseits. Damit war die Katze aus dem Sack. Freddy erhob sich empört von ihrem Stuhl. Was er mit »Beteiligung« denn andeuten wolle. Das sei ja wohl ... Und um was genau es gehe, also um welche Todesfälle? Siedend heiß fiel ihr die makabre Begebenheit mit Herrn Briesekorn ein.

»Frau Jacobs. Das ist kein Verhör«, versuchte Bernd Simon, sie zu beruhigen. »Vielmehr setze ich auf Ihre Mitarbeit. Nehmen Sie bitte wieder Platz.«

Freddy setzte sich hin, von Beruhigung konnte aber keine Rede sein.

»Also, es geht neben der Verstorbenen Frau Heinrich unter anderem um den Patienten Briesekorn«, fuhr der Kommissar fort.

Da! Freddy hatte es gewusst. Die Geschichte von dieser unglückseligen Salzbachexkursion, von dem Fund der Geldbomben und der menschlichen Knochen würde nun aus der modernden Düsternis des Kanals ans Tageslicht drängen. Vielleicht war das auch gut so.

»Frau Jacobs, geht's Ihnen nicht gut? Sie sind auffallend blass.«

Bernd Simon beobachtete Freddy sehr aufmerksam. Sie wirkte wie versteinert. Da schaltete sich Dr. Overbeck ins Gespräch ein. Er habe dem Kommissar ja schon berichtet, dass Frau Jacobs nachweislich – ja, das müsse er leider sagen – die Letzte gewesen sei, die den dahingeschiedenen Patienten lebend gesehen habe. Und bezüglich des zweiten Todesfalls, nämlich des Patienten Krause, habe er denselben – auch das müsse er leider belastend anführen – im vertrauten Gespräch mit Frau Jacobs gesehen. Dieser Patient sei ihm dann tags darauf durch Zufall in der Autopsie wieder beegnet. Freilich weniger redselig. In Summe seien die undurchsichtigen Umstände der Grund dafür gewesen, warum die Geschäftsleitung der Klinik um kompetente Mithilfe seitens der Polizei gebeten habe. Ein Gespräch mit Frau Jacobs habe leider aus Gründen ihres unpünktlichen Erscheinens nicht wie geplant vorab stattfinden können.

Freddy sprang entrüstet auf. Das sei ja wohl die Höhe. Solle das etwa heißen, sie würde in irgendeiner Weise beschuldigt, für irgendeinen Tod irgendeines Patienten verantwortlich zu sein? Ja, den armen Herrn Briesekorn habe sie sterbend vorgefunden, aber einen Krause kenne sie überhaupt nicht.

Kommissar Simon mahnte den zur Antwort ansetzenden Dr. Overbeck mit erhobener Hand zur Zurückhaltung. An Freddy gewandt meinte er, was sie denn über die beiden Patienten zu sagen habe. Ihm lägen Informationen vor, dass erstens Herr Briesekorn gar nicht auf ihrer Behandlungsliste gestanden habe und zweitens sie mit Herrn Krause in einer fast intimen Stellung gesehen worden sei. Dabei habe ihr der Besagte mehr oder weniger am Halse gehangen.

Freddy ließ sich zurück auf ihren Stuhl plumpsen. Das musste sie erst mal gedanklich sortieren. Ihr Chef beschuldigte sie – oder zumindest zog er es in Betracht –, dass sie … Das war ja unglaublich. Sie war stinksauer und beschloss, vorerst nichts von dem Geständnis Briesekorns zu berichten. Vielleicht würde sie sich damit nur selbst belasten. Nein, nein, das wäre ja noch schöner. Zunächst musste sie sich darüber klar werden, was genau ihr zur Last gelegt wurde und was der eine Tote mit dem anderen, den sie gar nicht kannte, zu tun hatte. Andererseits war bisher noch keine Rede von einer Beute.

»Frau Jacobs? Darf ich an Ihren Überlegungen teilhaben?«, drängte sich der Herr Kommissar in ihre Gedankengänge.

»Äh, also ... Ich überlege gerade, wer dieser Krause sein soll. Was sagten Sie? Er hätte mir am Halse rausgehangen?«

»Frau Jacobs! Wir wollen doch ernsthaft die Fragen beantworten, oder?«, brachte sich Dr. Overbeck ins Gespräch und fing sich dafür einen tadelnden Blick des Kommissars ein.

»Entschuldigung, so ähnlich hat sich der Herr Kommissar doch ausgedrückt, oder nicht? Also ins Zimmer des Herrn Briesekorn muss ich in der Eile wohl versehentlich geraten sein.«

»Sie scheinen des Öfteren in Eile zu sein, Frau Jacobs, wenn ich das mal so bemerken darf. Könnten Sie nun bitte die Begebenheiten im, wie Sie sagten – versehentlich betretenen – Zimmer des Herrn Briesekorn mal in allen Einzelheiten schildern? Der Reihe nach und bitte nichts auslassen. Was heißen soll: Nehmen Sie sich ruhig etwas Zeit.«

Und so berichtete Freddy. Entgegen ihrer Art in aller Kürze und Knappheit. Was heißen soll: Allzu viel Zeit nahm sie sich nicht. Das Geständnis Briesekorns ließ sie kurzerhand aus. Da sie noch immer sauer auf die im Raum stehende Anschuldigung war, hielt sich ihr schlechtes Gewissen in Grenzen. Mit ihrer dürftigen Schilderung der Ereignisse machte sie den Eindruck eines widerborstigen, sturen Esels. Dr. Overbeck insistierte wiederholt. Bernd Simon ermahnte desgleichen.

Als der briesekornsche Teil der Story abgehandelt war, kam man noch einmal auf die Schilderung von Herrn Dr. Overbeck zu sprechen. Sie hatte das verdächtig enge Verhältnis Frau Jacobs zu Herrn Krause zum Gegenstand. Als Ort und Zeit der Begegnung eingegrenzt waren und Dr. Overbeck darüber hinaus eine genaue Beschreibung der fraglichen Person gegeben hatte, meinte Freddy endlich, sich wage daran erinnern zu können. Als sie vorgestern etwas eiliger als sonst durch die Flure gehastet sei, sei sie fast mit einem Patienten zusammengestoßen. Das habe zu einer weiteren Verzögerung in ihrem engen Zeitplan geführt und könne schließlich – ja, wenn sie sich das jetzt so überlege – die Ursache dafür gewesen sein, sich in der Zimmernummer geirrt zu haben.

Das sei allerdings erst beim übernächsten Patienten der Fall gewesen, wie Dr. Overbeck bemerkte. Denn vorher sei sie ja noch bei Frau Heinrich gewesen, die man ebenso leblos aufgefunden habe, und zwar im Beisein von Frau Jacobs. Bernd Simon bemerkte, dass Frau Heinrich ja eines natürlichen Todes gestorben sei, was man nach Lage der Dinge von den beiden anderen nicht zweifelsfrei sagen könne.

Was die beiden Verstorbenen, also Krause und Briesekorn, denn nun eigentlich miteinander zu tun gehabt hätten, wollte Freddy wissen. Dr. Overbeck wandte ein, dass der Herr Hauptkriminalkommissar hier die Fragen stelle. Dieser meinte, dass dies in der Regel zutreffe, er aber aus ermittlungstechnischen Gründen keine näheren Angaben machen könne.

Das weitere Gespräch holperte noch eine Weile vor sich hin. Schließlich wurde es vom laut miauenden Smartphone Kommissar Simons beendet. Freddy und Dr. Overbeck sahen den Kommissar verständnislos an. Ihm sei eine kleine Katze zugelaufen, erklärte er. Da habe er, also eigentlich eher sein Sohn, dem er das Kätzchen geschenkt habe …, was jedoch seiner Frau, also seiner Exfrau überhaupt nicht … Wie auch immer. Freddy solle sich jedenfalls zur Verfügung halten. Was hieße, dass man sie in den nächsten Tagen mit Sicherheit – Betonung auf jeder Silbe des Wortes – nochmal als Zeugin vernehmen wolle. Und zwar in den netten Räumen des LKA. Damit stand er auf, bellte ein barsches »Moment!« in sein Smartphone und verabschiedete sich von Freddy und Dr. Overbeck. Schon an der Tür drehte er sich noch einmal zu Freddy um und fragte, was sie übrigens von abstrakter Kunst halte. Dann war er verschwunden.

Freddy sah sich alleine ihrem Chef gegenüber, der hinter seinem Schreibtisch hervortrat und offenbar noch einiges zu bemerken hatte. Er wölbte die Brust, wippte auf den Fußspitzen auf und ab und musterte Freddy mit geschürzten Lippen und hochgezogenen Augenbrauen. Was auch immer er Freddy noch zu sagen hatte, blieb indes unausgesprochen. Stationsschwester Angelika streckte in diesem Moment Hals und Kopf ins Zimmer und meinte, der Herr Doktor werde ganz dringend verlangt. Dr. Overbeck hob energisch das Kinn, stürmte an Freddy vorbei zur Tür, stoppte kurz und fragte, was sie übrigens davon halte, mal zwei Tage Urlaub zu nehmen. Und zwar ab sofort. Also gleich jetzt. Und schon war er aus dem Zimmer und enteilte, mit Schwester Angelika im Schlepptau.

Onmogelijk, dachte sich Freddy, *onmogelijk!* – mit Betonung auf jeder Silbe des Wortes. Ein kurzer Anfall von Schwäche zwang sie, sich wieder auf ihren Stuhl niederzulassen. Das Gespräch war ihrer Meinung nach definitiv ein Verhör gewesen. Und es hatte sie schlichtweg umgeworfen. Sie versuchte, Ordnung in das Chaos zu bringen, das ihren Kopf auszufüllen schien. Wie kamen die darauf, dass sie etwas mit dem Tod der Patienten zu tun haben könnte? Ja, natürlich konnte man stutzig werden, wenn es kurz nacheinander zwei, nein drei! Todesfälle in ihrem direkten Umfeld gegeben hatte. Aber was sollte die Sache mit diesem Krause? Sie konnte sich nur sehr vage an das Zusammentreffen mit ihm erinnern. Irgendetwas in ihren wirren Gedanken klingelte jedoch bei dem Namen. Das Klingeln wurde drängender, als Freddy sich das gestammelte Geständnis Briesekorns ins Gedächtnis rief, und schwoll zu einem ohrenbetäubenden Läuten an, als ihr dessen letzten Worte in den Sinn kamen. »Clementine des Grauens« glaubte sie verstanden zu haben. Nun verwandelte sich das Wort »Grauens« in den Namen »Krause«. Und das konnte nur eines bedeuten. Was würde ein Sterbender mit seinem letzten Atemzug, mit seiner letzten Kraft anderes mitteilen wollen, als den Namen seines Mörders? Freddy kroch es eiskalt den Rücken herunter. Wäre der Kommissar in diesem Moment an Ort und Stelle gewesen, würde Freddy keine Sekunde gezögert haben, ihm alles zu beichten. Krause hatte also höchstwahrscheinlich Briesekorn umgebracht. Und Krause war vermutlich auch dahin. So konnte man sich zumindest das zusammenreimen, was der Kommissar von sich gegeben hatte. Und wenn das zutraf, war Krause dann auch ermordet worden? Die Frage war: von wem? Und was hatte das alles mit dem Fund im Salzbachkanal zu tun? Freddy schwirrte der Kopf. Sie musste aus diesem Zimmer heraus, wo man sich auch ohne Zuschauer beobachtet fühlte. Sie warf dem grässlichen Bild hinter Dr. Overbecks Schreibtisch einen mürrischen Blick zu und verließ den Raum. Wie der Chef das mit dem Urlaub wohl gemeint hatte? War das jetzt Zwangsurlaub oder sogar Sonderurlaub? Ganz unvermittelt überkam Freddy eine irre Gier auf ein Stück Schokolade.

20

Kriminalhauptkommissar Simon saß in seinem Büro und grübelte. Diese Frau Jacobs schien zwar eine recht fahrige, ja man konnte sagen, zappelige Person zu sein, und ihr Verhalten bei der Befragung war mehr als auffällig gewesen. Aber eine zweifache Mörderin? Nein. Obwohl ein Giftmord – danach sah es auf den ersten Blick zumindest aus – durchaus für eine weibliche Täterin sprach. Sie hatte sicher nicht die Wahrheit gesagt. Womöglich auch nur einen Teil verschwiegen, die Geschehnisse zumindest aber verzerrt dargestellt, davon war Bernd Simon überzeugt. Ihre Verbindung zu Krause und Briesekorn galt es, aufzudecken.

Er nahm sich die Akte Briesekorn vom Schreibtisch und blätterte sie lustlos durch. Er kannte den Fall auswendig. Die meisten Fakten hatte er schließlich selbst zusammengetragen. Seinerzeit, vor gut zwölf Jahren. Bevor er zur Mordkommission gewechselt war, hatte er in der Abteilung Kapitalverbrechen gearbeitet. Dieser Fall war der Letzte gewesen, den er übernommen hatte. Bis zum heutigen Tag war er nicht abgeschlossen. Und jetzt landete die Akte wie ein anhänglicher alter Turnschuh wieder bei ihm.

Er langte nach seiner Kaffeetasse. Um ein Haar hätte er sie umgestoßen und die geliebte braune Brühe – er trank seinen Kaffee am liebsten schwarz mit zwei Stück Zucker – über das ungeliebte Dokument gegossen. Der Gedanke, den Inhalt der Akte mit hässlichen braunen Flecken zu übersähen, hätte ihm fast gefallen können.

Im Grunde fuchste es ihn immer noch, dass man die Beute damals nicht hatte finden können. Möglicherweise folgte dem neuen Kapitel, das gerade mit dem Mord an Briesekorn aufgeschlagen worden war, ein weiteres. Oder auch der Epilog.

Ob Krause auch ermordet worden war, stand noch nicht zweifelsfrei fest. Die Ergebnisse der Autopsie, und insbesondere die der toxikologischen Untersuchungen, lagen noch nicht vor. Bei Briesekorn war man sich sicher. Hier konnte es sich nur um eine Vergiftung handeln. Mit den typischen Symptomen wie akutem Nierenversagen, Lähmungen und Leukozytose. Bei Krause seien, wie Dr. Overbeck von seinen Kollegen aus der Kardiologie erfahren hatte, Auffälligkeiten festgestellt worden, die einen natürlichen Tod unwahrscheinlich machten. Wie Dr. Overbeck weiter ausgeführt hatte, könne so manches Medikament in einer extrem erhöhten Dosis das Gegenteil seiner eigentlichen Wirkung entfalten.

Die Verbindung der beiden Patienten zueinander war den Ärzten natürlich nicht bekannt gewesen. Bei Bernd Simon jedoch hatten bei der Nennung der Namen die Glocken geläutet. Schnell hatte er geklärt, ob es sich bei der fraglichen Person tatsächlich um *den* Krause handele. Als das feststand, bekam das Zusammentreffen Krauses mit Frau Jacobs eine besondere Bedeutung. Denn es hatte in der Nähe des briesekornschen Zimmers stattgefunden. Krause hatte zudem auf dieser Station nichts zu suchen. Bernd Simon hatte sich in seinem Beruf längst abgewöhnt, an Zufall zu glauben. Dem berühmten Kommissar gleichen Namens war er bisher nie begegnet.

Briesekorn und Krause also, die beiden Knastbrüder. Damals ein Team und nun im Joho wieder vereint, wenn auch kalt und stumm. Zwei Protagonisten des alten Falls waren tot. Der mutmaßlich Dritte im Bunde, ein gewisser Oszolek, war seit dem Überfall verschwunden. Genau wie der Rest der Beute. Simon nahm noch einmal die Akte zur Hand, um seine Erinnerungen aufzufrischen.

Ein spektakulärer Überfall auf einen Geldtransporter in der Berliner Straße hatte vor über zwölf Jahren für großes Aufsehen und einen entsprechenden Medienrummel gesorgt. Die Art und Weise des Überfalls war hollywoodesk gewesen. Ein fingierter terroristischer Anschlag hatte den Großteil der polizeilichen Einsatzkräfte beschäftigt und vom eigentlichen Geschehen ferngehalten. Auf einem Abbruchgelände in Wiesbaden-Dotzheim hatte die Bande eine ordentliche Sprengladung deponiert und die Detonation war derart gewaltig gewesen, dass mehrere Backsteingebäude einer stillgelegten Fabrik nahezu pulverisiert wurden. Unter dem Scheibenwischer eines verrosteten Opel Kadett, abgestellt am Straßenrand in der Nähe des gesperrten Grundstücks, hatte man kurz darauf einen Bekennerbrief gefunden, der weitere zeitnahe Anschläge in der näheren Umgebung ankündigte.

Die von den Behörden eiligst gebildete SoKo hatte als erste Maßnahme eine teilweise Evakuierung der Bevölkerung im Umkreis von zwei Kilometern veranlasst. Das Gebiet war weiträumig abgesperrt worden. Einsatzkräfte von Polizei, Feuerwehr und THW waren zusammengezogen, Krankenhäuser und ärztliche Notfallzentralen informiert worden. Kurz, chaotische Verhältnisse in Wiesbadens Westen.

Zur gleichen Zeit fast am anderen Ende der Stadt hatte sich der Geldtransporter, um den es eigentlich ging, auf der Höhe des Sportgeländes an der Berliner Straße befunden. Sein Ziel war Frankfurt gewesen, der Autobahnanschluss in Erbenheim nicht weit. Doch die Fahrt endete bereits wenige hundert Meter weiter, an der Auffahrt zu einer Jet-Tankstelle. Ein weißer Transit älteren Baujahrs war aus einer Parkbucht vor der Tankstelle quer auf die Berliner Straße geschossen und hatte den hinteren Teil des herannahenden Geldtransporters brutal gerammt. Dieser war herumgeschleudert worden und auf die Seite gekippt. Aus einem zweiten vor der Tankstelle wartenden Wagen, einem schwarzen 5er BMW, waren zwei vermummte Männer herausgesprungen und zum Transporter geeilt. Der eine hatte augenblicklich eine großkalibrige Waffe auf die Fahrerkabine gerichtet, während der andere eine Sprengladung an der Hecktür des Transporters befestigt hatte. Die heftige Explosion hatte die gesamte Tür des gesicherten Wagens aus den Angeln gerissen. Mittlerweile war auch der dritte Beteiligte auf der Bildfläche erschienen. Er hatte den ramponierten Transit als Barrikade quer über beide Fahrspuren der Berliner Straße abgestellt, war er ausgestiegen und zum Geldtransporter gelaufen. Hier hatte er Geldkassetten und Geldbomben in Empfang genommen, die sein Komplize ihm aus dem rauchenden Heck des Transporters gereicht hatte. Nach nur drei Minuten war der Spuk vorbei gewesen. Die Räuber waren mit dem BMW in hohem Tempo in Richtung Autobahnzubringer geflüchtet. Die beiden leicht verletzten Fahrer des umgestürzten Geldtransporters hatten unverzüglich Alarm ausgelöst. Ebenso der Pächter der Tankstelle, der alles aus sicherer Entfernung mitverfolgt hatte. Doch schnelle polizeiliche Hilfe war wegen des Chaos in Wiesbadens-Dotzheim nicht verfügbar gewesen.

Bernd Simon legte die Akte zur Seite. Ein wohl überlegter Plan, was den Überfall selbst anging. Eher von der rustikalen Art, aber sauber ausgeführt. Kein Zweifel, die drei hatten professionelle Arbeit abgeliefert. Zumindest bis dahin. Denn gewöhnlich folgte auf das Erlegen des Bären, das Teilen desselben. Hierbei war der Streit um den Pelz, sprich den Löwenanteil der Beute, ein beliebter Sport bei Ganoven jeden Kalibers. Und für die ermittelnden Beamten selbstredend eine willkommene Hilfe bei der Aufklärung des Falls.

So spektakulär die bombastische Ablenkung und der kinoreife Überfall selbst gewesen waren, die Verfolgung und Ergreifung der Täter hatten dem in nichts nachgestanden. Briesekorn und Krause waren verraten worden. Ein anonymer Anruf hatte der Polizei den Hinweis gegeben. Bis heute war nicht bekannt, wer der Anrufer gewesen war, ebensowenig, warum er die Bande verpfiffen hatte. Man konnte nur mutmaßen. Krause war bei seiner Verhaftung äußerst überrascht gewesen, dafür aber kaum bekleidet. Im Bademantel und unter erheblichen Protesten hatte man ihn vom Frühstückstisch abgeführt.

Wenigstens seinen Kaffee könne man ihn austrinken lassen, hatte er gemeckert. Er kenne die bittere Plörre zur Genüge, die man im LKA zu servieren pflege. Und außerdem habe er ein sauberes Alibi und wolle sofort seinen Rechtsanwalt sprechen.

Oszolek, neben Krause und Briesekorn der Dritte im Bunde, war ein Kandidat gewesen, der für den Verrat in Frage gekommen war. Zumindest hatte Krause, nachdem sein Alibi rasch auseinandergenommen und widerlegt worden war, beim Verhör den Namen ins Spiel gebracht. Für ihn war es eine glasklare Sache gewesen, dass nur Oszolek, »die erbärmliche Ratte«, der Verräter sein konnte. Die Ratte sei mit der Beute sicherlich längst aus dem Staub, hatte er geflucht, bevor er über die Einzelheiten des Raubs ordentlich auspackte. Krause wollte sich so einige Jährchen Knast ersparen. Man kannte sich schließlich aus.

Um Briesekorn habhaft zu werden, hatte es einiges mehr an Zeit, Einsatzkräften und Anstrengung bedurft. Briesekorn hatte sich dem Zugriff der Beamten im letzten Moment entziehen können und war rechtzeitig untergetaucht. Seine Freiheit hatte er indes nur einen Tag länger genießen können. Durch einen Hinweis aus der Bevölkerung, die regen Anteil an der in den Medien breit aufgemachten Verfolgung genommen hatte, war die Jagd erneut in Gang gebracht worden. An der Hatz beteiligt hatte sich eine Hundertschaft der Polizei, zwei Helikopter, ein voll ausgerüstetes Sondereinsatzkommando, eine Hundestaffel, die ermittelnden Beamten des LKA und dazu eine Horde von Medienvertretern. Sie hatten  den Flüchtigen quer durch das Dambachtal gejagt, durch den Wald auf den Neroberg gehetzt, um ihn schließlich im Tann oberhalb des Rabengrundes (50.115649, 8.221874) zu stellen. Gerade hatte er eine Felsspalte als Versteck für die Beute auserkoren, als die Polizei endlich das Netz hatte zuziehen können. Briesekorns Flucht war damit beendet.

Die Enttäuschung der Polizei nach Sichtung des recht überschaubaren Teils der Beute war verständlich gewesen. Lediglich zwei Geldbomben hatte Briesekorn bei seiner Verhaftung bei sich gehabt. Er hatte sich beharrlich geweigert, irgendwelche Angaben über den Rest zu machen. Auch Details des Überfalls waren nicht aus ihm herauszubringen gewesen. Krause war da gesprächiger gewesen. Von ihm hatten die Ermittler erfahren, dass die Bande direkt nach dem Raub hatte außer Landes fliehen wollen. Ein Unfall auf der A66, inklusive des unvermeidlichen Staus, habe ihnen jedoch den geplanten Fluchtweg versperrt. Noch rechtzeitig vor dem Stau habe man den Autobahnzubringer verlassen können und sei bei Erbenheim abgefahren. Der neue Plan habe vorgesehen, über Bierstadt und Naurod zur Autobahnauffahrt bei Niedernhausen zu kommen, um dort auf die A3 Richtung Köln zu gelangen. Leider sei auch dieses Vorhaben fehlgeschlagen. Die Autobahnauffahrt sei wegen einer Baustelle gesperrt gewesen. Dies habe zu einem heftigen Streit zwischen den Ganoven geführt. Keiner von ihnen habe dafür verantwortlich gemacht werden wollen, diese Sperrung bei der Vorbereitung des Raubs übersehen zu haben. Nach Krauses Ansicht habe Oszolek, die Ratte, das vermasselt.

Briesekorn, als Boss der Bande, habe schließlich den Streit geschlichtet und bestimmt, dass sie sich trennen würden. Sie seien über Rambach zurück Richtung Wiesbaden gefahren. Im Goldsteintal hätten sich dann ihre Wege getrennt. Noch einmal habe es Meinungsverschiedenheiten gegeben, als es um die Beute gegangen sei. Doch Briesekorn sei nicht umzustimmen gewesen. Er habe darauf bestanden, dass das Geld, wie anfangs vereinbart, nicht angerührt, sondern versteckt werden solle. Die Rede sei von einem alten, zugeschütteten Kanal gewesen, der sich als Versteck vorerst eignen würde.

Um welchen Kanal es sich hierbei handelte, darüber hatten die Verhöre mit Krause und Briesekorn keine Erkenntnisse gebracht. Laut Krause hatte Briesekorn den Schatz alleine versteckt. Möglicherweise hatte er Oszolek, mit dem er vertrauter gewesen war, eingeweiht.

Kommissar Simon angelte sich einen Kugelschreiber aus einer mit einem wilden Lochmuster verzierten Weißblechbüchse. Sein Sohn Patrick hatte sie ihm vor Jahren zum Geburtstag geschenkt. Simon erinnerte sich noch genau daran, wie Patrick heimlich mit einem kleinen Hämmerchen und einem Nagel die Blechdose bearbeitet hatte. Das Werkzeug hatte er sich aus Vaters Werkzeugbox geliehen – natürlich durfte der nicht wissen, wozu. Das Hämmern hatte man freilich durchs ganze Haus gehört. Patrick war mittlerweile fünfzehn, hatte also einen Lebensabschnitt erreicht, in dem die Eltern sich auf rätselhafte Weise veränderten. Unter anderem hatten sie sich scheiden lassen. Und zwar auf die eher unschöne Art.

Bernd Simon verscheuchte die trüben Gedanken und versuchte, sich wieder auf den Fall zu konzentrieren. Er schrieb die Namen der Protagonisten auf ein Blatt seiner papiernen Schreibtischunterlage. Neben die Namen »Briesekorn« und »Krause«, die er sorgfältig einkästelte, malte er ein Kreuz. Die Kästen für Oszolek und die Beute – er hatte sie als Schatztruhe gezeichnet – versah er mit einem Fragezeichen. In einen weiteren, ovalen Rahmen schrieb er das Wort »Mörder«. Etwas abseits davon fügte er ein kleineres Kästchen mit dem Namen »Jacobs« hinzu, das er ebenso mit einem Fragezeichen versah. Am unteren Blattrand zeichnete er einen Zeitstrahl, auf dem er die Todeszeitpunkte von Krause und Briesekorn markierte sowie die Dienstzeit von Frau Jacobs. Dann verband er die Kästen untereinander mit Linien und Pfeilen und fügte eine Beschreibung der Beziehungen hinzu. Es waren definitiv zu viele Fragezeichen. Die Verbindung Jacobs–Mörder–Beute war die unsicherste. Eventuell würde es klarer werden, wenn man hier die Verbindung zum Element »Mörder« löschte. Simon nahm sich vor, die Grafik in das Mindmap-Programm seines PC zu übertragen. Vor allem musste er noch einen weiteren Kreis mit »Mörder II« hinzufügen, denn man durfte nicht davon ausgehen, dass Krause und Briesekorn vom selben Täter ermordet worden waren.

Des Kommissars Magen knurrte. Das Mittagsessen war wie so oft ausgefallen. Bernd Simon zog die oberste Schublade seines überladenen Schreibtisches auf, spähte hinein und fingerte ein in Butterbrotpapier gewickeltes Etwas hervor. Lustlos schälte er die Lagen des fettigen Papiers herunter, bis endlich die schartige Schulter eines Gemüsebratlings entblößt war. Kalt schmeckten die Dinger noch abscheulicher, doch der Hunger trieb's hinein. Irgendwo musste noch ein Glas Ajvar stehen. Damit konnte man die meisten Geschmäcker übertünchen. Manchmal hasste er sein Vegetarier-Dasein. Aber seit er gänzlich auf Fleisch verzichtete, hatte er weniger Probleme mit seinen Gelenken. Womöglich bildete er sich das auch nur ein. Sein rechtes Knie machte ihm in letzter Zeit sehr zu schaffen, die Meniskusoperation vor einigen Monaten hatte nicht das erhoffte Ergebnis gebracht. Frederieke Jacobs kam ihm wieder in den Sinn, sie war Physiotherapeutin. Er würde sie morgen zur Vernehmung aufs Revier bitten.

21

Henrich Jacobs hatte sich für die abenteuerlichen Angelegenheiten seiner Frau kurzerhand einen Tag frei gegeben. Als freischaffender IT-Berater war er in solchen Dingen flexibel. Ausgehend von der Villa Clementine, dem vermeintlichen Treffpunkt der japanischen Reisegruppe, schlenderte er die Rue entlang in Richtung Burgstraße. Er wollte den gleichen Weg gehen, den seine Frau während ihrer Verfolgung genommen hatte.

Noch immer konnte er nicht recht glauben, was sie ihm da alles aufgetischt hatte. Freddy verfügte über eine blühende Fantasie. Die angebliche wechselseitige Verfolgung mit diesem dunkel gekleideten Mann entsprang womöglich nur ihrer Einbildung. Im Grunde aber benahmen sie sich beide – und er konnte sich da wirklich nicht herausnehmen – wie Teenager und nicht wie erwachsene Menschen. Jeder mit gesundem Menschenverstand würde der Behauptung zustimmen, dass sie sich im Zustand geistiger Umnachtung befanden. Denn dieser haarsträubende Fall gehörte längst der Polizei gemeldet. Wenn die Sache mit dem verflixten Rucksack nicht wäre. Der Rucksack mit den zwei Geldbomben, die wahrscheinlich Beute eines Überfalls waren. Dazu die Taschenlampe und das Schweizer Messer, in das seine Initialen und vor allem sein Geburtstag eingraviert waren. Hätte noch gefehlt, dass irgendwo am Rucksack Name und Adresse angebracht gewesen wären. Die Frage war, ob man aus dem Umstand, dass die Polizei nicht bereits bei ihnen aufgekreuzt war und sie zu einem Plausch aufs Revier eingeladen hatte, folgern konnte, dass der Kerl tatsächlich im Besitz des Rucksacks war. Diesem gemeinen Typ, diesem Ganoven, diesem hinterhältigen Meuchelmörder, wie Freddy ihn betitelt hatte. Dem sei es vermutlich total schnuppe gewesen, wem die Sachen gehörten, Hauptsache er sei im Besitz der Beute. Hätte ein ehrlicher Finder – Henrich war pessimistisch, ob der Existenz eines solchen Wesens – den Rucksack gefunden, hätte er diesen sicher zum Fundbüro oder gleich zur Polizei gebracht. Und damit zwangsläufig die Spur zu ihm, Henrich Jacobs, gelegt. Vermutlich hatte der Kerl also tatsächlich den Rucksack samt Bomben in Gewahrsam.

Henrich war an der Ecke zur Burgstraße angekommen. Er blieb an der Fußgängerampel stehen und sah sich nach allen Seiten um. Als die Ampel Grün zeigte, überquerte er kurz entschlossen die Wilhelmstraße und schlug den Weg zum Kurhaus ein. Am Bowling Green hatte sich eine kleine Personengruppe um einen lamentierenden Mann geschart, der lauthals das Ende des Abendlandes proklamierte. Henrich wiegte den Kopf, als er an der Gruppe vorbeikam. Der Vortrag langte bei Weitem nicht an die Originalität des Knoblauchkönigs heran. Knoblauch, wie er kurz genannt wurde, war früher für gewöhnlich in der Fußgängerzone anzutreffen gewesen. Meist mit einer Tasse dampfendem Kaffee, spitzfingrig am Henkel gehalten, die Untertasse akkurat in der linken Hand und philosophische Aphorismen in die Luft blasend. Zwar war er längst verstorben, aber die Sprüche des Wiesbadener Originals hafteten noch immer in Henrichs Gedächtnis. »Haben die Glocken schon geläutet?« war eine dieser Wendungen, denen man meist selbst erst eine bestimmte Bedeutung gab.

Und tatsächlich läuteten die Glocken. Denn direkt vor dem Kurhaus bemerkte Henrich eine weitere Personengruppe, offensichtlich asiatische Touristen. Es wurde viel geredet und geknipst. Eine weibliche Person versuchte, sich mit wedelnden Armen Aufmerksamkeit und Gehör zu verschaffen, um offenbar die kunsthistorischen Aspekte des Prunkbaus zu beleuchten oder etwas in dieser Art. Henrich trat näher heran und bemerkte einen der Touristen, der etwas abseits stand und in einem Reiseführer blätterte. Der Japaner hob sich in Gestalt und Kleidung kaum von den anderen in seiner Gruppe ab. Was ihn doch von diesen unterschied, war der dunkle Rucksack über seiner linken Schulter. Henrich konnte es kaum glauben. Er näherte sich dem Japaner bis auf etwa zwei Meter, wobei er so tat, als ob der Portikus des Kurhauses und die Inschrift »Aquis Mattiacis« sein Interesse geweckt habe.

Der Japaner drehte ob der überraschenden Nähe des Fremden den Kopf in dessen Richtung und sah ihn sehr kurz an, das hieß für den kaum messbaren Bruchteil einer Sekunde. Die asiatische Kultur im Allgemeinen – und die japanische im Besonderen – verbot es, jemanden unverblümt anzugaffen. Daher senkte Herr Chen Li rasch den Kopf und vertiefte sich wieder in seine Lektüre. Dabei machte er einen großzügigen Schritt weg von Henrich. Jener folgte ihm. Was Herrn Chen Li derart verblüffte, dass er seine Kultur zu vergessen schien, sich zu Henrich umdrehte und ihn unverblümt angaffte. Henrich grinste zurück, legte den Zeigefinger auf den Mund und deutete mit einer Bewegung seines Kopfes auf den Rucksack, der über Herrn Lis Schulter baumelte. Chen Li riss die Augen auf, schnappte nach dem Rucksack, riss ihn in einer schlenkernden Bewegung herum und presste ihn an den Körper. Das laute Scheppern, das aus dem Rucksack drang, verhieß Henrich, dass es tatsächlich Freddys Rucksack war und der Inhalt noch der erhoffte. Herr Li schickte sich an, die Flucht zu ergreifen. Henrich musste handeln.

»*Konnichiwa*!«, sagte er in ausgesucht höflichem Tonfall: »*Ogenki desu ka*?« Herr Li stoppte seine Bewegung, drehte sich im Zeitlupentempo um und blickte Henrich fragend an.

Nun waren Henrichs Japanischkenntnisse über die Begrüßungsfloskeln hinaus nicht übermäßig ausgeprägt. Dieses Umstandes war er sich natürlich bewusst. In der Hoffnung, auf die japanische Gruppe zu treffen, hatte er sich vorab überlegt, wie man eine derart verzwickte Konversation erfolgreich würde führen können, ohne direkt auf die englische Sprache zurückgreifen zu müssen. Henrich senkte in einer höflichen Geste sein Haupt und zauberte aus der Brusttasche seines Jacketts ein Foto hervor. Ein Foto, das ein seltenes, weil gelungenes Porträt Freddys zeigte. Doch sein Gegenüber war offensichtlich weiter um Zurückhaltung bemüht. Er presste den Rucksack noch fester an sich und trat einen Schritt zurück. Henrich setzte eine bittende Miene auf, machte einen noch tieferen Bückling und streckte das Foto seiner Frau in die Höhe. Und endlich: In den sich noch weiter verengenden Augen des Japaners glaubte Henrich ein Zeichen des Wiedererkennens zu bemerken. Herr Li verbeugte sich nun ebenso zögernd wie höflich, kam einen halben Schritt näher und betrachtete das ihm entgegengestreckte Foto. Seine Stimmung verwandelte sich augenblicklich. In seinem Gesicht ging strahlend die Sonne auf. Er grinste Henrich mit aller asiatischen Freundlichkeit an und wäre ihm – hätte ihm seine Höflichkeit dies nicht verboten – womöglich noch um den Hals gefallen.

Selbstverständlich war Herr Li der englischen Sprache mächtig. Im nun folgenden Redeschwall bemühte er sich, Herrn Jacobs seine momentane Gemütslage nahezubringen. Überraschend schlich sich manch deutsches Wort in die Ausführungen. Das schönste, aber auch merkwürdigste davon war »Zahnstangenstandseilbahn«. Das Wort irritierte Henrich. Wenn er aber sonst alles richtig verstanden und interpretiert hatte, war Herr Chen Li seit seinem unsanften Zusammentreffen mit Freddy auf der Suche nach ihr. Er habe sich solche Gedanken gemacht über die Dame, die da mühsam, und warum auch immer, aus dem unterirdischen Verlies emporgestiegen sei. Ihm sei gleich der schwere Rucksack aufgefallen. Diesen habe sie dann leider – und er könne tatsächlich nicht sagen, wie das passiert sei – beim Zusammenstoß mit ihm – er sei untröstlich und entschuldige sich vieltausendmal – den Rucksack also habe sie an dieser unglaublichen Kuckucksuhr verloren. Er sei dann kurzerhand zu dem Entschluss gekommen, das Fundstück an sich zu nehmen. Zusammen mit seiner Gruppe habe er die Verfolgung der Dame aufgenommen, doch leider ihre Spur verloren. Aber diese Kuckucksuhr! Ob der Herr wohl einmal hören wolle, wie der Kakkō rufen würde? Er habe es sich gründlich eingeprägt und übe abends immer den Ruf.

Nein, Henrich Jacobs wollte den Kakkō nicht rufen hören. Ihn hätte zwar kaum etwas aus seiner geradezu euphorischen Stimmung bringen können, in die ihn Herrn Lis Bericht versetzt hatte. Aber er konnte sich im Moment auch nichts vorstellen, was ihn weniger interessierte, als den Wiesbadener Kuckuck auf Japanisch rufen zu hören. Außerdem stand die Übergabe des Rucksacks kurz bevor. Die galt es jetzt zügig abzuschließen. Henrich wandte sich in höflichster Form an Herrn Li und erbat die Herausgabe des Rucksacks.

Hier war er allerdings einer völlig irrigen Annahme aufgesessen. Denn Herr Li dachte überhaupt nicht daran, irgendetwas und schon gar nicht den Rucksack auszuhändigen. Seine Freundlichkeit verwandelte sich zusehends in Bestürzung. Der Herr müsse verstehen, dass er das wertvolle Fundstück – hierbei ließ er durch Schütteln des Rucksacks dessen Inhalt lustig klackern – ausschließlich seiner Besitzerin zurückgeben könne. Der Herr – und er schätze durchaus seine Höflichkeit – müsse das verstehen. Schließlich könne er ja, auch wenn er ein Foto der fraglichen Dame habe, sonst wer sein.

Henrichs Euphorie verwandelte sich zusehends in Ärger. Mühsam hielt er diesen im Zaum. Zum Glück hatte er noch ein Ass im Ärmel. Neben den Geldbomben mussten sich zwei weitere Dinge im Rucksack befinden: die Taschenlampe und das Taschenmesser mit seinen Initialen. In ausgesucht höflicher Form wandte er sich erneut an Herrn Li. Er zeigte ihm seinen Personalausweis mit Namen und Geburtsdaten und wies auf die Initialen hin. Eine entsprechende Gravur befinde sich auf dem Taschenmesser, das unter anderem für das hübsche Klackern im Rucksack verantwortlich sei. Herr Li schien beeindruckt. Wenn seine Mimik nicht nur ein Zeichen asiatischer Höflichkeit war. Doch Henrichs letzte Zweifel wurden zerstreut. Chen Li war in der Tat überzeugt. Seine Reisegruppe, die eben auf die beiden zukam, um offensichtlich weitere Ziele in Angriff zu nehmen, beschleunigte die Übergabe des Rucksacks. Nachdem man außerdem Namen und Handynummern ausgetauscht und sich freundlichst verabschiedet hatte, war das deutsch-japanische Intermezzo schließlich beendet. Als letzte Geste hatte Henrich es sich nicht nehmen lassen, den netten Japaner zu einem typisch hessischen Essen einzuladen. Im Nachhinein betrachtet wäre das nicht unbedingt notwendig gewesen. Vielleicht mochte es Herr Li auch nur als weiteren Ausdruck ausgesuchter Höflichkeit angesehen haben.

Henrich atmete tief durch, schulterte den Rucksack und machte sich auf den Rückweg. Das Plätschern der Brunnen auf dem Bowling Green, an denen er einen Moment innehielt, und die verlockenden Aussichten, die der Rucksackinhalt versprach, hinterließen ein anheimelndes Gefühl. Einen warmen Geldregen konnten sie gut gebrauchen. Sie hatten sich bei ihrem Hausbau vor fünf Jahren etwas übernommen. Henrichs freiberuflicher Erwerb stockte momentan und Freddys Entlohnung als Physiotherapeutin konnte man nur, wie bei allen Pflegeberufen, als unverschämt bezeichnen.

22

Unglaublich, was man in diesem Etablissement so alles erlebte. Das Mitteilungsbedürfnis des noch immer in seinen Bademantel gehüllten, halbbeglatzten Patienten des Joho hatte neue und überaus ergiebige Nahrung erhalten. Ein Toter in seinem Zimmer. Quasi sein eigener Toter, sein eigener Fall. Das war nicht nur aufregend, sondern brachte eine willkommene, wenn auch makabre Abwechslung in seinen Klinikaufenthalt.

Er war Zeuge in einem aufsehenerregenden Mordfall. Denn nur um einen solchen konnte es sich handeln. Hatte er doch, als er nach einem Plausch auf dem Flur zurück in sein Zimmer gekommen war, den bemitleidenswerten Kerl höchstselbst vorgefunden. Mit verkrampften Gliedmaßen und verzerrtem Gesicht. Seine im Todeskampf zu Stein verzerrte Fratze hatte ihn angestiert und ein Bild in seinen Schädel gepflanzt, das er so schnell nicht loswerden würde. Bei dem so ungern Dahingeschiedenen handelte es sich um jenen Mann, der ihn nachts des Öfteren mit den abenteuerlichsten Räuberpistolen um den Schlaf gebracht hatte. Offensichtlich aber war in einer dieser Traumgeschichten ein Fünkchen Wahrheit gewesen. Jener, im Traum zwischen Schnarchattacken, dahergebrabbelten Story um einen Mord und um die verlorene Beute eines Raubzugs wurde nun besondere Bedeutung zuteil. Das konnte – nein, das musste etwas mit dem Tod des nun höchst verdächtigen Zimmernachbarn zu tun haben. Und als wäre das alles nicht schon erschreckend genug, hatte es noch einen zweiten Fall gleichen Zuschnitts gegeben. Das wurde zumindest gemunkelt. Nicht auf seiner Station, aber doch hier in der Klinik. Wenn das nicht mal der gleiche Täter gewesen war. Womöglich war er noch in der Klinik unterwegs, womöglich suchte er nach einem neuen Opfer, am Ende sogar nach ihm. Und wie war das noch gleich gewesen, mit dieser impertinenten Dame im Fahrstuhl? Die so überreagierte, als er ihr von dieser Traumstory erzählt hatte? Das waren doch mal Dinge, die man in einer ausführlichen Diskussion erörtern könnte. Zum Beispiel in dem anstehenden Gespräch mit dem ermittelnden Kommissar. Doch zuerst hatte er noch ein Telefonat zu führen. Mit seinem eher missratenen Schwiegersohn – nicht die erste Wahl für seine liebreizende Tochter, dafür Redakteur bei einer der Wiesbadener Tageszeitungen. Beziehungen zur Presse waren immer von Vorteil.

So fanden die Ereignisse im St.-Josefs-Hospital ihren Weg in die etwas reißerisch aufgemachte Berichterstattung der Wiesbadener Presse. Der Artikel des besagten Schwiegersohnes über die rätselhaften Morde war nicht wirklich missraten. Er tat seine Wirkung und trug nicht unerheblich zum weiteren Fortgang der Geschehnisse bei. So erfuhr unter anderem Walther Hamann vom vermeintlich gewaltsamen Tod seiner Bekannten Krause und Briesekorn.

Hamann saß kommod am Frühstückstisch. Während ihm seine Kurzhaardackel die Fußnägel abschlabberten, ging er voller Vorfreude die Aufstellung der Exponate für die nächste Kunstauktion durch. Sonnenstrahlen krochen über den Tisch und malten Lichtkringel auf die Nussbaumtischplatte; der Duft des Kaffees, den ihm seine Haushälterin zum Frühstück zubereitet hatte, war heute besonders aromatisch und anregend, die Croissants schön fett und knusprig, der Speck und die Eier unwiderstehlich gut. Der Tag versprach einer der besseren zu werden. Die Zeitung hatte Hamann noch nicht angerührt. Er gönnte sich den Luxus, sich nicht gleich die ersten Stunden des Tages von irgendeiner Krisennachricht oder Terrormeldung vermiesen zu lassen. Erst kam der leibliche Genuss, dann die unvermeidliche Informationsaufnahme. Als der letzte Speckstreifen – heute ausgesprochen kross und würzig – zwischen seinen fettglänzenden Lippen verschwunden, der letzte Blätterteigkrümel von der Tischdecke gefegt war, griff Hamann zur Zeitung. Wie gewöhnlich faltete er sie sorgfältig auseinander, entfernte die überflüssigen Werbebeilagen, strich die Seiten glatt und warf schließlich einen Blick auf den Aufmacher. Sogleich bereute er, das Papier überhaupt angerührt zu haben. Denn die Fakten, die er beim Überfliegen des Mordartikels herausgepflückt hatte, gefielen ihm weder besonders, noch konnte er sich einen wirklichen Reim darauf machen.

Er gab einem seiner Bluthunde einen Tritt und sprang, für seinen Leibesumfang mit erstaunlicher Behändigkeit, von seinem Stuhl auf. Seine Haushälterin kam, ob des klirrenden Geschirrs und des jaulenden Dackels, hereingestürmt und wollte wissen, ob etwas nicht stimme. Es stimme überhaupt nichts, wetterte Hamann. Der Kaffee sei kalt, der Speck zu labbrig und überhaupt, was sie das eigentlich angehe. Ja aber, sie habe doch das Frühstück gemacht und ...

Hamann wollte davon nichts hören. Mit einer wegwerfenden Handbewegung scheuchte er seine Bedienstete zurück in die Küche und nahm erneut die Zeitung zur Hand. Hastig blätterte er bis zu den Seiten mit den Hintergrundinformationen. Unglaublich, was da behauptet wurde. Wie konnte der Chefredakteur zu solchen Mutmaßungen seine Zustimmung geben? In dem Bericht war vom Mord an einem verurteilten Bankräuber die Rede. Womöglich sei es um eine Abrechnung zwischen Ganoven gegangen. Zurzeit gäbe es keine konkreten Verdachtsmomente, aber wie aus zuverlässiger Quelle zu erfahren gewesen sei, könne auch Krankenhauspersonal in den Fall verstrickt sein. Die Namen der Opfer waren aus ermittlungstaktischen Gründen, wie es hieß, nicht genannt worden. Die Initialen tauchten jedoch in dem Bericht auf. Und diese trieben Walter Hamann sämtliches Blut in den Schädel. Mit hochrotem Kopf registrierte er, dass es sich in der Tat um Krause und Briesekorn handelte. Was zum Teufel war da vor sich gegangen? Welcher Schweinehund hatte ohne seine Erlaubnis das Lebenslicht der beiden ausgeknipst?

Hamann zwang sich zur Ruhe. Langsam ließ er sich auf seinen Stuhl gleiten. Er knallte die Zeitung auf den Tisch, griff nach seinem inzwischen kalten Kaffee, schrie nach der Haushälterin, verlangte einen neuen – und diesmal ordentlich heiß! –, schob die Zeitung weg, dieses elende Schmierblatt, und versuchte, sich zu konzentrieren. Wer hätte ein Interesse daran, die zwei Ganoven auszuschalten? Wer wusste überhaupt von der Verbindung zwischen den beiden? Sein Blick fiel auf die Auktionsliste, die unter den zerknitterten Zeitungsseiten hervorlugte. Jasper Frinton kam ihm in den Sinn. Zum Henker! Sollte ihn am Ende sein junger Protegé, der Hauptlieferant seiner Kunstwerke, der Bursche, der ihm so ziemlich alles verdankte, hintergangen haben? Jasper war außer Ruth der Einzige, der zumindest teilweise über den Fall Bescheid wusste. Er hatte ihn nicht in alles eingeweiht, ihm nur jene Informationen gegeben, die für die Suche in diesem blöden Kanal notwendig gewesen waren.

Hamann war froh, dass er in dieser Beziehung auf seine Intuition gehört hatte. Aber möglicherweise hatte Jasper ihm über die Ergebnisse seiner Exkursion nicht die Wahrheit gesagt. Vielleicht hatte er doch das Versteck der Beute gefunden und anschließend die Mitwisser beseitigt. Nein, das passte nicht zusammen. Jasper kannte weder Krause noch Briesekorn. Hamann achtete stets darauf, dass seine Untergebenen nichts voneinander wussten, wenn es nicht unbedingt erforderlich war.

Hamann schlürfte an seinem Kaffee, der ihm soeben hereingebracht worden war, und verbrannte sich den Gaumen. Verdammt, musste der immer so heiß sein? Er setzte die Tasse unsanft ab, einige Tropfen der kochenden Brühe spritzten auf die Auktionsliste. Hamanns Laune verschlechterte sich zusehends. Was auch an der Person lag, die sein Unterbewusstsein längst als Hauptverdächtige auserkoren hatte: Ruth Kalteser-Kries. Ihr Name, ihre Gestalt, ihr zuweilen eiskalter, mitleidsloser Blick standen wie gemeißelt vor seinem geistigen Auge. Jasper Frinton ein Mörder? Nein. Aber Ruth, diesem Biest, war alles zuzutrauen. Und wenn die Beziehung der beiden doch enger war als gedacht? Wenn sie gemeinsame Sache machten? Der Gedanke versetzte ihm einen heftigen Stich, aber nur so konnte es sich verhalten. Vermutlich hatten sie zusammen genug Informationen um die Beute zu heben. Das Beseitigen der Mitwisser hatte mit Sicherheit Ruth übernommen – gerne übernommen. Nur einen Fehler gab es in der Argumentation noch: Krause war Ruth bekannt, Briesekorn hatte sie jedoch nie persönlich kennengelernt. Das passte nicht zusammen. In Hamanns noch immer gerötetem Gesicht zuckte ein nervöser Muskel. Seine Augen verengten sich. Es blieb nur eins, um die Sache aufzuklären: Er musste Jasper zur Rede stellen. Aus Ruth würde er nichts herausbekommen, bei Jasper hatte er leichteres Spiel. Damit dieser sich möglichst sicher fühlte und sich nicht überrumpelt vorkam, war es ratsam, ihn in seinem Atelier aufzusuchen. Den Besuch konnte er gut mit der Sichtung der Entwürfe für den Wiesbadener Kunstband begründen. Was er mit Ruth anstellen würde, darüber war er sich noch unschlüssig.

Hamann stand auf und brüllte nach seiner Haushälterin, was diese aus einem kleinen Nickerchen an der Küchenbar und sämtliche Dackel unter dem Tisch aufschreckte. Hamann verlangte, dass das Frühstücksgeschirr und dieser fürchterliche Kaffee augenblicklich weggeräumt würden, klemmte sich die Auktionsliste unter den Arm und verließ den Raum.

23

Freddy konnte kaum glauben, was ihr Mann Henrich da abends erzählte. Beiläufig beim Auftischen seiner vorzüglichen, selbstgemachten Lasagne servierte er, quasi als weitere Beilage neben dem italienischen Salat, seine abstruse Geschichte. Außer dem Kurhaus und dem Bowling Green spielte eine japanische Reisegruppe und insbesondere ein Mitglied derselben, die Hauptrolle. Henrich schmückte, wie es so seine Art war, die Geschichte in blumiger Sprache aus, erzählte lang und breit jedes Detail. Zum Kern der Geschichte kam er, als Freddy gerade die Reste der zweiten Portion Lasagne – *zo lekker!* – verdrückte. Am letzten Bissen verschluckte sie sich fast, als ihr endlich klar wurde, was Henrich verkünden wollte.

»Was? Du hast den Rucksack wieder?«, prustete Freddy unter anderem ihre Überraschung heraus. »Warum sagst du das nicht gleich? « Freddy war fassungslos. »Wie hast du das denn angestellt?«

»Na, hab ich dir doch gerade erzählt.« Henrich sonnte sich im Lob über das vorzügliche Essen und seinen gerissenen Schachzug. »Ja, meine Liebe, ob du es glaubst oder nicht, wir haben unsere Beute zurück. Noch ein Stück von meiner köstlichen Lasagne?«

Nein, Freddy wolle keine Lasagne mehr, sie sei kurz vorm Platzen, aber gerne habe sie gewusst, was er denn mit »unserer Beute« meine. Und so ganz verstehen könne sie außerdem nicht, warum der Japaner den Rucksack erst an sich genommen – also ihr sozusagen gestohlen – und dann ohne größeren Widerstand wieder herausgerückt habe. Zumal bei dem Inhalt. Und wieso überhaupt ein Japaner und nicht der schwarz gekleidete Typ? Was sei denn eigentlich mit dem? Worauf Henrich Einhalt gebot. Das sei zu viel der Fragen, die er erstens nicht zufriedenstellend beantworten könne, die zweitens im Moment nicht relevant seien, wohingegen drittens sein Nachtisch – ein raffiniertes Tiramisu mit Sauerkirschen – keinen Aufschub dulde. Doch Freddy streikte. Erstens: pumpsatt, zweitens: Schokoladenabstinenz und drittens: Fiel ihr gerade nicht ein.

Aber Henrich war nicht zu bremsen. Er hüpfte in Höchststimmung vom Esszimmer in die Küche und kam mit einer gut gekühlten Flasche original belgischen Crémants zurück.

»Ein Gläschen Sekt, mein *lieveling*?«

Freddy konnte sich der Feierlaune ihres Mannes nicht so recht anschließen. Sie bedaure es sehr, ihn aus jener herausholen zu müssen, aber sie habe auch etwas zu berichten. Und das sei weder besonders amüsant noch passe ein Glas Schaumwein besonders gut dazu. Sie erzählte ihrem Mann von dem Verhör – von wegen Gespräch zum Informationsaustausch! Der Overbeck habe unverschämte Behauptungen aufgestellt und dieser merkwürdige Kommissar, der sich ständig nach allen Seiten umgesehen habe, einen recht wirren Eindruck gemacht. Henrichs Miene veränderte sich im Laufe der Schilderung zusehends. Von ursprünglich eitlem Frühlingssonnenschein über Sommergewitter bis zu nassnebligem Novemberwetter. Die Flasche original belgischen Crémants, an die er sich während des lebendigen Vortrags seiner Frau geklammert hatte, setzte er auf dem Tisch ab. Ihn verlangte es jetzt nach härteren Sachen. Denn seine Frau stand offensichtlich unter Mordverdacht. Und für den morgigen Tag stand das nächste »Gespräch« an. Diesmal in den Räumen des LKA.

»Frau Jacobs, bitte schildern Sie in aller Ausführlichkeit die Begebenheiten im Zimmer des Herrn Briesekorn.« Kommissar Simon bedachte Freddy mit einem aufmunternden Blick. »Versuchen Sie, sich an jede Einzelheit zu erinnern – und bitte nichts auslassen, von dem Sie denken, es wäre unwichtig. Diese Beurteilung überlassen Sie bitte uns.«

Freddys innere Einstellung zu dieser Aufforderung äußerte sich in einer hölzernen Haltung, mit der sie auf dem unbequemen Stuhl im Vernehmungszimmer hin und her rutschte.

»Ich habe doch bereits …«

»Frau Jacobs. Ich bitte Sie, Ihre Angaben nochmal zu wiederholen. Meine Kollegin, Kommissarin Renger«, Bernd Simon deutete auf eine Dame, die mit Notizblock und Stift im Hintergrund saß, »würde den Verlauf gerne dokumentieren. Also?«

Freddy fühlte sich nicht wohl in ihrer Haut. Sie hatte schlecht geschlafen. Wirre Träume hatten sie heimgesucht, in denen die asiatische Mafia hinter ihr her war und das Rezept von Hackbraten mit Kirschen erpressen wollte. Das ernste Gespräch mit Henrich am Vorabend, das die richtige Strategie für die Vernehmung zum Thema hatte, war nicht besonders ergiebig gewesen.

»Frau Jaaaacobs«, flötete der Kommissar und riss Freddy aus ihren Gedanken, »wenn ich bitten dürfte!«

Also schilderte Freddy noch einmal die Ereignisse in Zimmer 14. Aus ihrer Sicht wahrheitsgemäß und in allen Details. Sie beschrieb selbst die Zimmereinrichtung und das herrliche Oktoberwetter, was Kommissar Simon dazu veranlasste, genervt die Decke des Vernehmungsraumes anzustarren. Das Geständnis des Dahinscheidenden behielt sie beharrlich für sich. Sie war sich darüber im Klaren, dass dies wohl die letzte Chance sein würde, reinen Tisch zu machen. Aber selbst Henrich hatte sie darin bestärkt, zu diesem Punkt zu schweigen.

Der Herr Kommissar schien von ihrer Schilderung nicht ganz überzeugt zu sein.

»Frau Jacobs. Wie Sie es schildern, hat Herr Briesekorn noch gelebt, als sie sich über ihn beugten. Ist das richtig?«

Freddy nickte.

»Wieso haben Sie sich über ihn gebeugt?«

»Warum? Na, ich wollte doch sehen, was mit ihm war und warum er so röchelte.«

»Hatten Sie den Eindruck, dass dies eine lebensbedrohliche Situation war?«

»Ja, ich …, doch ja, das dachte ich schon. Wenn jemand die Augen weit aufreißt und nach Luft ringt, Herr Kommissar, dann ist das doch sicher in den meisten Fällen …«

»Und Sie haben daraufhin sofort den Notknopf gedrückt?«

»Den Notknopf? Äh, ja, natürlich. Welchen denn sonst?«

Kommissar Simon sah sie ernst an. »Sofort heißt unmittelbar, also ohne Verzögerung.«

»Ja, natürlich.«

»Was hat Briesekorn noch gesagt?«

»Bitte?«

»Was waren seine letzten Worte?«

»Seine letzten …? Er hat gar nichts mehr …, ich meine, keine Ahnung, woher soll ich das wissen?«

»Denken Sie, Frau Jacobs, dass der Patient sich seiner Lage, also des nahen Todes bewusst war?«

»Er hat gezittert und mich voller Angst angestarrt. Ja, das war sicher Todesangst.«

»Und Sie sagen, dass er keinen Ton mehr von sich gegeben hat? Angesichts seines bevorstehenden Endes?«

Freddy zog die Schultern nach oben und machte ein ratloses Gesicht.

»Frau Jacobs. Versuchen Sie bitte mal, sich in die Lage des Sterbenden zu versetzen. Sein letztes Stündlein – oder besser gesagt Minütlein – hat geschlagen. Würde er die letzte Person, die er in seinem Leben sieht, einfach nur sprachlos anstarren? Oder nicht vielmehr versuchen, ihr etwas mitzuteilen?«

»Was denn mitteilen?«

»Na, einen Namen zum Beispiel. Den Namen seines Mörders.«

»Hmm, vielleicht konnte er ja nichts mehr mitteilen. Sie erinnern sich bestimmt, Herr Kommissar, da kam nur noch ein Röcheln heraus.«

»Das heißt, er wollte etwas sagen, aber konnte nicht?«

»Also ich weiß nicht. Ich habe ihn nicht verstanden.«

»Ach! Das heißt demnach, er hat doch etwas gesagt?«

»Nein, nein!«

»Sie haben doch gerade gesagt, Sie hätten ihn nicht verstanden, oder?«

Freddy war verwirrt. »Ihn nicht richtig verstanden? Habe ich das gesagt? Ich meine natürlich, dass ich eigentlich gar nichts verstanden habe, von dem was er …, ich meine … Ach, Herr Kommissar! Sehen Sie, das haben Sie jetzt davon. Sie haben mich total durcheinandergebracht. Ich weiß gar nichts mehr. Und außerdem habe ich ja schon alles gesagt.«

Nun war Kommissar Simon beileibe kein Anfänger in seinem Fach. Geschult durch jahrelange Verhörerfahrung spürte er sehr wohl, wenn jemand etwas verbarg. Und das war bei Frau Jacobs offenkundig der Fall. Er erhoffte sich von ihr den entscheidenden Hinweis und damit den nötigen Schub für die Aufklärung des Falls. Es war nur eine Frage der Zeit, bis die Wahrheit ans Licht kam. Er überließ Freddy der weiteren Befragung durch seine Kollegin und verließ, einen wichtigen Anruf als Grund nennend, das Vernehmungszimmer. Mochten die zwei ein nettes Gespräch unter Frauen führen. Das brachte womöglich einen neuen Impuls. Danach war er wieder an der Reihe. Bei der Gelegenheit könnte er beiläufig seine

Kniebeschwerden ansprechen. Das würde Vertrauen schaffen. Und vielleicht hatte Frau Jacobs ja sogar einen guten physiotherapeutischen Rat für ihn.

Vor der Kaffeeküche blieb Kommissar Simon stehen. Die Puzzlesteine ergaben noch kein ganzes Bild. Die Morde waren auf ähnliche Weise, jedoch mit unterschiedlichen toxischen Substanzen verübt worden. Eher unwahrscheinlich, dass dafür ein und derselbe Täter in Frage kam. Bernd Simon griff nach der Kaffeekanne. Er überlegte es sich anders, als ihm der penetrante Geruch der sicher schon Jahre vor sich hin brutzelnden Brühe in die Nase stieg. Murrend ging er in sein Büro. Sollte Frau Jacobs ruhig noch etwas weiter schmoren.

24

Der altertümliche Wartturm (50.081165, 8.268232), das Wahrzeichen des Wiesbadener Ortsteils Bierstadt, spähte durch die noch mit dichtem Laub bestückten Kastanienbäume des ihn umgebenden Parks. Er mochte einen Blick darauf erhaschen, was ursprünglich sein Augenmerk sein sollte. Nämlich die Gegend um Mainz, die man, wären die prächtigen Kastanien nicht gewesen, von diesem Standpunktaus hätte überblicken können. Der eher unscheinbare Turm war nicht das einzig Sehenswerte, was so manchen Besucher auf die Bierstadter Höhe lockte. Folgte man dem Weg vom Park aus etwa hundert Meter in die Felder, bot sich eine überwältigende Aussicht über Wiesbaden. Der Weg zweigte nach links und rechts ab und in eben dieser Weggabelung standen zwei hölzerne Bänke, die zum Verweilen und Schauen einluden. Der Platz galt als Geheimtipp unter Verliebten. Besonders in lauen Sommernächten herrschte hier ein Trubel wie in einer Möwenkolonie auf einer friesischen Sandbank. Heute saß nur ein einsames Pärchen auf einer der Bänke und genoss das Schauspiel der auf die Dächer Wiesbadens herabfließenden Sonne. Freddy und Henrich Jacobs.

»Ich weiß nicht, ob mir diese Untergangsstimmung besonders bekommt«, flüsterte Freddy und lehnte ihren Kopf an die Schulter ihres Mannes. Henrich nahm sie in den Arm und drückte sie an sich.

»Weißt du, an was mich das gerade erinnert?«, sagte er. »Schau mal da rüber, nach Nordwesten.«

»Wo ist Nordwesten?«

»Na, da lang.« Henrich zeigte mit einem Finger nach Nordwesten.

»Die griechische Kapelle? Die mit den goldenen Kuppeln?«

»Genau. Wobei es eigentlich eine russisch-orthodoxe Kirche ist.«

»Und? Was ist damit?«

»Na, die sieht man auch sehr gut vom Neroberg aus. Und das erinnert mich an einen Tag, besser gesagt an einen Abend, als wir bei Sonnenuntergang in diesem kleinen Tempelchen standen. Du weißt schon, das mit dem merkwürdigen Namen, den du so ulkig fandest und nicht richtig aussprechen konntest.«

Freddy sah Henrich an. »Ich weiß schon, damals war mein Deutsch eben noch nicht so *lekker*. Heute könnte ich den Namen richtig sagen. Wenn ich wollte.«

»Erstens ist Monopteros kein deutsches Wort und zweitens wollte ich auf etwas anderes hinaus. Auf unser besonderes Erlebnis nämlich.«

Natürlich erinnerte sich Freddy an diesen Abend. Wer tat das nicht, wenn er beziehungsweise sie gefragt wurde, ob man die bestehende, ohnehin schon recht enge zwischenmenschliche Beziehung um die entscheidende Komponente ergänzen wolle. Auch wenn es zur alles entscheidenden Frage nicht wirklich gekommen war. Denn die Umstände an diesem Abend hatten das verhindert.

Wie sich also Freddy und Henrich im kleinen Tempelchen auf Wiesbadens Hausberg, aneinander und außerdem an eine der Säulen lehnend, tief in die Augen sahen, war endlich der Moment gekommen. Der Moment, um jene magische Frage laut zu äußern, die jeder für sich insgeheim längst tausende Male gestellt und beantwortet hatte: »Willst du mein…«

In demselben Augenblick, als das Schicksal gerade ein weiteres Fähnchen in die Karte der Lebenslinien pinnen wollte – wie schicksalhaft dieser Moment sein würde, ahnte damals freilich niemand –, geschah Unerwartetes. Zuerst stürmten Sirenen und Blaulicht und schließlich zwei vermummte Gestalten das Musentempelchen, packten die Turteltäubchen und zogen sie, halb sanken sie, mit sich fort aus der Gefahrenzone, die jene auf gänzlich anderem Terrain vermutet hatten. Wie sich nämlich alsbald herausstellte, waren sie zu unfreiwilligen Spielfiguren einer aufsehenerregenden Verfolgungsjagd geworden, in deren Folge ein flüchtiger Bankräuber quer über den Neroberg gehetzt und schließlich im Rabengrund gestellt worden war. Henrich und Freddy mussten, wie etwa ein Dutzend weiterer Nerobergbesucher auch, während des Zugriffs auf dem Parkplatz am Waldrand ausharren. Sie waren mehr oder weniger in ihrem Wagen eingesperrt, das Verlassen war aus Sicherheitsgründen untersagt.

Nun saßen die beiden in Freddys gebrechlichem roten R5 – das Sondermodell »Flash«, wie Freddy gerne betonte, das Sondermodell »Beule«, wie Henrich gerne ergänzte – und harrten aus. Durch die ständig zu erahnende Anwesenheit der Polizei kamen weder ein Gespräch noch sonstige Aktivitäten im Inneren des R5 in die Gänge. Erst nach fast drei Stunden gaben die Beamten grünes Licht und das Turteltaubenpärchen durfte endlich Parkplatz, Wald und Neroberg verlassen.

Die bewusste magische Frage, halb nur ausgesprochen, halb nur beantwortet, wurde nie zu Ende gestellt. Von Freddys Seite war die Sache sowieso längst klar und daher wurde zügig das Thema eines möglichen Heiratstermins angesprochen. Auch der Termin des korrespondierenden Familienfestes wurde schnell geklärt. Eine Veranstaltung, die sich zu einem-

halben belgischen Volksfest – O-Ton Henrich – auswachsen sollte. Henrich, der durchaus eine idyllische, mehr auf die Zweisamkeit konzentrierte Feier in Betracht gezogen hatte, war am geballten Widerstand der flämischen Verwandtschaft seiner Zukünftigen gescheitert.

Mit Grausen hatte ihm die bevorstehende unvermeidliche Orgie vor Augen gestanden: vierzig quadratische Tanten und Kusinen vom Lande, in Polyesterschürzen, bewaffnet mit speichelglänzenden Kussmündern, die ihn sehnsuchtsvoll erwarten würden, um ihn liebevoll und schweißtriefend an ihre großen Herzen zu drücken, genüsslich abzuküssen und endlich in die Familie aufzunehmen. Die Wirklichkeit hatte diese albtraumhafte Vorstellung noch um etliche Aspekte menschlicher Abgründe übertroffen: wildeste Tanzeinlagen, rudelweises Bruderschafttrinken, Absingen unsittlicher Volksweisen zu vorgerückter Stunde und dergleichen mehr. Doch Henrich hatte überlebt und fortan versucht, einen weiten Bogen um die Heimat seiner Angetrauten zu machen. Was ihm nicht immer gelang. Schließlich jedoch hatte man unter den nachwachsenden Bräutigamen neue Opfer gefunden und von Henrich abgelassen.

All dies und weitere Stationen ihres gemeinsamen Weges erschlossen sich in schneller Folge in Henrichs Erinnerungen. Wie ein roter Faden von den damaligen Ereignissen bis zum heutigen Tag, an dem er mit seiner Liebsten auf einer Bank auf der Bierstadter Höhe saß und den Abend zu genießen suchte. Damals waren sie halbwegs Zeuge einer Verbrecherjagd geworden, heute waren sie kurz davor – wenn nicht sogar schon einen Schritt weiter –, selbst kriminell zu werden.

Dieses Umstandes waren sich Henrich und Frederieke bewusst. Beide waren davon überzeugt, dass der andere ähnliche Überlegungen hatte. Das musste nicht offen ausgesprochen werden. Im Laufe der Jahre hatte man die Gedankengänge des Partners zu lesen gelernt oder dachte in demselben Muster.

»Also ich …« Freddy brach ihren Satz ab.

»Ich weiß, was du sagen willst. Wir müssten bei der Polizei endlich mit der Wahrheit rausrücken.«

»Was? Du willst wirklich die schöne Beute hergeben?« Freddy rückte ein wenig von ihrem Mann ab. »Du warst doch so begeistert, als du erfahren hast, was ich in dem Kanal entdeckt habe. Und jetzt …«

»Der Konjunktiv, meine Liebe.«

»Bitte was?«

»Na, der Konjunktiv. Ich habe gesagt, wir *müssten*.«

»Und, was soll das jetzt heißen?« Freddy sah ihren Mann erwartungsvoll an, die Stirn gefährlich gerunzelt.

Henrich grinste. »Wir müssten schon die Wahrheit sagen, aber womöglich könnten wir einen Teil der Wahrheit weglassen. Oder besser gesagt zwei Teile. Wobei wir die Dinger immer noch nicht aufgemacht haben und daher nicht mal wissen, was sich darin verbirgt.«

»Ich traue mich nicht so recht«, sagte Freddy. »Noch nicht.«

»Und wann, denkst du, wärst du soweit?«

»Später halt.«

»Das bringt uns im Moment aber nicht weiter.«

Das leuchtete auch Freddy ein und sie war nicht besonders glücklich darüber.

Herr und Frau Jacobs konnten sich nicht so recht einigen, wie man vorgehen sollte. Henrich machte den Vorschlag, etwas Abstand zu der ganzen Angelegenheit zu suchen. Das könne am besten gelingen, wenn man am bevorstehenden Wochenende einfach mal wegfahre. Freddy wäre fürs Erste schon mit einem kleinen Seelentröster zufrieden gewesen. Ein Riegel Nussnougatschokolade – ein Miniriegel nur – würde schon genügen. Ob denn Henrich nicht in seiner Tasche oder sonstwo ...? Sie könne sich gerade an nichts erinnern, was sie jemals so schrecklich vermisste habe. Doch Henrich hatte – er bedauere es sehr – kein Leckerli zur Hand. Stattdessen nahm er Freddy an derselben und dirigierte sie zurück zu ihrem Wagen. Der stand seitlich des kleinen Parks, in dessen Mitte der Bierstadter Wartturm thronte. Bei genauerem Hinsehen entpuppte sich der Park eher als Spielplatz. Zwei Fußballtore, bestückt mit Metallgittern anstelle von Netzen, standen sich wie zum Duell gegenüber. Auf der hinteren Seite dämmerte ein Sandkasten im Kreise leerer Bänke besseren Zeiten entgegen. Eine Schaukel baumelte im Wind lustlos an ihrem Gerüst hin und her. Kinder waren weder zu sehen noch zu hören. Freddy dachte an ihre eigene Kindheit und konnte sich nicht an leere Spielplätze erinnern. Wo mochten die Kinder hin sein? Vermutlich hockten sie vor irgendeiner elektronischen Daddelkiste. Vielleicht saßen sie zu dieser vorgerückten Zeit aber schon beim Abendessen und ließen sich einen leckeren Kakao schmecken.

»Ich schlag mich gerade mal in die Büsche«, unterbrach Henrich ihre Träume. Er ging auf die andere Seite des Weges und verschwand im Unterholz. Eine ältere Dame im weißen, etwas abgetragenen Kostüm, die gerade mit einem ebensolchen weißen Edelpudel den Feldweg entlang kam, bedachte Henrich mit einem empörten Blick. Sie beeilte sich, ihr Hündchen aus der Gefahrenzone zu dirigieren.

Freddy beobachtete amüsiert die Szene, bis ihre Aufmerksamkeit auf eine Stimme gelenkt wurde, die vom Wartturm herüber wehte. Offensichtlich telefonierte da jemand. Es waren nur Wortfetzen zu verstehen. Die Stimme wurde lauter, ungeniert wurde da in der Öffentlichkeit gestritten: »Nein, nicht nochmal! Ich kenne deine Tricks … Ich brauche Zeit für mich.«

Den Begriff Lärmbelästigung hatte der sicher noch nicht gehört. Freddy wollte gerade ins Auto steigen, als sie zwei Worte vernahm, die sie stutzen ließen: Villa Fondant. Hatte sie sich verhört? Das war der Name der Villa, die Frieda Herwig erwähnt hatte. Was mochte der Kerl damit zu tun haben? Freddy drehte den Kopf zum Turm und löffelte die Hände hinter die Ohren, wie sie das schon zu Kinderzeiten beim Versteckspielen getan hatte. Ja tatsächlich, ganz deutlich hörte sie noch einmal den Namen der Villa. Der Kerl erzählte etwas von einem Treffen, das er nicht aufschieben könne.

Freddy ging ein Stück am Parkzaun entlang, um einen Blick auf die Person auf der anderen Seite des Turms zu werfen. Als sie hinter dem Turmrund Schulter und Hinterkopf des Handymannes auftauchen sah, beendete dieser mit einem barschen »Nein, Schluss jetzt damit!« das Telefongespräch und schickte sich an, das Gelände zu verlassen. Er griff sich die schwarze Lederjacke und das Tablet, das er auf einem Baumstumpf deponiert hatte, und steuerte auf den Ausgang des Parks zu.

Freddy schaute ihm hinterher. Sein Gang kam ihr bekannt vor. Ein ungutes Kribbeln zog durch ihre Magengegend. Plötzlich stoppte der Kerl und blickte noch einmal zurück, wohl um sich zu vergewissern, dass er nichts vergessen hatte. Da sah Freddy sein Gesicht. Ihr Magen reagierte mit Rebellion und Verkrampfung. Ihre Beine gaben nach, sie sackte in sich zusammen und rutschte, am Zaun lehnend, herab auf den Boden. Ihr war speiübel. Nie hätte sie geglaubt, dass die Verfolgung durch diesen Kerl ihr Innerstes so tief treffen würde. Allein ihn jetzt zu sehen hatte ausgereicht, sie aus der Fassung zu bringen. Freddy drehte den Kopf und spähte durch den Zaun. Von dem Mann war nichts zu sehen. Vom hinteren Teil des Geländes war das Schlagen einer Autotür zu hören.

Zeitgleich mit dem Startgeräusch eines Wagens kletterte Henrich von der gegenüberliegenden Seite des Weges aus den Büschen. Als er Freddy auf dem Boden sitzen sah, eilte er erschrocken zu ihr und half ihr auf. In den Armen ihres Mannes bekam Freddy sich langsam wieder in den Griff. Sie erzählte Henrich von der gerade überlebten Begegnung mit dem schrägen Vogel und von der Geschichte um die Villa Fondant. Außerdem beichtete sie – durch berechtigte Fragen ihres Mannes bedrängt –, dass sie sich in der leidigen Angelegenheit Frieda Herwig anvertraut habe.

Henrich hielt das nicht unbedingt für eine ihrer besten Ideen. Aber wenn es nun mal so sei, sei es womöglich nicht schlecht, wenn sie diese Frieda einfach mal anrufe. Die könne doch bestimmt Auskunft über diese ominöse Villa geben.

Genau das tat Freddy, als sie eine Stunde später auf dem Sofa ihres Wohnzimmers saß. Henrich bereitete in der Küche das Abendessen zu. Es gab Pfannkuchen und es duftete bereits herrlich nach gedünsteten Äpfeln. Hoffentlich vergaß er die Rosinen nicht. Freddys Stimmung hatte sich merklich gebessert. Und diesem Kerl, diesem elenden Ganoven, der ihr ständig vor die Füße lief, würde sie es schon zeigen. Irgendwie.

25

Jasper F. Frinton hatte sein Atelier in einem umgebauten ehemaligen Gewächshaus eingerichtet. Es stand im Garten einer Villa in erster Rheinblicklage zwischen Wallufer Straße und Rheinufer, die allerdings schon einige Jahre nicht mehr bewohnt war. Der vorletzte Besitzer, ein ehemaliger Geschäftspartner Hamanns – ehemalig, da überraschend verschieden –, hatte, als die Geschäfte gut liefen, viel Zeit und Geld in das einstmals herrschaftliche Haus gesteckt. Aufgrund mehrerer Fehlspekulationen und Differenzen zwischen den Partnern hatte das Unternehmen später Insolvenz anmelden müssen. Hamann hatte das Anwesen übernommen. In der Absicht, es zur rechten Zeit mit ordentlichem Gewinn abzustoßen. Was bei dieser gesuchten Lage unbedingt zu erwarten war. Doch er hatte mit dem Verkauf zu lange gewartet und mit den Jahren Villa und Garten vernachlässigt.

Das Anwesen machte jetzt einen heruntergekommenen Eindruck, der Glanz war verblichen. Die Instandsetzung zögerte Hamann wegen der nicht unerheblichen Kosten immer weiter hinaus. Jasper Frinton fungierte als Gegenleistung für die Nutzung des Ateliers als Aufpasser, um Vandalen fernzuhalten, die in der Vergangenheit die Villa heimgesucht hatten.

Hamann fuhr, von der Wilhelmstraße kommend, über die Friedrich-Ebert-Allee an der Baustelle der Rhein-Main-Halle zur Rechten und dem Museum zur Linken vorbei. An der folgenden Kreuzung bog er auf den Kaiser-Friedrich-Ring und wechselte hinter dem Hauptbahnhof in die Spur, die auf die Biebricher Allee führte. Auf seinem Weg in Richtung Rheinufer passierte er die Reihen der Kastanien links und rechts der Allee. Herbstlich geschmückt mit gelborange geflammtem Laub vermittelten sie eine Ahnung von der einstigen Prachtchaussee. Nach Schönmalerei stand Hamann jedoch nicht der Sinn. In Gedanken war er bereits bei der bevorstehenden Begegnung mit Jasper Frinton. Seine missmutige Stimmung hatte sich um keinen Deut verbessert. Hamann war sich mittlerweile sicher, dass die beiden ihn hintergingen, und der Verrat enttäuschte ihn tief. Nach dem Gespräch mit Jasper würde er Gewissheit haben.

Hinter dem Herzogsplatz, dort wo sie auf Äppelallee und Kasteler Straße traf, ging die Biebricher Allee in die Straße der Republik über. An den für diesen Stadtteil so typischen bunten kleinen Läden und Geschäften vorbei hatte Hamann bald das Biebricher Rheinufer erreicht. An der Uferpromenade konnte man über das goldglitzernde Wasser hinweg den Blick auf die Rheininsel Rettbergsaue genießen, seit jeher ein beliebtes Ziel für Ausflügler. Der Weg führte weiter am Biebricher Schloss (50.037645, 8.234143) vorbei, der barocken einstmaligen Residenz von Fürsten und Herzögen. Das jährliche Pfingstturnier im Schlosspark war ein wichtiges gesellschaftliches Ereignis. Im Glanz der meist  prominent besetzten Reitveranstaltungen ließen sich vortrefflich geschäftliche Beziehungen vertiefen und neue knüpfen.

Hamann mochte den Weg am Rhein entlang. Wenn es zeitlich einzurichten war, parkte er gegenüber dem Schlosspark, spazierte mit seiner Dackelbande unter den Platanen hindurch und beobachtete die Schwäne und Enten, die sich um hingeworfene Brocken stritten oder in Panik vor seinen Kläffern flüchteten. Heute hatte er für das Rheinpanorama keinen Blick übrig. Zügig fuhr er die Rheingaustraße entlang, durch Schierstein hindurch und hielt sich Richtung Walluf. Linkerhand, auf dem Gelände des Wasserwerks Schierstein, hatten sich etliche Vögel der dort nistenden Weißstorchkolonie zusammengefunden. Gemeinsam standen sie nahezu unbewegt in den Rheinwiesen.

Hinter dem kleinen Ort Walluf kam Hamann auf die Wallufer Straße, die nach Eltville führte, und hatte kurz darauf sein Ziel erreicht. Das Anwesen befand sich auf der linken, dem Rhein zugewandten Seite. Sobald Hamann das schiefergraue Dach der Villa hinter den hohen Pappeln durchscheinen sah, kam ihm sein alter Geschäftspartner Herwig in den Sinn.

Mit der Herstellung hochwertiger belgischer Pralinen hatten sie sich fast ein goldenes Näschen verdient. Das war Jahre her. Dank Hamanns Vertriebs- und Marketinggeschick war die edle Schokolade zu einer erfolgreichen Marke avanciert. Und das trotz der etablierten Großkonzerne, die den Markt beherrschten. Bei allem Erfolg war seriöses Unternehmertum nicht wirklich Hamanns Sache gewesen. Seine unersättliche Gier nach mehr war sein einziger Antrieb. Freilich war auch Herwig einem lukrativen Zusatzgeschäft nicht abgeneigt gewesen. Der gelegentliche Handel mit Diamanten, den er in seiner Heimatstadt Antwerpen für Hamann abgewickelt hatte, war ein Geschäft mit satten Gewinnen gewesen. Hamanns exzessiver Lebensweise und mitunter dubiosen Geschäftsmethoden hatte Herwig aber nichts abgewinnen können. Als wegen nachlassender Qualität der Pralinen der Umsatz einbrach, kam es auch zum Bruch der Partnerschaft. Um die hohen Herstellungskosten zu senken, hatte Hamann ohne Wissen seines Partners einen Lieferanten aus Fernost in die Produktionskette aufgenommen. Das war das Aus ihrer geschäftlichen Beziehungen gewesen. Die kumpelhafte Verbundenheit hatte gerade so lange gehalten wie der Erfolg ihrer gemeinsamen Unternehmungen. Es war nie echte Freundschaft gewesen. Hamann war von Grunde auf misstrauisch – keine gute Voraussetzung für freundschaftliche Beziehungen. Als Herwig bei einem Unfall unter bis heute ungeklärten Umständen aus dem Leben geschieden war, war Hamann dennoch der Erste gewesen, der Herwigs Witwe beigestanden hatte. Wenn auch weniger aus echtem Mitgefühl. Er wollte die Kontrolle über den Rest des Firmenvermögens behalten. Und auch die Rheinvilla galt es zu sichern. Aus den leidigen Erbstreitigkeiten der Familie Herwig hatte er sich wohlweislich herausgehalten. Der Witwe war schließlich nur ein Haus am Birnbaum in Sonnenberg geblieben. Der Kontakt zwischen ihr und Hamann war irgendwann eingeschlafen. Weder hatte sie großen Wert darauf gelegt – sie hatte ihm nie ganz getraut – noch war Hamann darauf erpicht gewesen.

Hamann bog in den schmalen Weg ein, der zur Villa führte, und hielt vor der Einfahrt des Anwesens. Er stieg aus seinem 7er BMW aus und öffnete das vom Rost angefressene schmiedeeiserne Tor. Er hob es etwas an, um das verräterische Quietschen zu verhindern. Dann stieg er wieder in seinen Wagen und rollte die bekieste Auffahrt zur Villa entlang.

Dichte Brombeerranken und Unkraut überwucherten die Rabatte entlang des Weges. Einst hatte ein ganzer Gärtnertrupp den großzügigen Garten gepflegt. Ein Jammer, was daraus geworden war. Hamann hielt nicht auf einem der Parkplätze an der Vorderseite der Villa, sondern umrundete sie und stellte den Wagen seitlich des Hauptgebäudes ab, wo auch Frintons alter Mercedes SL Coupé parkte. Hier war er weder von der Straße noch von der Rheinseite aus zu sehen. Der Blick von der Straße war durch die gut zwei Meter hohe Backsteinmauer versperrt und auch von dem zwischen Grundstück und Rheinufer entlangführenden, bei Spaziergängern und Radfahrern beliebten Leinpfad aus war das Anwesen nicht einsehbar. Hamann stieg aus, bedachte die stark angegriffene Fassade der Villa mit einem abschätzenden Blick und steuerte auf das ehemalige Gewächshaus im hinteren Teil des Grundstücks zu.

Jasper Frinton projizierte eine der Gebäudestudien, die er vor Ort auf dem Tablett erstellt hatte, per Beamer auf eine Leinwand, als er Hamann aus den Augenwinkeln auf das Atelier zukommen sah. Hamann hatte ihn telefonisch über sein Erscheinen informiert. Er begehre Auskunft über den Stand des Kunstbandprojektes, hatte er ihn wissen lassen. Und auch der Fortschritt des anderen Auftrags, der ja völlig anders liefe als erhofft, solle einer Prüfung unterzogen werden.

Jasper war seit der Auseinandersetzung mit Ruth unschlüssig, wie er sich in der Situation verhalten sollte. Sie hatte ihn am Tag danach angerufen und beteuert, dass sie nur laut gedacht habe, als es um den Umgang mit diesem Subjekt Krause gegangen sei. Sie habe nur Möglichkeiten zu ihrer beider Vorteil erwogen. Nie im Leben habe sie ihn nötigen wollen, etwas zu tun, was er mit seinem Gewissen nicht würde vereinbaren können. Schließlich stehe ihr die Zukunft – die glückliche gemeinsame Zukunft mit ihm – als klares Ziel vor Augen. Und nichts würde sie unterlassen – das könne er ihr unbenommen glauben –, wenn etwas dieses Ziel gefährde. So ganz verstanden hatte er nicht, was mit dem letzten Satz gemeint war. Es hatte fast wie eine Drohung geklungen.

Allmählich empfand er die Beziehung zu Ruth mehr belastend als inspirierend. Das traf ebenso auf den Umgang mit Hamann zu. Die aufgeladene, hypernervöse Stimmung der letzten Tage war Gift für seine sensible Künstlernatur. Alles hatte mit diesem Versteck im Salzbachkanal zu tun. Seine Überlegungen, das Ding alleine durchzuziehen, hatte er schnell als zu kompliziert und zu unsicher begraben. Allerdings verspürte er auch nicht die geringste Lust, zwischen Hamann und Ruth zerrieben zu werden.

»Hallo, Jasper«, riss ihn Hamann aus seinen Überlegungen. Er stand vor dem Gewächshaus in einer seiner typischen Posen. Nicht ihm zugewandt, wie man das erwarten konnte, wenn man angesprochen wurde, sondern den Blick über den verwilderten Garten zum Rhein gerichtet, mit einer Hand die Sonne abschirmend, die andere lässig in die Hüfte gestemmt. Jasper reagierte nicht darauf. Ihm war das großkotzige Getue zuwider.

»Jasper?«

Jasper wartete, bis Hamann sich zu ihm umgedreht und den letzten Schritt bis zur Tür des Gewächshauses gemacht hatte.

»Ach, Walther! Ich hab gar nicht gehört, dass du gekommen bist.«

Hamann zog die Augenbrauen hoch. »Jasper, mein Lieber!«

Er gab seinem Ausruf eine Betonung, als ob er einen seiner gestörten Dackel rufen würde. »Jasper! Schön, dich zu sehen. Lässt du mich in dein künstlerisches Reich?«

Hamann wartete tatsächlich, bis Jasper sich von seiner Leinwand löste, zur Tür des Gewächshauses ging, sie öffnete und Hamann hereinließ. Die Rollen des gönnerhaften Auftraggebers und des abhängigen Bittstellers waren klar verteilt. Jasper fühlte Ärger in sich aufsteigen, doch er beherrschte sich. Er würde daraus keine Wut entstehen lassen.

Hamann betrat das Atelier und steuerte sogleich auf den hinteren Teil zu, welcher der sonnendurchfluteten Glasfront gegenüberlag. Hier standen neben Stativen und Leinwänden unfertige Werke Frintons an die Mauer gelehnt. Hamann inspizierte die Arbeiten und stieß überrascht einen lauten Pfiff aus.

»Was machen denn die gefälschten Russen hier? Hab ich dir nicht gesagt, dass du die woanders deponieren sollst?«

Hamann blickte Jasper vorwurfsvoll an. Als er merkte, dass Jaspers Mine sich verdunkelte, ruderte er zurück.

»Ich denke, ich werde sie nachher einfach mitnehmen. Hier sollte man sie besser nicht finden.«

»Wer sollte hier denn suchen?« Jasper sah Hamann herausfordernd an.

»Jasper, mein Junge …« Hamann ging auf den Künstler zu und legte ihm eine Hand auf die Schulter.

»Komm, lass uns nach deinen Entwürfen sehen. Die Damen und Herren des Kunstvereins sind schon sehr gespannt. Und danach schauen wir uns die Bilder von der Kanalführung an.«

Der Unwille Jaspers war offensichtlich. Mit einer gelangweilten Handbewegung wies er auf einen Stuhl neben dem Tisch, auf dem der Beamer stand, und griff sich sein Tablet. Als Hamann sich gesetzt hatte, begann er aus der Reihe seiner Studien ausgewählte Motive auf die Leinwand zu projizieren. Sie waren gut. Verdammt gut, wie Hamann fand. Je mehr Motive Jasper zeigte, umso größer wurde das Lob Hamanns. Jasper spürte, dass hier heftig geschleimt wurde. Hamann wollte ihn positiv stimmen. Sicher für das bevorstehende Thema Salzbachkanal. Vermutlich dachte er, er könne doch noch etwas aus ihm herausholen. Der Alte war gerissen, er würde aufpassen müssen, nicht zu viel zu sagen. Nach einigen weiteren Bildern beendete er die Vorführung.

»Das war's. Die anderen sind noch in Arbeit. Die ersten Originale auf Leinwand hast du ja schon gesehen.«

»Sehr schön, mein Lieber! Da liegen wir ja doch besser in der Zeit als gedacht.«

Hamann erhob sich, trat zwei Schritte zurück und reckte sein feistes Gesicht einen Moment in die schräg einfallenden Sonnenstrahlen.

»Im Entwurf des Monopteros könnten die Farben lebhafter sein. Aber ansonsten erstklassige Arbeit, wie immer. Schick mir ein Pdf der Entwürfe, ich muss dem Kunstverein Ergebnisse zeigen.«

Jasper brummte verärgert. »Die Farben sind genauso, wie sie sein sollten. Bei dem schwachen Beamerlicht kommen sie nicht besser. Und außerdem sind das digitale Skizzen und keine Originale.«

»Schon gut, schon gut.« Hamann hob beschwichtigend die Hände. »Du scheinst schlechte Laune zu haben.« Er musterte Jasper mit durchdringendem Blick. »Du wirkst nervös. Was ist los?«

Jasper sah Hamann angriffslustig an. »Du wolltest mit mir reden. Um was geht es?«

»Kannst du dir doch denken, oder? Wie sieht es denn mit den Aufnahmen vom Kanal aus?«

»Hab ich doch am Telefon schon gesagt. Man erkennt absolut nichts darauf. Miese Qualität wegen der schlechten Beleuchtung.«

»Mir egal, ich will sie trotzdem sehen, vielleicht fällt mir ja etwas auf.«

Jasper schüttelte missmutig den Kopf. »Da muss ich erst den richtigen Ordner finden.«

Nervös durchforstete er die Bildverzeichnisse auf seinem Tablet. Die Aufnahmen, auf denen das zu sehen war, was Hamann wohl erwartete, hatte er längst in einem seiner Cloud-Ordner gespeichert und anschließend vom Tablet gelöscht. Nur die Bilder, mit denen man nichts anfangen konnte, hatte er behalten. Endlich war er im richtigen Verzeichnis gelandet und startete die Präsentation. Auf einigen Aufnahmen war die kunstvolle Bauweise der Korbbögen des Kanals relativ gut zu sehen. Der Großteil der Bilder aber war tatsächlich zu dunkel. Details waren nicht zu erkennen. Hamann konnte seine Enttäuschung nicht verbergen.

»Ist das alles? Zeig mir alle Bilder!«

»Mehr gibt es nicht.«

»Da sind doch noch welche.«

»Die haben nichts mit dem Kanal zu tun.«

Hamanns Mine wechselte von genervt auf verärgert. Auffordernd nickte er Jasper zu.

Jasper zuckte mit den Schultern und ließ die Präsentation weiterlaufen. Bei den Aufnahmen, die nun auf der Leinwand zu sehen waren, handelte es sich um Motive aus dem Kurpark, von der Wilhelmstraße und der Fußgängerzone. Hamann stutzte und sah Jasper fragend an, als er auf mehreren Bildern eine Frau mit Rucksack bemerkte, die offenbar absichtlich aufgenommen worden war.

»Wer ist das? Deine neue Freundin? Ist das überhaupt dein Typ?«

»Das ist niemand. Nur Zufall«, antwortete Jasper gereizt und beendete auch diese Vorführung. »Schluss für heute.«

Hamann war alles andere als begeistert. Nur mühsam konnte er den aufkeimenden Zorn zügeln.

»Ich muss an die Luft. Lass uns eine Runde durch den Garten drehen. Wie müssen klären, wie es weitergehen soll.«

Die beiden verließen das Gewächshaus und begaben sich auf einen netten Spaziergang durch die ehemals so eindrucksvolle Gartenlandschaft. Hamann stets ein, zwei stramme Schritte vorweg und mit weit ausladenden Gesten dies und jenes erläuternd. Jasper demzufolge genötigt, hinterher zu hecheln – es fehlte nur das Hundehalsband –, und dem Sermon seines Gönners wehrlos ausgesetzt.

An einem gemauerten Ziehbrunnen in der Mitte des Grundstücks, eingerahmt von Beeten mit Buschrosen, dürrem Lavendel und Unkraut im Übermaß, machte Hamann Halt. Er hieß Jasper den Blick von Ost nach West zu richten, um die ursprüngliche Architektur des Gartens zu erfassen. Er würde doch sicher die künstlerische Idee, die Linierung des Gestalters erkennen. Das Einzige, was Jasper erkannte, war die Hinhaltetaktik Hamanns. Es war an der Zeit, aufzubegehren. Mit einem lauten »Walther!« machte er seinem Unmut Luft und verlangte endlich zu erfahren, was Hamann denn noch zu bereden habe. Von dem bisherigen Smalltalk habe er jetzt genug.

Hamann wandte sich überrascht um. Das könne er sich doch wohl denken. Er sei nicht gewillt, den verpatzten Einsatz im Kanal, von dem er sich weit mehr versprochen habe, so einfach hinzunehmen. Er habe nicht vor, seinen Plan aufzugeben. Jasper zuckte mit den Achseln. Die Informationen, die er von ihm erhalten habe, seien ja sehr dürftig gewesen. Damit sei nichts anzufangen gewesen. Hamann erwiderte, dass er es sehr merkwürdig finde, dass er, als herausragender Künstler und Fotograf, so miserables Bildmaterial abliefere. Und dazu noch behaupte, im Kanal keinerlei Hinweise gefunden zu haben. Denn Ruth habe ihm etwas völlig anderes erzählt. Jasper darauf empört, das könne ja überhaupt nicht sein. Ob er sie gegeneinander ausspielen wolle? Und Hamann wieder, was er denn damit meine? Und wie denn überhaupt seine Beziehung zu Ruth sei?

Jasper war irritiert. Er machte einen Schritt zurück und hielt sich an einem der hässlichen Wasserspeier fest, die auf dem Rand des Brunnens vor sich hin dösten. Wer auch immer auf die Idee gekommen sein mochte, diese Steinfratzen dort zu platzieren, musste einen absonderlichen Geschmack gehabt haben. Jenes bemooste Ungeheuer, welches Jasper umklammert hielt, schien aus seinem Dämmer erwacht. Es bröckelte unter seinem Griff und löste sich urplötzlich, worauf Jasper den Halt verlor und fast in den Brunnen gestürzt wäre. Hamann hielt ihn mit einem »Hoppla« am Arm fest. Doch Jasper riss sich los, funkelte Hamann zornig an und warf ihm den Steinbrocken vor die Füße. Wo denn sein Vertrauen in ihn geblieben sei? Er habe nichts mit Ruth, wenn er das meine.

Hamann mimte den Erstaunten. Ach! Sieh an! Nein, das habe er eigentlich nicht im Sinn gehabt. Wie er den darauf komme? Es sehe verdammt danach aus, als ob er etwas zu verbergen habe. Und sein Vertrauen in ihn werde in der Tat gerade auf eine harte Probe gestellt.

Jasper drehte sich brüsk um und ging zurück in Richtung Gewächshaus. Hamann, dem der Hals vor Wut rot angeschwollen war, hob die abgebrochene Steinfigur auf und stürzte Jasper hinterher.

26

Frieda Herwig war hocherfreut, Freddys Stimme am Telefon zu hören. Ob es etwa Neuigkeiten im bewussten Fall gebe, und ja, natürlich könne sie mehr über die Villa Fondant erzählen, und nein, leider habe sie schon längere Zeit keine Gelegenheit gehabt, die Villa in Augenschein zu nehmen. Aber die Villa stehe ja schon einige Jahre leer und der Zustand sei erbärmlich. Der jetzige Besitzer, dieser windige frühere Geschäftspartner ihres Mannes, habe sich damals, nach dessen Tod, Haus und Grundstück unter den Nagel gerissen, dieser hinterhältige *Schurk*. Jetzt lasse er das Anwesen verkommen. Gelegentlich sei er wohl auf dem Grundstück zu sehen. Das wisse sie von den Nachbarn, den Krumbiegels. Sie habe noch ab und an Kontakt mit ihnen. Wirklich sehr nette Leute, müsse sie wissen. Er auch Kaufmann wie ihr verstorbener Mann und sie eine Zahnärztin, die … Ja doch! Freddy habe recht, das sei jetzt nicht von Belang. Also nochmals zurück zu diesem *Schurk*. Die Nachbarn sagten, dass das Haus zwar unbewohnt, im angrenzenden ehemaligen Gewächshaus, wo die Gärtner damals übrigens *mooie* Orchideen …, dass dort also manchmal ein junger Mann zugange sei. Sie wisse es nicht mit Bestimmtheit, aber man könne sich ja gewisse Dinge vorstellen, wenn der alte *Schurk* zu Besuch komme und mit dem jungen, laut Frau Krumbiegel sehr gut aussehenden jungen Mann … Andererseits habe sie – also Frau Krumbiegel – des Öfteren auch eine attraktive Dame bemerkt, die …

Als Frieda Herwig kurz nach Luft schnappte, nutzte Freddy die Gelegenheit und riss das Wort an sich. Ob es denn irgendeine Möglichkeit gebe, unauffällig auf das Gelände zu kommen? Sie wolle doch mal herausfinden, was da vor sich gehe, was dieser Kerl da so im Verborgenen treibe. Und es könne durchaus sein, dass es sich bei dem Typ um jenen handele, den sie im Salzbachkanal und danach am Wartturm beobachtet habe.

Frieda Herwig war von den Entwicklungen sehr angetan. Tatsächlich konnte sie Freddy einen Tipp geben, wie man unbemerkt auf das Grundstück kam. Vorausgesetzt es seien nicht zu viele Spaziergänger unterwegs, sei ein unauffälliger Einstieg vom Leinpfad, der direkt zwischen der hinteren Grundstücksmauer und dem Rheinufer entlang führe, möglich. Es gebe eine Stelle mit einer kleinen Baumgruppe, über die man mit etwas Geschick über die Mauer gelange könne.

Freddy spürte wieder dieses Kribbeln am ganzen Körper. Nicht das äußerst unangenehme Ziehen in der Bauchgegend, das sie am Bierstadter Wartturm fast umgehauen hätte. Nein, es war freudige Erregung, Abenteuerlust und die pure Neugier, die sich zurückgemeldet hatte. Freilich war auch eine Spur Angst dabei, vor einem möglichen Wiedersehen mit dem Kerl. Aber diesmal würde sie nicht alleine sein. Sie setzte auf Henrichs Rückendeckung. Er wusste zwar noch nichts von seinem Glück, aber sie rechnete fest mit ihm.

Freddy verabschiedete sich mit einem *Hartelijk dank!* von Frieda Herwig, die ihr das Versprechen abnahm, sie auf dem Laufenden zu halten. Notfalls auch mitten in der Nacht. Sie habe einen *lichte slaap*. Freddy beendete das Telefonat, sprang auf und eilte in die Küche zu Henrich und den herrlich duftenden Apfelpfannkuchen.

»Das Geheimnis meiner Zabaione ist der Schuss Calvados«, bemerkte Henrich, der sich freute, dass Freddy mit einem Riesenappetit zulangte.

»Und die eingelegten Rosinen sorgen für den Biss und die Süße.«

Freddy sah ihren Mann glücklich kauend an und meinte, dass man die Pfannkuchen sicher auch mit einer Füllung aus Mousse au Chocolat zubereiten könne, aber das sei nur als Anregung gedacht – für die Zeit, wenn sie wieder Schokolade essen dürfe. Worauf Henrich erstaunt sagte, dass er von Freddys Schoko-Abstinenz bisher noch gar nichts mitbekommen habe. Aber bei der ereignisreichen Woche sei das ja auch kein Wunder. Wobei man wieder beim eigentlichen Thema sei. Er habe sich bei der Zubereitung der Pfannkuchen, genauer gesagt beim Wenden derselben den Fall auch noch einmal von beiden Seiten betrachtet. Man befinde sich gewissermaßen in einer Situation, die jetzt noch zu kontrollieren sei. Wenn man sich andererseits aber – er habe das Telefonat mit Frieda Herwig ja mitbekommen – auf Gangsterjagd begebe – und nichts anderes sei das, was sie vorhabe –, könne man schnell zwischen die Fronten geraten.

Freddy kam nicht umhin, Henrich recht zu geben. Dann allerdings müsse man jetzt wirklich einen Schlussstrich ziehen, das hieße, zur Polizei zu gehen und die Geldbomben abzuliefern. Worauf Henrich mit Bedauern den Kopf wiegte, aber Freddy im Grundsatz zustimmte. Womöglich könne man ja verschweigen, dass ein Teil der Beute in ihren Rucksack gewandert sei.

Davon wiederum wollte Freddy nichts hören. Wenn sie irgendetwas über den Fund und die skelettierte Hand im Salzbachkanal aussagen müsse, könne sie nicht ausschließen, dass ihr auch etwas über die mitgenommene Beute herausrutsche. Bis jetzt habe sie dicht gehalten, aber die hätten sicher die fiesesten Verhörmethoden.

Schließlich einigten sie sich darauf, am nächsten Tag doch eine Exkursion zum Rheinufer zu unternehmen. Wenn man den geheimnisvollen Typ tatsächlich auf dem Grundstück der Villa entdecke, sei man etwas schlauer und könne sich dann überlegen, wie man mit dieser Information umgehen solle. Sicher sei auch die Polizei daran interessiert.

Nach dieser Übereinkunft beschloss man kurzerhand, sich einen netten Kinoabend zu gönnen. Auch wenn Henrichs erste Wahl »Run all Night« im Losverfahren gegen Freddys Vorschlag »Die Gärtnerin von Versailles« den Kürzeren zog, wurde der Abend für beide ein recht unbeschwerter, der die Gedanken an das morgige Abenteuer für eine Zeit verdrängte.

Nach dem hitzigen Telefonat mit Jasper Frinton war Dr. Ruth Kalteser-Kries mehr als verärgert. Das Verhältnis mit ihm schien vor dem Aus zu stehen. Was sie einerseits der Liebe wegen bedauerte und andererseits, weil sie nun auf die Mithilfe Jaspers bei der Beutesuche verzichten musste. Mittlerweile war sie davon überzeugt, dass Jasper ihr nicht alles über den Fundort erzählt hatte. Womöglich machte er mit Hamann gemeinsame Sache. Bei dem Gedanken stieg Wut in ihr auf. Die ganze Angelegenheit begann unübersichtlich zu werden. Ruth hasste es, wenn sich etwas ihrer Kontrolle entzog. Aber einen einmal gefassten Plan aufzugeben, war nicht ihr Ding. Da musste eben improvisiert werden. Sie war bereits sehr weit gegangen, nun gab es kein Zurück mehr. Sie beschloss, Jasper in seinem Atelier zu besuchen und einen letzten Versuch zu unternehmen, ihn umzustimmen. Vor dem morgigen Tag konnte sie jedoch nicht bei ihm aufkreuzen. Heute hatte er seine Verabredung mit Hamann. Den genauen Zeitpunkt hatte Jasper am Telefon nicht genannt. Zu gerne hätte sie bei diesem Treffen Mäuschen gespielt.

27

»Warte!«, rief Hamann erbost. »Bleib sofort stehen und dreh dich um!«

»Meinst du, du kannst mich herumkommandieren wie einen deiner verklemmten Pudel?«, schrie Jasper zurück, blieb stehen und drehte sich zu Hamann um. »Was willst du mit dem Stein? Willst du mich umbringen?«

Jasper starrte den abgebrochenen Wasserspeier an, den Hamann in der Hand hielt. Die steingewordene Teufelsfratze unterschied sich kaum von Hamanns finsterer Miene.

»Lass das Ding fallen!«

»Seit wann gibst du die Kommandos? Was ist in dich gefahren? Man schlägt nicht die Hand, die einen füttert. Du bist ein Nichts ohne mich, hörst du?«

Jasper machte einen Schritt auf Hamann zu und funkelte ihn böse an.

»Hab ich dir nicht genug Profit eingebracht? Hast du nicht genug an meinem künstlerischen Genie verdient? Aber damit ist jetzt Schluss. Ein für alle Mal!«

Hamann war puterrot im Gesicht und schnaufte wie ein Walross. Widerworte war er nicht gewohnt. Und er duldete sie auch nicht. »Ich warne dich, du Mistkerl«, stieß er hervor. Doch es klang weniger sicher als sonst. Jasper, der Hamann um Haupteslänge überragte, hatte sich in einer bedrohlichen Haltung vor ihm aufgebaut. Mit der flachen Hand stieß er seinem Gönner gegen die Brust. Hamann wankte völlig perplex zurück, bis er hinter sich den schroffen Rand des Brunnenrandes spürte.

Jasper kam näher und ballte die Fäuste. »Deine arrogante, großspurige Art kotzt mich schon lange an. Und wenn wir gerade dabei sind: Ja, Ruth und ich haben ein Verhältnis. Wir treiben es miteinander. Hier in deinem beschissenen Gewächshaus. Schon seit Monaten, wenn du es genau wissen willst. Hörst du?« Bei den letzten beiden Worten ahmte er Hamanns arroganten Tonfall nach.

Walther Hamann riss die Augen auf. Mühsam schnappte er nach Luft und griff sich ans Herz. »Du miese kleine Ratte!« Er zitterte am ganzen Körper, kalter Schweiß trat ihm auf die Stirn. »Du miese kleine …«

Zitternd hob er die Hand, seine Finger noch immer in den abgebrochenen steinernen Wasserspeier gekrallt. Mit irrem Blick holte er aus. Jasper stürzte sich auf ihn, wehrte mit einer Hand den erhobenen Arm ab und umklammerte mit der anderen Hamanns Hals. Mit aller Kraft stemmte er sich gegen den feisten Körper, beugte ihn nach hinten über den Rand des Brunnens. Hamann wehrte sich verzweifelt, versuchte, sich aus dem Griff zu befreien, und stieß Jasper mit dem Knie in den Unterleib. Jasper zuckte mit schmerzverzerrtem Gesicht zusammen und lockerte den Griff um Hamanns Hals. Hamann gelang es, seinen Arm zu befreien. Mit einem Aufschrei fuhr seine Hand herab und traf Jasper mit dem Steinbrocken an der Schläfe.

Jasper klappte zusammen wie ein Taschenmesser. Sein zuckender Oberkörper hing halb im Brunnenschacht, halb auf Hamanns linker Schulter. Das Gewicht des Getroffenen drohte beide in die gähnende Tiefe herabzureißen. Hamann ruderte mit dem freien Arm herum und streckte sich in Panik nach einem der Holzpfosten des Brunnenüberbaus. Im selben Moment, als Hamann den Pfosten zu fassen bekam und sich an ihn klammerte, glitt Jaspers lebloser Körper von Hamanns Schulter und stürzte in die Schwärze des Brunnens hinab. Aus der Tiefe drang der hässlich dumpfe Laut des Aufpralls herauf.

Hamann zitterte am ganzen Körper. Es dauerte einige Minuten, bis er sich wieder so weit im Griff hatte, um einen Blick in den Brunnenschacht werfen zu können. Die Hand noch immer haltsuchend am Holzpfosten des Überbaus, lehnte er sich vornüber und starrte in das dunkle Rund. Dort regte sich nichts. Kein Laut war zu vernehmen. Hamann fröstelte. Alles andere als zart besaitet, mochte er sich dennoch nicht ausmalen, welches Bild sich ihm böte, würde er mit einer Taschenlampe hinab leuchten. Jasper F. Frinton war tot. Daran hatte Hamann keinen Zweifel. Die Tatsache gab ihm einen Stich. Seine freundschaftlichen Gefühle für den Künstler hatten sich zwar jäh in Abscheu über den billigen Verrat verwandelt, doch war das Verhältnis einst bereichernd für beide Seiten gewesen. Nun stand Frinton *in persona* des genialen Kunstfälschers nicht mehr zur Verfügung. Damit war nun tatsächlich ein für alle Mal Schluss. Und Schluss war es wohl auch mit Ruth, der Schlampe. Wenn Jasper die Wahrheit gesagt hatte. Es bestand immerhin die Möglichkeit, dass er ihn damit nur verletzen wollte. Aber das war eher unwahrscheinlich.

Hamann riss sich vom Schlund des Brunnens los, der ihn mit hypnotischem Sog anzustarren schien, ihn lockte, ihm zuraunte, dass nun alles den Bach hinunter ging, dass er gerade in den Abgrund seines Lebens blickte.

Entschlossen drehte sich Hamann um und ließ seinen Blick über den Garten zur Villa schweifen. Genug der trübsinnigen Gedanken. Es galt besonnen vorzugehen. Vom westlich gelegenen Nachbargrundstück waren Stimmen zu hören. Kinderlachen und das Räuspern eines Erwachsenen, die sich in den hellen Ton einer Schiffssirene mischten, der vom Rhein herüber wehte. Von der Straße oberhalb des Anwesens drang gedämpft Verkehrslärm zu ihm herunter. Schlagartig wurde sich Hamann eines Problems bewusst: Er konnte sich keineswegs sicher sein, das nicht jemand den lautstarken Disput gehört hatte. Wenn auch das Grundstück und gerade der Brunnen weitgehend blickgeschützt waren, konnte ein aufmerksamer Spaziergänger auf dem Leinpfad durchaus Zeuge des Streits geworden sein.

Hamann zwang sich zur Ruhe und zur nüchternen Überlegung der nächsten Schritte. Von der Nachbarseite hatte es keinerlei erkennbare Reaktion gegeben. Die Kinderstimmen hatten das hitzige Wortgefecht womöglich übertönt. Hamann umrundete den Brunnen und ging von Bäumen und Büschen geschützt zur südlichen Grundstücksgrenze. Von hier aus konnte man unbemerkt den Leinpfad in beide Richtungen überblicken. Still und verlassen wand dieser sich am Rheinufer entlang. Weder Fußgänger noch Radfahrer waren zu sehen. Das war keine Gewähr dafür, dass es nicht doch Zeugen gab, aber das würde sich jetzt nicht klären lassen.

Hamann ging zum Brunnen zurück. Was sollte mit der Leiche Jaspers geschehen? Ihn aus seinem nassen Grab heraufzuholen war unmöglich. Den Brunnen zuzuschütten war auch keine Lösung. Das würde man sicher bemerken. Denn früher oder später musste er Jasper als vermisst melden. Schließlich hatte er hier auf seinem Anwesen das Atelier für ihn eingerichtet. Und er musste davon ausgehen, dass das auch andere wussten. Möglicherweise könnte man das Ganze als Unglücksfall der Polizei melden. Aber Hamann konnte sich mit diesem Gedanken nicht anfreunden. Es galt zu verhindern, dass sein Name mit dem Tod des Künstlers in Verbindung gebracht wurde. Mit mühevoller und kostenintensiver Arbeit hatte er sich über die Jahre ein, wie er meinte, respektables Renommee verschafft. Das würde er sich von dieser kleinen Ratte – dieser toten kleinen Ratte – nicht kaputt machen lassen. Blieb also nur, sich ein wasserdichtes Alibi zu verschaffen. Das sollte kein Problem sein, darin hatte er Übung. Und selbstredend musste der Tod Jaspers wie ein Unfall aussehen.

Hamann besah sich den alten Brunnen genauer. Der mit grauer Dachpappe bedeckte hölzerne Überbau wies etliche Löcher auf, die Ziehvorrichtung mit dem Rundholz, auf dem das Seil für den Eimer aufgerollt war, machte nicht den stabilsten Eindruck, die Kurbel war verrostet, das Seil selbst zerschlissen. Hamann griff sich das Seil und ließ es durch die Finger gleiten. Sein Blick fiel auf den Holzeimer, der neben dem Brunnen stand. Er nahm den Eimer und befestigte ihn am Haken des Seils, dann löste er die Sicherung der Kurbel und drehte diese probeweise. Die hölzerne Rolle knirschte und ächzte und ließ sich nur mühsam bewegen. Offensichtlich war sie lange nicht benutzt worden. Hamann senkte den Eimer ein Stück herab in den Brunnen, doch die Rolle blockierte und der Eimer blieb schwankend im Brunnenschacht hängen. Um das Rundholz zu lösen, versetzte Hamann ihm einen Schlag, was zur Folge hatte, dass ein Teil der Kurbel abbrach und der Eimer ungebremst in den Brunnen stürzte. In den dumpfen Aufprall mischte sich das Geräusch splitternden Holzes. Hamann fluchte. Aber eigentlich war es genau das, was er brauchte. Denn genau so hätte der Unfall passieren können: Jasper wollte Wasser aus dem Brunnen schöpfen, die marode Ziehvorrichtung zerbrach und Jasper fiel samt Eimer in den Brunnen. Dabei brach er sich den Hals. Für Hamann klang das plausibel.

Eine Sache musste noch erledigt werden: die Beseitigung der Spuren. Er sah sich nach dem Teil des Wasserspeiers um, mit dem er Jasper den entscheidenden Schlag versetzt hatte. Er fand den Steinbrocken, an dem noch Blut und Haare klebten, wischte mit einem Papiertaschentuch vermeintliche Fingerabdrücke ab und warf ihn in den Brunnen. Dann sah er sich das niedergetretene Gras an. Der Boden war trocken, es hatte lange nicht geregnet. Fußspuren waren nicht zu entdecken und auch sonst gab es nichts, was aus Hamanns Sicht verdächtig erschien. Unterdessen hatte die Dämmerung eingesetzt, die Sicht wurde schlechter. Langsam, den Weg aufmerksam inspizierend, ging Hamann zum Gewächshaus. Dort nahm er sich die Zeit, noch die gefälschten Werke zu sichten und einzupacken, die Jasper achtlos in seinem Fundus deponiert hatte. Eine erkleckliche Anzahl an Exponaten kam da zusammen, die man unter Umständen ihm als Kunstauktionator hätte zuschreiben können. Schließlich, als er alles in seinem BMW verstaut hatte, und sicher sein konnte, nichts übersehen zu haben, war er bereit, das Anwesen zu verlassen. Als er erneut Stimmen von der Nachbarseite hörte, entschloss er sich, noch so lange auszuharren, bis die Dämmerung in Dunkelheit übergegangen war. Seine Nervosität nahm wieder zu. Untätig herumsitzen zu müssen, hier am Ort eines Verbrechens, versetzte ihn in eine gereizte Stimmung. Seine Gedanken drehten sich nun unweigerlich um Ruth. Er würde sie auf die Probe stellen, sich etwas ausdenken, was sie überführen würde. Und wenn sie in die Falle tappte, würde sie für ihren Verrat büßen müssen.

Hamann hörte lauter werdende Stimmen auf dem Nachbargrundstück. Durch die Büsche war ein Lichtschein zu erkennen. Dann Geräusche zuschlagender Autotüren, ein Wagen wurde gestartet, fuhr an und kurz darauf legte sich Stille über die Szenerie. Das Glück schien ihm hold. Endlich konnte auch er aufbrechen. Noch immer bestand das Risiko, beobachtet zu werden, wenn er mit seinem BMW das Anwesen verließ. Doch es gab keine Alternative. Während er mit ausgeschalteten Scheinwerfern, langsam, in hohem Gang, den Weg zur K638 hochfuhr, floss ruhig und friedlich wie eh und je der Rhein im samtenen Glanz der Nacht einem neuen Tag entgegen.

28

Am zeitigen Sonntagmorgen nach einem nicht allzu üppigen Frühstück – man hatte stattdessen ein Picknick eingepackt –, spazierte ein Pärchen von Walluf kommend den Leinpfad entlang. Zu dieser frühen Stunde war dort kaum jemand unterwegs. Eine Gruppe schnatternder Enten und ein Cockerspaniel, der einen greisen Mann hinter sich herzog, waren außer ihm die einzigen Zeugen des morgendlichen Schauspiels, wie sich die eben erwachte Sonne golden in den Rhein ergoss.

Der Morgen war frisch, der Herbst hatte seine kalten böigen Vorboten gesandt. Freddy fröstelte. Henrich schob dies eher der Aufregung vor dem bevorstehenden Einbruch zu. Freddy protestierte. Es handele sich keineswegs um einen Einbruch und außerdem seien sie sich doch einig gewesen, der Sache mit der Villa auf den Grund zu gehen. Henrich meinte, das genau sei ja gerade das Vergehen. Sich widerrechtlich auf fremden Grund zu begeben. Und einig sei sich eigentlich eher sie gewesen. Aber gut, nun sei man schon mal hier und da könne man ja mal nach dem Rechten schauen.

Freddy reckte das Kinn in die Höhe, hakte sich bei ihrem Mann unter und schritt forsch aus. Kurz darauf näherten sie sich bereits der Villa Fondant. Frieda Herwig hatte das Anwesen gut beschrieben. Die Villa, von der nur das obere Stockwerk und das Dach zu sehen waren, stand ein gutes Stück von der südlichen Grenzmauer entfernt. Das Grundstück machte einen verwilderten Eindruck. Von der Gartenanlage war nichts zu erkennen. Langsam gingen Freddy und Henrich weiter den Weg entlang und blieben vor der kleinen Baumgruppe stehen, die Frieda Herwig beschrieben hatte. Mit etwas Klettergeschick sollte es gut möglich sein, über einen der Bäume auf das Grundstück zu gelangen. Rechts angrenzend befand sich ein nicht sonderlich gepflegter Wingert, an den sich eine Wiese mit hohem, sich im Wind wiegendem Gras anschloss.

Obwohl die aufgeregte Freddy bereits einen Fuß am Stamm und eine Hand am untersten Ast eines Baumes hatte, bestand Henrich darauf, zuerst die ganze Mauer bis zum Nachbargrundstück abzugehen. Er wolle sehen, ob sich irgendwo etwas rege. Zeugen für ihren Einbruch brauche man nicht. Außerdem bestehe ja die Möglichkeit, dass der mysteriöse Kerl – von dem er bisher nur das Bild eines Phantoms im Kopf habe –, sich auf dem Grundstück befinde. Und sei dies der Fall, könne es ungemütlich werden. Freddy schloss sich murrend dem Rat ihres Mannes an und so schlenderten sie ein Stück weiter am Rheinufer entlang. Das Nachbaranwesen war ruhig, nichts rührte sich. Entweder war niemand zuhause oder es werde, wie Henrich betonte, am Sonntagmorgen einfach mal schön ausgeschlafen. Freddy wurde immer zappeliger. Das sei ihr ziemlich gleich. In beiden Fällen bestehe kaum die Gefahr, dass jemand sie beobachten würde. Jetzt oder nie!

Damit steuerte sie auf das andere Ende des Grundstücks zu.

Keine hundert Meter flussaufwärts (50.030608, 8.155001) entspann sich zwischen den Gebrüdern Kleinschmidt ein Streit darüber, ob man anstelle des Doppelkajaks nicht doch besser zwei einzelne hätte nehmen sollen. Während Helge, der ältere der beiden, einen strammen Paddelrhythmus bevorzugte, mochte Lasse eher die Stille des idyllischen Morgens in sich aufnehmen. Und das gelinge am besten bei einem gemächlichen Sich-treiben-lassen. Helge ließ das nicht gelten. Mit Wucht stach er sein Paddel in die Wogen und zog kräftig durch. Und wenn sein werter Bruder nicht endlich seine Trägheit überwinde, könne es ein, dass die Stille des schönen Morgens eine weniger idyllische Unterbrechung erfahre.

Von dieser Meinungsverschiedenheit bekam Freddy freilich nichts mit. Sie hatte längst die Baumgruppe erreicht und sich, zu allem entschlossen, an einem kräftigen Ast hochgezogen. Nun saß sie gemütlich in einer Astgabel der zweiten Baumetage und begann mittels des mitgebrachten Feldstechers – natürlich eine Idee Henrichs –, das Anwesen zu beobachten. Henrich, der sich noch einmal nach allen Seiten umsah, bevor er seiner Frau folgte, hatte die Paddler noch nicht bemerkt. Erst als er die Baumgruppe erreichte, Hand und Fuß an Ast und Stamm gelegt, und sich halb hochgezogen hatte, vernahm er zwei zankende Stimmen, die sich rasch näherten. Die vermeintlichen Jogger, die jeden Moment die Baumgruppe erreicht haben müssten, würden ihn zweifellos bemerken.

Helge schien sich unterdessen durchgesetzt zu haben, denn das Kajak kam mit ordentlichem Tempo voran. Der Disput der Brüder war jedoch keineswegs beendet. Lautstark wurde über die notwendige Entschleunigung der heutigen Zeit und andererseits über die Trägheit der Masse diskutiert. Als die Paddler auf gleicher Höhe mit der Villa Fondant waren, bemerkten sie einen Mann, der ihnen den Rücken zuwandte und sich am Stamm eines Baumes offenbar zu erleichtern suchte. Was Lasse dazu veranlasste, dem Mann ein nett gemeintes »Holdrio« zuzurufen, und Helge dazu, die Paddelfrequenz noch einmal zu erhöhen. Zwei Minuten später waren die Kajakfahrer außer Sicht- und Hörweite.

Henrich atmete erleichtert auf. Er bedeutete Freddy, dass alles in Ordnung sei, und begann seine Klettertour. Auf dem Grundstück war, abgesehen von zwei zeternden Amseln, alles still.

Von ihrem Beobachtungsposten aus konnte Freddy rechterhand das Gewächshaus sehen und die weiter entfernt stehende Villa auf der anderen Seite. Etwa in der Mitte des Gartens stand ein Ziehbrunnen, der, wie alles dort, die beste Zeit schon lange hinter sich hatte. Ob sich jemand in der Villa aufhielt, war nicht zu erkennen. Die Läden an den hohen Fenstern waren geschlossen. Der Eingang und das unterste Stockwerk lagen dunkel und still im Schatten der umgebenden Bäume. Auch aus dem Gewächshaus drang weder Licht noch Laut. Freddy und Henrich nickten sich zu und ließen sich vom Baum herab auf das Villengrundstück gleiten. Mit Handzeichen verständigten sie sich darauf, dass Henrich näher an das Hauptgebäude und Freddy zum Gewächshaus gehen sollte.

Jasper war weder an sein Handy gegangen noch hatte er auf ihre Voice-Mail geantwortet. Etliche Male hatte sie am Samstagabend versucht, ihn zu erreichen. Doch ohne Erfolg. Dr. Ruth Kalteser-Kries war eine solch respektlose Behandlung nicht gewohnt. Jasper schien es ernst zu meinen. Sie kam zu dem Entschluss, dass er, wenn er nicht einlenkte, einer deftigen Lektion bedurfte. Auch Hamann hatte sich nicht, wie sonst üblich, bei ihr gemeldet. Das konnte sie verkraften – wenn es nichts mit Jaspers Stillschweigen zu tun hatte. Noch immer fiel ihr die Vorstellung schwer, dass Hamann mit Jasper gemeinsame Sache machte und sie ausgebootet werden sollte. Bald würde sie mehr wissen. Nachdem sie sich auf ihre Art kampfbereit gemacht hatte, verließ sie ihre luxuriöse Wohnung in der Parkstraße und begab sich auf den Weg zur Villa Fondant. Die Strecke war ihr vertraut. Oft genug hatte sie Jasper besucht. Nicht oft genug, wie sie fand, hatten sie sich in seinem Atelier vergnügt. Dass dies nun der Vergangenheit angehören sollte, wollte sie nicht so einfach hinnehmen. Freiwillig hatte sie noch nie aufgegeben.

Die Fahrt nach Walluf würde nur eine knappe halbe Stunde dauern. Es war noch früh an diesem sonnigen Morgen, mit viel Verkehr war nicht zu rechnen. Die spießigen Sonntagsspaziergänger fielen für gewöhnlich erst später am Rheinufer ein.
Henrich stahl sich im Schutz einer Ligusterhecke näher an die Villa heran. Er kam sich albern vor, wie ein Pennäler auf Schnitzeljagd. Er fragte sich, was ihn dazu bewegt haben mochte, sich auf dieses Unternehmen einzulassen. Freddy hatte er aus dem Blick verloren. Sie war um den Brunnen herum zum Gewächshaus geschlichen. Wenn Gefahr drohte, sollte sie sich mit der Taschenlampe bemerkbar machen. Eine absurde Idee angesichts des gleißenden Morgenlichts, das mittlerweile das Glasdach des Gewächshauses durchflutete und es hell erstrahlen ließ. Henrich nahm sich vor, die Villa nur kurz zu inspizieren und Freddy hinterher zu gehen.
Eigentlich schade um das schöne Haus, dachte er sich, als er freien Blick hatte. Mit seinem schiefergedeckten Dach, auf dem zwei große Gauben verschlafene Blicke auf den Rhein richteten, den Rundbogenfenstern und dem kunstvoll gestalteten Holzportal machte es noch immer einen stattlichen Eindruck. Auch wenn der letzte Anstrich der Fassade und der Holzläden etliche Jahre zurück liegen musste. Besonders ein schlankes Türmchen, das sich auf der Westseite wie ein Wächter über das Dach erhob, hatte es Henrich angetan. Von dort oben musste man einen fantastischen Blick über den Rhein haben. Gerne hätte sich Henrich das Innere des Hauses angesehen. Doch das kam nicht in Frage. Einen Moment blieb er noch in der Hocke sitzen. Doch nichts rührte sich. Von hier drohte keine Gefahr. Er beschloss, noch einen Blick auf die Vorderseite des Hauses zu werfen.
Im Schutz der Grundstücksmauer im Rücken und einer wild ausufernden Brombeerhecke zum Garten hin schlich

sich Henrich auf die Westseite der Villa. Kaum hatte er eine Position erreicht, von der aus er den Bereich hinter der Hausecke überblicken konnte, wusste er, dass Freddy in Gefahr war. Auf dem gekiesten Weg zwischen der Villa und der Mauer zum Nachbargrundstück stand ein Wagen. Ein schwarzer Mercedes SL Coupé, älteres Baujahr, sehr gepflegt. Doch das registrierte Henrich nur am Rande. Die Erkenntnis, dass zu dem geparkten Wagen ein Fahrer gehörte und dieser sich mit großer Wahrscheinlichkeit auf dem Grundstück aufhielt, ließ ihn erstarren. Er musste Freddy schnellstens warnen.

Ruth Kalteser-Kries hatte auf ihrem Weg nach Walluf noch einmal versucht, Jasper per Handy zu erreichen. Doch wieder vergebens. Allmählich kam ihr das höchst suspekt vor. Sie überlegte, ob sie nicht doch Hamann anrufen sollte. Aber sie entschied sich dagegen, zuerst wollte sie mit Jasper reden. Sollte hinter ihrem Rücken wirklich eine gemeinsame Sache von Hamann und Jasper laufen, würde sie aus dem Alten nichts herausbringen, der war gerissen und würde sich keine Blöße geben.

Bei ihrer Fahrt über die Biebricher Allee musste sie auf der Höhe des Henkellsfeld an das letzte Konzert denken, das sie dort mit Walther Hamann besucht hatte. Werke von Bach und Kodály waren gespielt worden. In Wiesbadens klassischer Musikszene waren die Konzerte auf Henkellsfeld ein Muss. Das jedenfalls hatte Hamann stets behauptet. Für ihn gehörte es zum guten Ton – über sein mickriges Wortspiel hatte er herzhaft gelacht –, sich bei renommierten Musikveranstaltungen sehen zu lassen. Ob er tatsächlich über einen Sinn für die schönen Künste verfügte, hatte sie immer bezweifelt. Im Grunde war er nichts als ein grober, gefühlloser Klotz. Und ein sturer Bock dazu, vor dessen Hörnern man sich in Acht nehmen musste.

Die Ampel an der Kreuzung Ende der Biebricher Allee wechselte auf Gelb. Ruth gab Gas, schaffte es noch knapp vor Rot über die Äppelallee und musste dahinter eine Vollbremsung machen. Ein kleiner dreirädriger Lieferwagen war rückwärts aus einer Ausfahrt gestoßen und mitten auf der Straße stehen geblieben. Von der Ladefläche waren Kisten mit Gemüse und Obst heruntergefallen, die sich quer über die ganze Fahrbahn verteilten. Ruth fluchte. Was machte der hier überhaupt mit seinem klapprigen Vehikel am Sonntagmorgen? Von Biebrich kam ein Stadtbus herauf, der ebenfalls warten musste. Der Besitzer des Lieferwagens war ausgestiegen, irrte aufgeregt hin und her und versuchte, seine Waren aufzuklauben. Da die Straße der Republik abschüssig war, ignorierten Äpfel und Tomaten die Rufe ihres Herrn und machten sich selbständig, was die Rettungsaktion entscheidend erschwerte. Den Lieferwagen selbst beachtete sein Besitzer nicht und auch der Stau, der sich unterdessen gebildet hatte, schien ihn nicht zu interessieren. Ruth war kurz vorm Explodieren. Sie steckte fest. Dabei waren es höchstens noch zehn Minuten Fahrt bis zur Villa Fondant.

29

Freddy hatte das Gewächshaus im Schutz großer Büsche – hauptsächlich Rhododendren und Azaleen – umrundet und sich von der Nordseite her genähert. Der Glaskasten war an einen Backsteinschuppen angebaut und hatte hier nur eine schmale Fensterfront, die etwa in Hüfthöhe begann und bis zum Dach reichte. An der Ecke wurde das Fenster halb von einem verwilderten Rosenstock verdeckt, dessen Zweige sich um ein klappriges Regenrohr rankten. Einige Minuten hatte Freddy dort gekauert und aufs Äußerste gespannt immer wieder einen Blick in das Innere des Gewächshauses geworfen. Eine Bewegung hatte sie nicht ausmachen können. Auch Geräusche waren nicht zu vernehmen gewesen. Einerseits war Freddy froh, dass sich wohl niemand in dem Bau aufhielt. Andererseits würde sie nun vermutlich nicht erfahren, ob der verdächtige Kerl hier wirklich sein Unwesen trieb. Von ihrem Standpunkt aus konnte Freddy nicht das komplette Gewächshaus einsehen. Es bestand also die Chance, dass sich jemand im hinteren Teil aufhielt. Vermutlich gab es noch Räume in dem Backsteinbau, der den Gärtnern wohl als Geräteschuppen gedient haben mochte.

Um mehr vom Inneren überblicken zu können, musste sie wohl oder übel aus ihrer Deckung herauskommen. Freddy erhob sich vorsichtig. Sie tat einen Schritt, reckte den Hals nach vorne, der nächste Schritt, und fast hätte sie der Schlag getroffen, als sie aus dem neuen Blickwinkel die Tür des Gewächshauses bemerkte – sie stand sperrangelweit offen. Freddy taumelte erschrocken zurück. Das konnte nur bedeuten, dass doch jemand hier war. Sie ging wieder in die Hocke und lehnte sich mit dem Rücken an die Wand. Für einen Moment war sie unfähig, sich zu bewegen. Als sich nichts tat – weder ein überraschter, sie als Eindringling enttarnender Ausruf noch ein heimtückischer Schlag aus dem Hinterhalt –, wagte sie, erneut in das Gewächshaus zu spähen. Die Lage war unverändert. Nichts rührte sich. Hier war niemand. Erst jetzt bemerkte Freddy all die Bilderrahmen, Staffeleien und weiteren Utensilien, die man eigentlich im Atelier eines Malers vermuten würde. Sie musste sich geirrt haben. Dieser üble Ganove konnte unmöglich ein Künstler sein. Unter einem solchen stellte man sich jemanden mit einer sensiblen Seele vor, feinfühlig eben und ganz und gar nicht angsteinflößend.

Freddy gab sich einen Ruck, stand auf und schritt beherzt die gläserne Südfront entlang. Dann stand sie vor dem Eingang. Freilich hatte sie mit Henrich vereinbart – wo blieb der eigentlich? –, dass man nicht in eines der Gebäude hineingehen, also auf keinen Fall, weder irgendwie noch überhaupt, einbrechen würde. Aber hier stand die Tür nun mal offen und lud geradezu dazu ein, nach dem Rechten zu sehen. Daran war sicher nichts auszusetzen. Die Tür war vielleicht versehentlich aufgelassen worden, da konnte ja jemand Unbefugtes so einfach ...

Freddy betrat das Gewächshaus. Das gläserne Dach erstrahlte in der Morgensonne, als ob man eine Reihe Halogenlampen eingeschaltet hätte. Sie sah sich im vorderen Teil um. Gemüse, Obst oder gar *mooie* Orchideen, wie Frieda Herwig erzählt hatte, wurden hier schon lange nicht mehr angebaut. Dafür gab es andere Erzeugnisse zu bestaunen. An einer Wand reihte sich Bild an Bild. Angefangene, halbfertige, vollendete Werke in unterschiedlichsten Formaten. Einige der Gemälde bildeten offensichtlich eine Serie. Es waren Aquarelle, die bekannte Motive aus Wiesbaden und Umgebung zeigten. Ein ungutes Gefühl, das sie nicht recht einordnen konnte, machte sich in Freddy breit. Sie nahm das Atelier weiter in Augenschein. An der Mauer, die der Glasfront gegenüber lag, lehnten weitere Staffeleien und Bilder an der Wand. Erst jetzt bemerkte Freddy eine Tür zwischen zwei großformatigen hölzernen Rahmen. Sie stand einen Spalt offen. Und wenn jemand in dem Raum schlief? Schließlich stand nicht jeder sonntags morgens so früh auf.

Auf leisen Sohlen näherte sich Freddy der Tür und gab ihr mit den Fingerspitzen einen leichten Stoß. Sie hoffte, dass sie nicht knarren würde. Wider Erwarten schwang die Tür mit einem lautlosen Schwung auf und gab den Blick in eine enge Kammer frei. Außer einem Feldbett und einem klapprigen Stuhl war nichts der Aufmerksamkeit wert. Die Jacke allerdings, die über der Stuhllehne hing, sorgte bei Freddy für einen ordentlichen Adrenalinschub. Denn erstens begegnete man einer lässig herumhängenden Jacke selten alleine – gewöhnlich hielt sich der Träger derselben in der Nähe auf. Zweitens war gerade diese Jacke keine Unbekannte. Freddy glaubte, in ihr das Kleidungsstück zu erkennen, in das sich der Ganove zu hüllen pflegte. Was nichts anderes hieß, als dass dieser doch hinter der nächsten Ecke lauern könnte. Hastig zog sie eine Taschenlampe aus ihrer Jackentasche, knipste sie an und fuchtelte damit in Richtung des Gewächshauseingangs, auf den sie sich rückwärts zu bewegte.

Henrich erhob sich und ging auf dem gleichen Weg zurück, den er gekommen war. Im Schutz der Büsche spähte er zum Gewächshaus hinüber. Quer über das Grundstück zu gehen, wäre zu gefährlich. Nur der Brunnen, der halb unter den tiefhängenden Zweigen einer Tanne stand, bot etwas Sichtschutz. Er huschte über die unkrautübersäte Wiese und duckte sich hinter den Brunnen. Von hier aus war der Eingang des Gewächshauses zum Teil zu sehen. Henrich erschrak. Die Tür stand offen. Er hatte doch ausdrücklich drauf bestanden, dass sie nur von außen einen Blick riskieren und keinesfalls in eines der Gebäude eindringen sollten. Freddy schien das ignoriert zu haben. Henrich bemerkte flackernde Lichtreflexe. Das musste ihre Taschenlampe sein. Also war sie tatsächlich im Inneren des Glasbaus. Und vielleicht sogar in Gefahr. Henrich sah sich nach der Villa um. An der unheimlichen Grabesruhe hatte sich nichts verändert. Wenn er nicht den Wagen auf dem Parkplatz entdeckt hätte, würde er fest behaupten, dass das Anwesen verlassen sei. Er stieß sich vom Boden ab und hastete hinüber zum Gewächshaus.

Endlich wurde aus Stillstand Bewegung. Ruth stöhnte erleichtert auf. Jemand war auf die glorreiche Idee gekommen, Hand an den liegengebliebenen Karren des Stauverursachers zu legen und ihn von der Straße zu ziehen. Der Inhalt der Gemüsekisten freilich wurde unter den Rädern der Busse und Kraftwagen zermalmt, deren ungeduldige Fahrer nun kräftig Gas gaben. Auch Ruth trat aufs Pedal. Unglaublich, dass sie wegen dieses Pöbels so lange hatte warten müssen.

Der weitere Weg durch Biebrich zum Rheinufer hinunter besserte Ruths Laune wenig bis gar nicht. Ein multikulturelles Straßenfest, das mit vielen lustigen Ideen wie einer folkloristischen Tanzeinlage oder einem Kinderumzug über die Rathausstraße unterhielt, machte ein zügiges Fortkommen unmöglich. Verdammt! Wieso hatte sie nicht den Weg über die Äppelallee genommen? Eben musste Ruth ihre stockende Fahrt erneut stoppen. Die Gelegenheit nutzend, sprang eine junge Frau namens Fatma herbei und bedeutete Ruth, das Fahrerfenster zu öffnen, um von den dargereichten köstlichen Teigtäschchen zu kosten. Aber nein. Ruth wollte weder anhalten noch kosten noch sonst einer weiteren Zeitverzögerung zustimmen. Sie funkelte die arme Fatma böse an, machte eine wegwischende Handbewegung und drückte nachdrücklich auf die Hupe. Was ohne Frage nicht die beste Reaktion auf die freundlichen Annäherungsversuche war. Schnell war Ruths Wagen von einer Menschengruppe, vermutlich Fatmas Verwandtschaft, umringt. Die Kommunikation indes wollte nicht recht in Gang kommen. Erst als sich Ruth bereit erklärte, doch einen Bissen zu nehmen, und die Teigtaschen sowie die zuvorkommende Gastfreundschaft ausgiebig lobte, durfte sie ihre Fahrt fortsetzen. Als sie die fröhlich feiernde Gruppe endlich hinter sich gelassen hatte, hob sie die Hand und streckte den Mittefinger raus. Diese aufdringlichen Elemente! Obwohl, diese Teigtaschen …

Der Schreck fuhr ihr in die Glieder und ließ sie erzittern. Freddy stieß einen heiseren Schrei aus. Eben hatte sie noch aus den Augenwinkeln einen vorbeihuschenden Schatten am Eingang des Gewächshauses bemerkt, als sie im nächsten Moment schon an der Schulter gepackt wurde. Sie fuhr herum und holte mit der Taschenlampe zum Schlag aus. Henrich konnte gerade noch ausweichen.

»He, willst du mich umbringen?«

»Ich dich? Du Schuft! Du hättest mich fast erledigt. Mein Puls ist auf 250!«

»Psst, nicht so laut! Hier muss jemand sein, hinterm Haus steht ein Auto.«

»Und hier hängt die Lederjacke dieses Scheusals.« Freddy zog ihren Mann zu der kleinen Kammer und deutete auf den Stuhl.

Henrich wandte sich um und spähte nervös nach allen Seiten. »Ich hab genug. Lass uns verschwinden. Und zwar flott!«

Freddy murrte. »Eigentlich haben wir ja bis jetzt überhaupt nichts erreicht. Und wozu der ganze Aufwand, wenn du nun einfach so kneifst?«

Aber Henrich ließ sich nicht aus der Reserve locken. Er packte Freddy mit festem Griff am Handgelenk und zerrte sie aus dem Gewächshaus. Halb gebückt eilten sie über die Wiese bis zum Brunnen und gingen dahinter in Lauerstellung. Henrich sondierte die Lage. Auf dem Grundstück war noch immer alles ruhig. Der etwa dreißig Meter lange Rückweg zu ihrem Baum, der ihnen wieder über die Mauer helfen würde, war nur zum Teil durch Buschwerk vor Blicken geschützt. Mittlerweile lag der Garten zu großen Teilen in hellem Sonnenschein. Man war also fast wie auf dem Präsentierteller.

Freddy stieß Henrich an und riss ihn aus seinen Gedanken. Sie deutete auf den Boden vor dem Fuß des Brunnens. Dort lagen kleinere Sandsteinbröckchen verstreut, die offensichtlich neueren Ursprungs waren. Denn die Bruchstellen waren im Gegensatz zur grünlich schimmernden Oberfläche glatt und rosig. Freddy lugte über den Brunnenrand und entdeckte die grässlichen Fratzen dreier Wasserspeier. An der Stelle, wo, der Symmetrie folgend, eigentlich ein vierter sitzen musste, war nur mehr ein Stück eines abgebrochenen Sockels zu sehen. Die Bruchkanten hatten die gleiche Farbe wie die körnigen Steinchen auf dem Boden.

Freddy robbte auf allen Vieren um den Brunnen herum und suchte nach dem vierten Steinteufel. Henrich zischelte ihr zu, sofort wieder in Deckung zu kommen, doch Freddys Neugier war geweckt.

Dr. Ruth Kalteser-Kries hatte Biebrich, Schierstein und schließlich Walluf durchquert und befand sich nun auf Höhe der Villa Fondant. Einem plötzlichen Gedanken folgend, beschleunigte sie ihren Wagen und fuhr ein Stück weiter Richtung Eltville. In einer Haltebucht seitlich der Straße stoppte sie die Fahrt. Jasper zu überraschen war vielleicht doch nicht die beste Idee. Sie würde noch einmal versuchen, ihn auf seinem

Handy zu erreichen. Sie holte ihr Zweit-Smartphone heraus. Dessen Nummer war Jasper unbekannt und er würde den Anruf nicht als ihren identifizieren können. Vielleicht würde er dann drangehen. Sie tippte die Nummer ein, brach den Anruf aber wieder ab. Erst musste der schier endlose Güterzug, der gerade wenige Meter entfernt von ihr vorüberdonnerte, außer Hörweite sein.

Freddy hatte nichts Weiteres entdeckt, was sie einigermaßen enttäuschte. Denn die kleinen Steinbrocken fand sie schon sehr verdächtig. Als sie einmal um den Brunnen herum gekrochen war, stieß sie völlig überraschend wieder auf ihren Mann. Der hatte sich nicht von der Stelle gerührt und musterte sie nun mit finsterer Miene.

»Los, komm jetzt endlich!«, sagte er mürrisch. »Ich hab keine Lust, doch noch erwischt zu werden.«

»Und was ist mit den Steinbröckchen? Findest du das nicht verdächtig?«

Henrich zuckte mit den Schultern. »Keine Ahnung, was du meinst.«

Das war Freddy selbst nicht klar. Im Moment fiel ihr nichts ein, wie sie ihren Mann zur weiteren Spurensuche bewegen konnte. Da vernahm sie ein rasch lauter werdendes Geräusch. Vielleicht ein Auto, das sich dem Grundstück näherte? Mit dem Zeigefinger vor dem Mund und einem strengen Blick bedeutete sie Henrich, still zu sein. Aus nördlicher Richtung drang das rhythmische Gerumpel eines Zuges, das alle anderen Geräusche verschluckte, zu ihnen herüber.

»Aha, ein Zug. Sehr verdächtig«, murmelte Henrich, als der Lärm halbwegs verklungen war. »Der fährt genau in die Richtung, in die wir uns jetzt auch aufmachen!«

Er packte Freddy wieder am Handgelenk und zog sie mit sich hoch. Kurz bevor sie die Brombeerhecken vor der südlichen Grundstücksmauer erreicht hatten, blieb Freddy abrupt stehen. »Hörst du das nicht?«, sagte sie und legte ihre Hände hinter die Ohren. »Da schon wieder. Ich glaub, ich hab gerade ein Devaju, oder wie das heißt.«

»Ja klar. Bestimmt hast du schon mal gehört, wie ein Zug über die Gleise rattert.«

»Witzbold. Sei doch mal still!«

Und wirklich: Kaum hörbar und merkwürdig hohl klingend war eine Melodie zu vernehmen. Eine Melodie, die Henrich nicht weiter berührte, außer dass sie ins Hier und Jetzt nicht hingehörte. Bei Freddy weckte sie jedoch Erinnerungen, auf die sie gerne verzichtet hätte. Vom Brunnen her tönte, absurd verfremdet, aber unverkennbar, die Weise von »Time to say goodbye« an ihre Ohren. Sie vermischte sich mit dem Krächzen eines über die Szenerie fliegenden Krähenschwarms zu einem surrealen Klangerlebnis.

Ruth hatte kein Glück. Jasper ging einfach nicht ans Handy. Mit gemischten Gefühlen – wobei sich der Zorn deutlich vor die Besorgnis drängte – wendete sie und fuhr das kurze Stück bis zur Einfahrt der Villa zurück. Sie lenkte den Wagen auf den abschüssigen, staubigen Feldweg und ließ ihn die letzten Meter bis zum Tor des Anwesens ausrollen. Wie immer war das rostige Klappergestell geschlossen. Ruth schaltete den Motor aus und entstieg ihrem Wagen. Der unebene Weg war definitiv nicht für High Heels gemacht. Ruth musste balancieren, um nicht umzuknicken. Sie verfluchte ihre unüberlegte Schuhwahl. Als sie das Tor erreicht hatte, sah sie sich nochmals nach allen Seiten um. Auf dem rechten Nachbargrundstück schien alles ruhig zu sein. Linkerhand befand sich ein Wingert, auf dem nie niemand zu sehen war. Die Villa Fondant selbst lag still und verlassen da wie immer. Wenn Jasper hier war, hielt er sich ohnehin nur in seinem Atelier auf. Das Tor ließ sich leicht öffnen. Sicher hatte Jasper es geölt, aber es knirschte und quietschte dennoch fürchterlich. Ein Krähenschwarm flog auf – sie liebte diese Totenvögel – und flatterte zeternd um den Turm der Villa. Ruth steuerte auf das Haus zu. Jasper pflegte seinen alten Benz rechts daneben zu parken. Tatsächlich stand das Coupé wie gewohnt auf dem gekiesten Platz. Jasper war also da. Wieso ging er dann nicht an sein Handy? Freddy war steif vor Schreck. Die Melodie war eindeutig jene, die das Handy des Kerls damals gespielt hatte. Damals – das hieß vor einigen Tagen. Ihr kam es vor, als läge das gruselige Erlebnis im Salzbachkanal schon Wochen zurück. Sie sah ihren Mann an, der den Ton zweifellos auch gehört haben musste. Er hatte den Kopf in den Nacken gelegt und lauschte angestrengt. Aber es hatte sich ausgeklingelt. Bleierne Stille lag wieder über dem Anwesen.

Henrich deutete hinüber zum Haus. Freddy schüttelte den Kopf. Die Melodie war weder von der Villa noch vom Gewächshaus gekommen. Sie zeigte zum Brunnen. Ohne die Reaktion ihres Mannes abzuwarten, lief sie zurück. Als sie den Brunnen erreicht hatte, lehnte sie sich über den Rand und blickte zwischen zwei der Wasserspeier hinab in die Schwärze des Schachtes. Durch die Überdachung fiel kaum Licht hinein, man konnte nicht bis auf den Grund sehen. Freddy kramte ihre Taschenlampe heraus und knipste sie an. In diesem Moment drang vom Tor des Anwesens her ein hässliches Quietschen durch den Garten. Das Geräusch ging Freddy durch Mark und Bein. Eine Schar aufgescheuchter Krähen stieß mit lautem Geschrei in den Himmel. Freddy hätte am liebsten mitgeschrien oder wäre gleich mitgeflogen. Wie in Zeitlupe löste sie sich aus ihrer Schreckstarre. Sie nahm kaum die Rufe ihres Mannes wahr, der aufgeregt mit den Armen fuchtelte. Wirklich begriffen hatte sie auch nicht, was der Schein ihrer Taschenlampe für einen Sekundenbruchteil dem dunklen Brunnenschacht entrissen hatte. Jemand packte sie am Arm und zog sie mit sich fort. Das konnte nur der Nachtmahr sein. Dieser hinterhältige fleischgewordene Geist ihrer Albträume, von denen sie gerade einen der schlimmsten Sorte erlebte.

Ruth umrundete das Haus und steuerte auf das Gewächshaus zu. Sie hatte ihre Hacker ausgezogen und ging barfuß über die noch feuchte Wiese. Der Boden war kühl, die Wärme des Sommers fast vergangen. Als sie das Atelier ihres Geliebten erreicht hatte, bemerkte sie ein Rascheln seitlich an der Grundstücksmauer, ein Knicken und Brechen von Zweigen. Das musste ein großes Tier sein, das sie da aufgeschreckt hatte. Sie hielt inne und spähte durch das Astwerk einer rotbelaubten Buche.

»He! Was machen Sie da? Bleiben Sie stehen!«, rief sie empört, als sie eine Gestalt bemerkte, die sich mühsam von einem der Bäume über die Grundstücksmauer hangelte. Offenbar wieder einer dieser Vandalen, von denen Jasper erzählt hatte. Aber die würden doch nicht hier eindringen, solange Jasper auf dem Anwesen war. Ruth widerstand dem Drang, dem Eindringling zu folgen. Die Mauer war zu weit weg und barfuß durch die Hecken konnte schmerzhaft werden.

Sie wandte sich um und betrat das Gewächshaus. »Jasper?«

In ihrem Ruf schwang eine Spur Sorge mit. Die Tür war weit geöffnet. Jasper musste hier sein. Er würde seine Werke, seine Heiligtümer, niemals unverschlossen alleine lassen. Aber nach einem Einbruch sah es auch nicht aus. Alles schien an seinem Platz zu sein, nur eben Jasper war verschwunden. Seine Lederjacke, die sie in der kleinen Schlafkammer gefunden hatte, und das Tablet, das er nie aus der Hand gab, sagten ihr, dass er sich vor kurzem noch hier aufgehalten haben musste. Sie stürmte ins Freie, maß den Garten nach allen Seiten mit prüfendem Blick ab und rief immer wieder Jaspers Namen. Doch ohne Erfolg. Auch ein Gang zum Haus ergab nichts. Alles war fest verrammelt. Sie hatte ihre Schuhe wieder angezogen, nachdem sie mit den Dornen eines Brombeerbusches schmerzhaft Bekanntschaft geschlossen hatte. Zum wiederholten Male suchte sie die Stelle auf, an der vor wenigen Minuten dieser Typ – oder war es nicht eher eine Frau gewesen? – über die Mauer geflüchtet war. Außer niedergetretenem Blattwerk und einigen abgeknickten Zweigen war nichts zu entdecken. Als Ruth sich an der Mauer umsah, bemerkte sie einen Schleichweg, markiert von platt getretenem Unkraut, der sich entlang der Brombeersträucher hinzog. Fluchend folgte sie dem Trampelpfad, wehrte sich gegen die Zweige, die respektlos auf sie einschlugen, und stand schließlich vor dem steinernen Ziehbrunnen. Etwas knirschte unter ihren Sohlen. Ruth bückte sich und hob einen kleinen kantigen Sandsteinbrocken auf. Eine böse Vorahnung beschlich sie, als sie eine frische Bruchstelle auf dem Rand des Brunnens bemerkte und dessen finsteren Schacht erblickte. Sie holte ihr Smartphone heraus und wählte Jaspers Nummer.

30

Der Fall gewann gehörig an Fahrt. Er schien sich gar zu einer regelrechten Lawine auszuweiten. Eine Entwicklung, die so niemand hatte voraussahnen können. Auch Kommissar Simon war ratlos. Seine Menschenkenntnis wurde gerade einer harten Probe unterzogen. Frederieke Jacobs war für ihn nie als Mörderin in Frage gekommen, noch hatte er sie wirklich sonst einer verbrecherischen Tat für fähig gehalten. Und nun dies: Ihr blühte eine vorläufige Festnahme. Es widersprach seinem Instinkt, aber die Verdachtsmomente waren erdrückend.

Sonntag, gegen die Mittagszeit, hatte die Polizeidienststelle in Eltville einen Notruf erhalten und war über den Fund einer männlichen Leiche informiert worden. Die zuständigen Beamten hatten auf dem Grundstück der Villa Fondant besagte Leiche gefunden. Da Fremdverschulden nicht auszuschließen war, hatten sie die Mordkommission des LKA verständigt. Bernd Simon als Diensthabender war mit einem Kollegen zum Anwesen an der Wallufer Straße gefahren.

Die Anruferin, eine gewisse Dr. Kalteser-Kries, hatten sie bei den Nachbarn vorgefunden. Ihrer Aussage nach habe sie ihren Bekannten Jasper F. Frinton besuchen wollen, ihn jedoch nicht vorgefunden. Dafür sei sie auf einen Eindringling gestoßen, der über die Mauer geflüchtet sei. Als sie versucht habe, ihren Bekannten telefonisch zu erreichen, sei in der Nähe des Ziehbrunnens der Klingelton seines Handys zu vernehmen gewesen, woraus sie geschlossen habe, dass sein Besitzer in eben diesen Brunnen gestürzt sein könne. Sie sei dann hinüber zu den Nachbarn geeilt, um diese um Hilfe zu bitten.

Jene erklärten, sie seien von einem kurzen Trip mit auswärtiger Übernachtung zurückgekommen und hätten Frau Doktor just zu dem Zeitpunkt angetroffen, als sie gerade in ihren Wagen steigen wollte. Als diese ihr Eintreffen bemerkt habe, sei sie völlig aufgelöst auf sie zugeeilt und habe sich hilfesuchend an sie gewandt. Gemeinsam sei man dann auf das Fondant-Grundstück und zum Brunnen gegangen, sei noch einmal zurück ins eigene Haus geeilt, um eine Taschenlampe zu holen, habe mit dieser in den Brunnenschacht hineingeleuchtet und schließlich den schrecklichen Fund gemacht, von dessen Anblick man sich wohl lange nicht werde erholen können.

Viel Wasser war seit der Aussage noch nicht den Rhein herunter geflossen, als Bernd Simon den Leichenfund bereits mit dem Brisekorn-Krause-Fall in Verbindung gebracht hatte. Was vor allem an Frederieke Jacobs lag. Was er im Grunde bedauerte. Aber jene war doch tatsächlich auch hier in Erscheinung getreten. Zumindest in Gestalt einiger Fotoaufnahmen, die Kommissar Simon zu seiner großen Überraschung auf dem Tablet des Opfers entdeckt hatte.

Ob Frau Jacobs auch in Fleisch und Blut vor Ort zugegen war, als den Verstorbenen sein Schicksal ereilte, würde zu klären sein.

Kommissar Mark Billing, ein junger drahtiger Kollege von Bernd Simon, wirkte an diesem Tag zum ersten Mal bei den Ermittlungen eines Mordfalls mit. Ob es denn tatsächlich Mord oder nicht eher ein Unglücksfall war, würden die Untersuchungen zeigen. Der »Frischling«, wie Simon ihn nannte, hatte für sich schon etliche Szenarien durchgespielt. In überschwänglicher Manier und, wie er meinte, sehr plausibel hatte er sie Bernd Simon vorgetragen – ob der sie denn hören wollte oder nicht. Die klassische Variante: Einbrecher wurde überrascht, erschlug Opfer und stürzte es in den Brunnen. Die leidenschaftliche: Dr. Ruth Kalteser-Kries wurde von ihrem jungen Liebhaber, nämlich dem Opfer, davon in Kenntnis gesetzt, das die Beziehung zu Ende sei. Es kam zum Streit. Rest wie bei der klassischen Variante. Die abenteuerliche: ... Hier unterbrach Bernd Simon seinen jungen Kollegen und erklärte, dass es mindestens eine weitere Variante gebe. Nämlich die absurde: Das Opfer hatte endlich ein Bild verkauft und stürzte sich in seinem Trennungsschmerz selbst in den Brunnen. Mark Billing mimte den Beleidigten. Er habe es durchaus ernst gemeint und außerdem gebe es ja noch die Unglücksvariante, bei der das Opfer beim Wasserholen versehentlich in den Brunnen gefallen sein könnte. Die defekte Aufhängevorrichtung an der Kurbel deute doch darauf hin.

»Lieber Kollege, dagegen spricht erstens: Sollte das Opfer beim Wasserholen in den Brunnen gefallen sein, müsste doch wohl, wenn man sich die Handgriffe vorstellt, der Eimer zuerst gefallen sein und das Opfer hinterher. Der Eimer müsste sich folglich am Boden des Brunnenschachts unter dem Körper des Opfers befunden haben und nicht, wie tatsächlich aufgefunden, darüber. Richtig?«

Mark Billing wiegte unschlüssig den Kopf und schwenkte schließlich in ein Nicken ein. »Und zweitens?«

»Zweitens hat die Spurensicherung eindeutig frische Blutspuren im Gras vor dem Brunnen gefunden. Ob es sich um das Blut des Opfers handelt, werden wir bald wissen. Und drittens: ...«

Bernd Simon sah den Frischling mit bedeutungsschwerem Blick an.

»Und drittens? Na?«

»Ja?«

»Das war eine Frage an Sie!«

»Ach so. Na, ich würde sagen, wenn Sie schon so fragen, dann denken Sie sicher an den Eindringling, den die Zeugin beschrieben hat?«

»Genau! Und um diese Aussage kümmern Sie sich jetzt! Wir können die Zeugen nicht mehr allzu lange aufhalten. Befragen Sie die werte Frau Doktor nach allen Einzelheiten und versuchen Sie, eine möglichst genaue Personenbeschreibung des vermeintlichen Einbrechers zu bekommen. Ich stoße in wenigen Minuten zu Ihnen.«

Mit einer aufmunternden Kopfbewegung schickte Kommissar Simon seinen jungen Kollegen hinüber zum Haus der Nachbarn.

Dort hielt sich außer den Hausbewohnern und zwei Beamten der Bereitschaftspolizei noch immer Dr. Ruth Kalteser-Kries auf. Obwohl ihr das nicht besonders gefiel. Aber ihre Zeugenaussage sei außerordentlich wichtig, hatte man ihr versichert. Auch könnten sich nach der ersten Spurensichtung noch weitere Fragen ergeben, zu denen sie sich möglichst zur Verfügung halten solle.

Ruth wollte sich keineswegs zur Verfügung halten und Fragen hatte sie schon genug beantwortet. Doch sie mochte sich auch nicht durch übertriebene Unhöflichkeit verdächtig machen. Der Fund des toten Jaspers hatte ihr einen heftigen Stich versetzt. Trotzdem wollte sie die Situation bestmöglich überstehen. Immerhin machte der junge Kommissar keine üble Figur, wenn man von seinem etwas debilen Gesichtsausdruck absah.

Ruth ordnete ihr lockiges Haar, streifte ihre High Heels ab, streckte die blanken Beine aus und brachte sich in Positur. Der Kommissar verstehe sicher, dass sie sich nach diesem Erlebnis und durch die Befragung etwas müde fühle und daher nun etwas Bequemlichkeit brauche. Schon hatte Kommissar Billing vergessen, was genau er eigentlich erfragen sollte.

Während die Kollegen der Spurensicherung noch zu Gange waren, durchforstete Bernd Simon ein weiteres Mal die Bildergalerie auf dem Tablet des Opfers. Neben den Schnappschüssen von Frederieke Jacobs waren etliche Motive Wiesbadener Sehenswürdigkeiten zu sehen. Offenbar hatten sie als Vorlage für eine Reihe von Illustrationen gedient, die Bernd Simon im Atelier entdeckt hatte und ihn durch ihre Detailtreue und das stimmungsvolle Licht- und Schattenspiel faszinierten. Das war mal etwas anderes als die abstrakte Malerei, die mit ihren absonderlichen Farben und Formen immer wieder neue Fratzen in seinem Kopf entstehen ließ. Leider war dieser talentierte Künstler nun dahin. Vielleicht wäre es nicht verkehrt, sich schnellstens einige seiner Bilder zuzulegen. Bekanntlich stiegen Kunstwerke oft erheblich im Wert, sobald sich ihr Schöpfer ins Jenseits verabschiedet hatte. Bernd Simon verscheuchte den verlockenden Gedanken. Allerdings könnte diese Regel des Kunstmarktes auch ein mögliches Motiv darstellen. Er konzentrierte sich wieder auf die Bildergalerie des Tablets. Besonders interessant fand er Aufnahmen, die offenbar in einem Kanal gemacht worden waren. Die kunstvolle Bauweise war beeindruckend. Ein solches Gewölbe vermutete man kaum unter Wiesbadens Oberfläche. Anscheinend hatten die qualitativ minderwertigen, teilweise zu dunklen Aufnahmen als Vorlage nicht ausgereicht, denn die Kanalmotive waren nicht als Illustration angefertigt worden. Zumindest hatte Bernd Simon sie nicht in der Bilderreihe bemerkt.

Der Kommissar beendete seine Suche nach Aufnahmen, die einen Bezug zu Frederieke Jacobs haben könnten. Für Montagvormittag war eine weitere Vernehmung mit ihr angesetzt. Simon war weder mit dem Fall noch mit der Entscheidung im Reinen, die ziemlich verdrehte, aber sympathische Dame zum

Kreis der Hauptverdächtigen zu zählen. Doch sollten sich die Verdachtsmomente bestätigen, würde man sie festnehmen müssen. Zum jetzigen Zeitpunkt konnte Simon sich nicht erklären, was diese Person mit dem Opfer Jasper F. Frinton zu tun haben sollte. Sein Kollege Billing hätte sicher etliche Szenarien parat. Bernd Simon erhob sich und schlug den Weg zum Nachbargrundstück ein. Ob der unerfahrene Frischling bei der Vernehmung der attraktiven Frau Doktor etwas Brauchbares herausgefunden hatte? Simon beschleunigte seine Schritte.

Mark Billing hatte durchaus das eine oder andere herausgefunden. Er berichtete, dass die Dame, die so liebenswürdig gewesen sei, sich noch einmal einer Befragung zu unterziehen, mittlerweile aber leider, leider habe aufbrechen müssen, Inhaberin einer exklusiven Galerie, ledig und ungemein lebenslustig sei und ausgefallene Hobbys wie Segelfliegen und die Molekularküche habe.

Was sie denn über die flüchtige Person gesagt habe, was über ihre Beziehung zu dem Opfer, was über den Grund ihres Besuches, wollte der stirnrunzelnde Bernd Simon von seinem Kollegen wissen. Worauf dieser ins Stocken geriet und sagte, diese Themen seien bis jetzt nicht zur Sprache gekommen. Bis jetzt hieße, dass man darüber sicher am morgigen Tag sprechen könne. Man habe sich für 11 Uhr im Präsidium verabredet.

Kommissar Simon reagierte weniger begeistert. Soso, man habe also eine nette Verabredung mit der Zeugin. Für gewöhnlich nenne man eine solche Zusammenkunft Vernehmung. Und dass sich die feine Dame einfach so aus dem Staub gemacht habe, obwohl er sie selbst nochmals befragen wollte, sei nicht gerade das, was man als Kooperation bezeichnen könne.

Mark Billing kam nicht umhin, das eine oder andere Versäumnis einzuräumen. Immerhin wisse man nun – die Beamten hätten ihm dies mitgeteilt –, wem die Villa gehöre. Es handele sich um einen gewissen Walther Hamann, den man bisher jedoch nicht habe erreichen können. Außer der Voice-Mail seines Anschlusses sei scheinbar niemand zuhause.

31

Der Nachhauseweg der Jacobs von ihrem lustigen Sonntagsausflug geriet weniger amüsant. Während Henrich darauf bestand, ihr haarsträubendes Abenteuer endlich mit dem längst überfälligen Anruf bei der Polizei abzuschließen, sah Freddy das etwas anders.

»Was ist denn überhaupt passiert? Nur weil einem sein Handy in den Brunnen gefallen ist, heißt das noch lange nicht, dass er hinterhergesprungen ist.«

»Nein, aber gesprungen wurde.«

»Also Mord, oder wie?«

»Wer weiß?«

Freddy schüttelte trotzig den Kopf. »Ich hab doch gar nicht erkennen können, ob da unten im Brunnen überhaupt etwas war.«

»Und warum warst du dann wie paralysiert? Weder ansprechbar noch fähig dich zu bewegen?«, fragte Henrich. »Wenn ich dich nicht gepackt und zur Mauer gezogen hätte, wären wir am Ende noch entdeckt worden.«

»Ich glaube, dass sind wir sowieso. Die komische Frau hat mich wahrscheinlich gesehen, zumindest von hinten.«

»Wie kommst du darauf?«

»Sie hat gerufen, dass ich stehen bleiben soll. Hast du das nicht gehört?«

Henrich schüttelte den Kopf. »Ich war zu sehr damit beschäftigt, dich über die Mauer zu kriegen. Aber das ändert die Sache natürlich.«

»Warum?«

Henrich setzte den Blinker, fuhr kurz vor Naurod von der Straße herunter in eine staubige Parkbucht und stellte den

Motor ab. Ein Blumenhändler, der hier seinen Stand aufgebaut hatte, holte eben neue Sträuße aus seinem Kleintransporter und stellte sie in einen großen Wassereimer.

»Was hast du vor? Ich hatte doch erst Geburtstag«

Henrich verzog das Gesicht und starrte missmutig durch die Scheibe. Freddy hatte ihren Mann selten so verbissen erlebt. Er schien den Blumenverkäufer, der erwartungsvoll zu ihnen herübersah, gar nicht zu bemerken.

»Wir müssen in Ruhe überlegen. Dass wir wahrscheinlich beobachtet wurden, ändert alles«, sagte Henrich. »Wir haben uns unberechtigt Zugang zu einem fremden Grundstück verschafft, auf dem möglicherweise ein Mord passiert ist. Das alleine macht uns schon in höchstem Maße verdächtig. Und dass du in diese anderen sonderbaren Todesfälle verwickelt bist, verkompliziert die Situation zusätzlich.«

»Was soll das heißen? Meinst du etwa, ich wäre an irgendeinem der Tode schuldig?«

»Du scheinst die Leichen anzuziehen wie die Mücken von …«

»Rede nur weiter, wenn du richtigen Ärger willst!«

Ein heftiges Klopfen an der Frontscheibe unterbrach das nette Gespräch. »Blumen? Heute sehr schöne Sträuße!«

Henrich starrte den Blumenmann irritiert an. Glücklicherweise wurde jener von einem kaufwilligen Kunden zurück zu seinem Stand gerufen.

»Verdammt!«, fluchte Henrich. »Wie sollen wir aus der verfahrenen Nummer wieder herauskommen?

»Einen Strauß kaufen?«

»Spar dir die Witze. Die Situation ist todernst.«

Freddy sah ihren Mann zerknirscht an. »Wir könnten ja einen anonymen Anruf bei der Polizei machen und den Toten melden.«

»Wir wissen doch gar nicht, ob da wirklich einer … Und außerdem: Was ist, wenn uns jemand erkannt hat?«

Die Diskussion zog sich noch einige Minuten – mal mehr, mal weniger sachlich – hin und gipfelte schließlich in einem lautstarken Disput, bei dem in der Hitze des Gefechtes auch teils unflätige Worte gewechselt wurden. Kurz: Die Stimmung war auf dem Siedepunkt. Wäre da nicht der freundliche und sehr aufmerksame Blumenmann gewesen, der noch einmal an die Scheibe klopfte und mit einem Lächeln eine langstielige Rose unter den Scheibenwischer klemmte, wäre einer der seltenen jacobsschen Ehekräche am Ende noch eskaliert. So aber stieg Freddy aus, nahm die Rose mit Dank an und setzte sich wieder in den Wagen. Man beruhigte sich also etwas, obwohl Freddy mit der Bemerkung, dass Henrich hoffentlich mal gesehen habe, wie man eine Frau behandle, neues Öl ins Feuer träufelte. Aber Henrich ließ sich nicht weiter reizen. Er war restlos bedient. Sie waren keinen Schritt weitergekommen. Im Gegenteil – Freddy hatte in einem jähen Anfall von Heimweh beschlossen, zu ihrer *Mammie* nach Belgien zu fahren. Sie habe ja von ihrem Chef, dem liebenswerten Herrn Dr. Overbeck, einen Zwangsurlaub auferlegt bekommen und sie werde nichts anderes tun, als sich genau daran zu halten.

Henrich kannte Freddys Dickköpfigkeit. Sie würde sich nicht umstimmen lassen. Sein Einwand, den er mit wenig Hoffnung eingebracht hatte, nämlich dass die Fahrt nach Belgien wie eine Flucht aussehen könne, war an ihrer Sturheit zerplatzt wie eine Seifenblase. So blieb ihm nur die Hoffnung, dass sie – sollte es wirklich eine Leiche im Brunnen geben – nicht in den Fall hineingezogen würden.

Später, beim gemeinsamen Abendessen, herrschte weitgehend Stille. Freddy hatte sich schnell darauf geeinigt, dass ihr Mann sich darum kümmern solle. Nun stocherte sie lustlos in ihrem Kaiserschmarren herum. Henrich, selbst kein Freund süßer Hauptspeisen, hatte das Gericht in der Hoffnung zubereitet, die Laune seiner Frau einen Deut zu verbessern. Aber

vergebens. Henrichs Versuche, mit »Meinst du nicht, dass ...«
oder »Lass uns doch gemeinsam ...« das Thema nochmal aufzugreifen, verliefen im Sande. Freddy schob schließlich den halbvollen Teller zur Seite, stand auf und bekundete, ihren Koffer packen zu müssen. Außerdem warte Frieda Herwig auf ihren Anruf. Das allerdings hätte Henrich fast zum Explodieren gebracht. Nein, nein und nochmals nein! Das müsse warten. Nicht bevor man sich einig sei, wie es weitergehen solle. Man könne ja überhaupt nicht abschätzen, wie die Dame auf die Schilderung der Vorfälle reagieren würde. Ob man ihr denn überhaupt vertrauen könne. Freddy antwortete nicht. Stattdessen eilte sie die Treppe hoch und ab ins Schlafzimmer, warf die Tür schwungvoll hinter sich zu und ward für den Rest des Abends nicht mehr gesehen.

Die weitere Konversation dieses Tages – zu später Stunde durch die geschlossene Badezimmertür geführt – beschränkte sich auf die Frage Freddys, ob Henrich denn bereit sei, sie am zeitigen Morgen zum Bahnhof zu fahren, und auf die Antwort desselben, dass er sich das durchaus vorstellen könne. Man habe ja dann eine Nacht über den Vorfall geschlafen und könne auf der Fahrt eventuell zum Thema ... Hier unterbrach ihn Freddy und verkündete, dass sie es sich überlegt habe und den Bus nehmen wolle.

Das Ehepaar Jacobs verbrachte eine nahezu schlaflose Nacht. Möglicherweise hätte ein gemeinsames Bettlager die Wogen glätten können. Aber Freddy hatte sich im Schlafzimmer eingeschlossen und Henrich notgedrungen mit dem unbequemen Wohnzimmersofa vorlieb nehmen müssen. Beide wälzten sich, jeder für sich, hin und her und fanden weder Schlaf noch eine Lösung für die vertrackte Situation. Henrich hätte schwören können, mitten in der Nacht eine schemenhafte in die Küche schleichende Freddy bemerkt zu haben. Aber klären ließ sich das nicht mehr. Freddy war am frühen Morgen bereits aus dem Haus, als Henrich halb unter dem Sofa hängend und mit heftig schmerzender Schulter erwachte.

In der Diele fand er lediglich einen Zettel auf dem Telefonschränkchen. »Termin 9:00 Uhr absagen!«, stand in der krakeligen Handschrift Freddys darauf. Mit einem kräftigen Strich darunter. Und noch krakeliger: »Nicht böse sein.«

Henrich hatte keine Ahnung, was das bedeuten sollte. Welcher Termin? Und bei wem absagen? Im Bad, beim Zähneputzen, durchzuckte ihn die Erkenntnis, wobei er fast den Stiel der Zahnbürste zerbissen hätte. Freddy sollte heute zur Vernehmung bei der Polizei antanzen. Er eilte in die Küche und sah auf die Uhr – es war kurz vor zehn. Das hatte sich wohl erledigt. Henrich seufzte. Er musste Freddy anrufen, aber zuerst brauchte er einen starken Kaffee.

Die Herren Kommissare saßen in ihrem Dienstfahrzeug, Billing durfte fahren, Simon hatte auf dem Beifahrersitz Platz genommen. Sie waren auf dem Weg zu Frederieke Jacobs. Sie war nicht zur anberaumten Vernehmung im Präsidium erschienen. Das war der Punkt, den die zuständige Staatsanwältin veranlasst hatte, grünes Licht für eine vorläufige Festnahme zu geben. Simon wollte das selbst übernehmen. Nun war er unterwegs in den herbstlichen Untertaunus. Billing unterhielt ihn mit abenteuerlichen Mutmaßungen, Motiv und Hergang der Tat betreffend, und sparte nicht mit Vorschlägen für die mögliche Beweisführung. Kommissar Simon hatte gehofft, das Mitteilungsbedürfnis Billings komme weniger zum Zuge, wenn er ihm gestatte, den Wagen zu fahren. Aber zumindest in diesem Punkt bewies Billing echte Multitasking-Fähigkeiten.

Die Fahrt auf der B455 führte an Wiesbaden-Naurod, dann an der Auffahrt zur A3 vorbei und weiter Richtung Eppstein. Billing streute in seine Fallbetrachtungen kurze, und wie er meinte, durchaus amüsante Anekdoten aus seinen Besuchen des Rhein-Main-Theaters ein. Dazwischen ließ er sich aus über den Sinn oder Unsinn, ein weiteres Gewerbegebiet aus dem Boden zu stampfen – sie fuhren gerade an jenem vorbei, das zwischen Niedernhausen und Brehmtal entstand. Bernd Simon war das alles ziemlich egal. Er war voll und ganz damit beschäftigt, das fehlende Teil im Puzzle des Krause-Briesekorn-Frinton-Jacobs-Falls zu finden. Den Monolog seines Kollegen nahm er kaum wahr. Kurz vor Vockenhausen versiegte der verbale Erguss Billings unversehens. Im engen Straßenverlauf, der auf einer Seite durch eine steil aufragende Felswand begrenzt wurde, kam ihnen ein Motorradfahrer entgegen, der nahezu beide Fahrspuren für sich beanspruchte. Billing legte eine Vollbremsung hin, der Wagen stellte sich quer, der Biker indes rutschte eben noch an ihnen vorbei und, ohne sich um die verdutzten Herren zu kümmern, beschleunigte er seine Honda und verschwand hinter der nächsten Biegung.

Kommissar Billing hatte das Erlebnis derart mitgenommen, dass er kurz nach dem Vockenhausener Ortsschild den Wagen anhielt. Er brauche jetzt erst mal eine Minute, um zu sich zu finden. Simon meinte, es sei recht. Er solle einfach Laut geben, wenn er angekommen sei. Nach fünf Minuten hatte sich Billing erholt und außerdem von etlichen teils haarsträubenden Beinahe-Unfällen mit seiner Beteiligung berichtet. Ihm komme das fast wie ein Fluch vor. Aber bisher sei noch nie etwas Ernstes passiert. Kommissar Simon bestand darauf, für den Rückweg die Belegung des Fahrer- und Beifahrerplatzes zu überdenken. Und nun solle er, wenn er sich denn dazu in der Lage fühle, endlich weiterfahren, man sei kurz vor dem Ziel.

Henrich stand in der Küche und briet in einer Pfanne Eier mit Speck. Die klassische Cholesterin-Pfanne also, wie Freddy dieses nahr- und schmackhafte Gericht abfällig zu nennen pflegte. Da klingelte es an der Haustür. Henrich stöhnte, schob die Pfanne von der Herdplatte und schlurfte Richtung Diele. Es klingelte erneut, sehr aufdringlich, wie man meinen konnte. Henrich öffnete die Tür.

»Ja bitte?«

»Guten Tag, ich habe einen Termin mit Ihrer Frau.«

»Die ist nicht zuhause.«

»Aber, ich hab sie doch am Telefon überredet … nein, ich meine, uns verabredet. Also für heute 10 Uhr.«

»Wie gesagt, sie ist nicht da. Was wollen Sie denn?«

»Also, mein Name ist Beierfeld und ich bin die Neue vom mobilen Tiefkühlservice.«

Die junge Frau strahlte über das ganze Gesicht, streckte Henrich ihre zierliche Hand entgegen und hätte, wäre sie einige Jahrzehnte früher zur Welt gekommen, sicher einen ordentlichen Knicks gemacht.

»Sie kennen doch unseren Lieferservice, oder? Ihre Frau fand das am Telefon sehr praktisch.«

Henrich hatte gerade alles andere im Sinn als Tiefkühlkost. Die überaus freundliche junge Frau ließ sich aber nicht so leicht abwimmeln. Nach der Beteuerung, diesen Termin mit der Dame des Hauses fest ausgemacht zu haben, kam sie zur Sache.

»Ich kann Ihnen heute besonders den Fisch anbieten, den wir im Angebot haben.«

»Welchen Fisch denn?«

»Na, den vom Angebot.«

»Und? Hat der auch einen Namen?«

»Wer denn?«

»Na, der Fisch vom Angebot.«

»Ach so. Also den Namen habe ich gerade … Eben wusste ich ihn noch. Aber der hat so ein Loch in der Mitte, wissen Sie?«

»Ein Loch?«

»Ja, ein Loch. Und außen rum ist eben der Fisch.«

»Häh? Was soll das sein?«

»Ich glaube, so ne Art Scamba.«

»Nie gehört. Meinen Sie Gambas oder Scampi? Und was soll das für ein Loch sein?«

»Na, das mit dem Loch ist halt ... ich meine, den Fisch kann man eben prima ausstopfen.«

»Ausstopfen?«

»Ja, Sie wissen doch, was ich meine?«

»Hmm. Meinen Sie vielleicht, dass man ihn füllen kann?«

»Ja, genau! Und jetzt fällt mir auch wieder der Name ein. Der heißt Popo oder so.«

»Pulpo?«

»Ja, jetzt haben wir's!«

Henrich kratzte sich am Kopf. »Eijeijei, meine Liebe. Ist das vielleicht Ihr erster Tag?«

Die sehr freundliche und sehr unerfahrene junge Frau mit der Tiefkühlkost nickte.

Henrich hieß sie, näher zu treten. »Ich fürchte, so wird das schwierig mit der Verkauferei.«

Sie sah ihn mit großen Augen an. »Also kein Popou?«

Nein, Henrich mochte keinen Popou. Dafür erklärte er ihr, dass sie ihr strahlendes Lächeln beibehalten solle – es sei durchaus gewinnend –, aber doch mehr Sorgfalt bei der Vorbereitung eines Verkaufsgespräches notwendig sei. Im Besonderen was das Fischangebot angehe.

Am Ende war die junge Frau erleichtert und zufrieden. Sie hatte einen guten Rat erhalten und mit zwei Tüten gefrorenem Kabeljau »ohne Loch« den ersten erfolgreichen Verkauf getätigt. Mit einem schönen Gruß an »die Dame des Hauses« verabschiedete sie sich und winkte noch einmal herzlich aus dem Fenster ihres Tiefkühlservice-Lieferwagens. Von dessen

Werbefläche grinste ein ausgestopfter Pulpo in Olivenölkräutermarinade freundlich herab.

Henrich versenkte den erfrorenen Kabeljau in der Tiefkühltruhe und ging zurück in die Küche. Die unterdessen kalt und hart gewordenen und für Henrich damit ungenießbaren Eier entsorgte er im Mülleimer. Eben startete er einen neuen Versuch und gab zwei aufgeschlagene Eier zu den herrlich brutzelnden Speckstreifen, als es wieder klingelte. Hatte die Tiefkühldame vergessen, noch ein besonderes Produkt anzubieten? Henrich kümmerte sich um seine Frühstückspfanne und ließ Klingel Klingel sein. Was diese auch tat und aufdringlich weitertönte. Ja verdammt! Henrich zog die Pfanne erneut von der Herdplatte und stürmte zur Tür. Die Dame war reif für eine weitere Lektion.

32

Freddy saß alleine in einem Zweite-Klasse-Abteil des ICE nach Gent und fühlte sich furchtbar elend. Nach dem gestrigen Abend plagte sie ihr schlechtes Gewissen. Ihr Verhalten Henrich gegenüber erschien ihr, so aus der Ferne betrachtet, reichlich kindisch. Er hatte mit seiner Sturheit aber auch einen Teil Schuld an dem Streit. Bestimmt hatte er schon versucht, sie zu erreichen, um sich zu entschuldigen. Sie mochte aber jetzt nicht mit ihm reden. Ihr Handy hatte sie ausgeschaltet. Nun holte sie es aus der Tasche, betätigte die On-Taste und gab ihren Code ein. Unglaubliche acht Anrufe hatte sie verpasst. Für ihre Verhältnisse war das rekordverdächtig, denn sie nutzte ihr Handy selten. Auch von anderem elektronischen Firlefanz hielt sie nicht viel. Nur die kleinen quadratischen Puzzlebildchen, die man jetzt überall sah, fand sie äußerst praktisch. Einfach das Handy auf so ein Ding draufgehalten und schon war man irgendwo in diesem Internet.

Freddy klickte sich umständlich durch die eingegangenen Anrufe. Drei Voice-Mails waren verzeichnet, die würde sie später abhören. Vier Anrufe von Henrich, der konnte warten. Einen von Frieda Herwig, die würde sie gleich zurückrufen. Eine Wiesbadener Nummer mit drei Anrufversuchen, das war hoffentlich nicht die Kriminalpolizei wegen ihres verpatzten Termins. So schlimm konnte das aber nicht sein, die hatten sicher noch andere Fälle, mit denen sie sich beschäftigen konnten. Außerdem war sie unschuldig. Jedenfalls was die Morde anging. Und die Geldbomben schlummerten ja noch immer unangerührt zuhause in ihrem Versteck. Die konnte man, wenn man wollte, jederzeit als Fundstück abgeben.

Freddy wählte Friedas Nummer. Sie musste es lange klingeln lassen, bis ihre Freundin endlich den Anruf entgegennahm.

»Freddy, bist du es?«

»*Hoi Frieda!* Ja natürlich bin ich es. Geht's dir gut? Am besten setzt du dich erst mal, ich muss dir ganz dringend was erzählen.«

»*Hoi Freddy!* Ich dir auch. Weißt du was passiert ist? Du wirst es nicht glauben.«

Nachdem man sich geeinigt hatte, wer zuerst seine wichtige Neuigkeit erzählen durfte, legte Frieda los. Hörbar aufgeregt, berichtete sie von einem unglaublichen Vorfall. Eine Mordsgeschichte, die ihr am gestrigen Abend ihre ehemalige Nachbarin Frau Krumbiegel – sie habe doch schon von ihr erzählt oder? Nicht? Na, die *aardige* Leute gleich neben der Villa Fondant in Walluf. Frau Krumbiegel also … Hier knisterte es im Hörer und die Mobilverbindung wurde unterbrochen.

»Mist Handy«, fluchte Freddy. Wenn man es mal brauchte, streikte es. Und das gerade jetzt. Was hatte Frieda nur mit »Mordsgeschichte« gemeint? Ganz deutlich hatte sie auch »Villa Fondant« verstanden. Eine düstere Ahnung kroch ihr eiskalt den Rücken hinauf. Sie wählte erneut Friedas Nummer. Aber es kam keine Verbindung zustande. Freddy war sauer. Das Glück schien sie verlassen zu haben. Sie sah aus dem Fenster. Über den blassblauen Oktoberhimmel zogen dunkle Schlieren, die sich am Horizont zusammenballten. Passend zu Freddys Stimmung verabschiedete sich das schöne Wetter der letzten Wochen und machte einem drohenden Gewitter Platz.

Der Zug war jetzt kurz vor Köln, ihrem zweiten Halt. Von hier aus ging es weiter nach *Bruxelles-Midi* und von dort nach *Gent-Sint-Pieters*. Der letzte Umstieg führte zum kleinen Regionalbahnhof ihres Heimatortes *De Pinte*. Mit dem Auto wäre sie um einiges schneller gewesen, aber sie hatte die Ruhe zum Nachdenken gebraucht. Sie freute sich auf Zuhause. Auf ihre liebe und immer verständnisvolle *Mammie* und auf ihre Geschwister, wenn denn gerade jemand da war. Aber davon konnte sie eigentlich ausgehen, denn von ihren Brüdern und Schwestern ließ sich immer mal jemand blicken. Ansonsten würde sicher eine der zahlreichen Cousinen oder Cousins da sein.

Ihre *Mammie* wusste nicht, dass sie kommen würde, Freddy hatte ihren Besuch nicht angekündigt. Das war auch nicht notwendig, denn ihre Mutter war immer zuhause. Sie war der häusliche Typ, das Haus und vor allem der Garten waren ihr ein und alles. Einkäufe ließ sie meist von einem ihrer Kinder oder Enkel erledigen, nur dem freitäglichen Wochenmarkt auf dem Rathausplatz stattete sie stets einen Besuch ab. Weniger das üppige Warenangebot lockte sie – Obst und Gemüse baute sie selbst an – als die neuesten Geschichten, die man hier gerne auszutauschen pflegte. Freddy war gespannt, was ihre Mutter Leckeres zum Essen und vor allem zum Nachtisch zubereiten würde. Vielleicht gab es sogar *Pannekoeken met bruin suiker*. Die Genüsse ihrer Kindheit waren für sie durch nichts zu ersetzen. Bei dem Gedanken an *Fricandon met Krieken* lief ihr das Wasser im Munde zusammen.

Freddy nahm ihr Handy und startete einen neuen Versuch, mit Frieda Herwig zu reden. Gerade als sie die Nummer gefunden hatte, klingelte es. Freddy ging dran und sprudelte drauflos: »Mensch, Frieda, diese blöde Verbindung. Hörst du mich jetzt besser? Was war denn nun mit der Villa Fondant?«

»Ich verstehe Sie sehr gut, Frau Jacobs«, antwortete eine männliche Stimme. »Und was die Sache mit der Villa Fondant angeht, hätte ich auch ein oder zwei Fragen.«

Freddy war entsetzt. Wer war das jetzt? Die Polizei?

Schnell beendete sie die Verbindung. Zuerst musste sie mit Frieda sprechen. Sie tippte auf die Nummer und atmete erleichtert auf, als Frieda sich meldete.

»Frieda, ich erkläre dir später alles, aber du musst mir schnell erzählen, was du vorhin mit der Mordsgeschichte um die Villa Fondant gemeint hast.«

Und so erzählte Frieda, die sich ob des hysterischen Tonfalls Freddys sehr erstaunt zeigte, was sie über die Wallufer Villa gehört hatte. Sie berichtete, dass sie von den Nachbarn, also den netten Krumbiegels, erfahren habe, dass auf dem Grundstück der Villa Fondant gestern der Teufel los gewesen sei. Die besagte Frau Krumbiegel habe zusammen mit dieser weiblichen Person, die sich schon öfter dort habe blicken lassen – wenn man sie fragte, könne das nur die Geliebte des jungen Mannes sein –, man habe also zusammen auf dem Grundstück, genauer gesagt im Brunnen, die Leiche eben diesen Kerls gefunden. Es sei einfach grauenvoll gewesen. Man stelle sich das nur mal vor. Man habe natürlich umgehend die Polizei angerufen und es seien mehrere Polizeiwagen, ein Krankenwagen und – wie entsetzlich – ein Leichenwagen gekommen. Ein Riesenrummel sei das gewesen. Wie beim Tatort im Fernsehen. Überall Blaulicht und Polizeibeamte und Leute, die das Anwesen abgesperrt hätten, und andere hätten Fotos gemacht. Natürlich sei man auch verhört worden. Also eher eine Zeugenaussage, wie die netten Herren Kommissare sich ausgedrückt hätten. Schließlich habe die ziemlich aufgetakelte Dame – wie gesagt, die vermutliche Geliebte des Opfers – ausgesagt, dass sie einen Eindringling überrascht habe, der über die Mauer geflüchtet sei. Ja und dieser Eindringling – es könne sich durchaus auch um eine Frau handeln – werde nun fieberhaft gesucht.

Frieda machte eine Pause, um Luft zu holen. »Freddy? Hast du das alles mitgekriegt?«

Freddy war geschockt und unfähig zu antworten. Das Adrenalin, das eben durch ihren Körper schoss, brachte jede Faser in ihr zum Vibrieren.

»Freddy? Bist du noch da?«

»Ich ... ich glaube nicht. Das ist ja ... entsetzlich.«

»Ja, das ist es meine Liebe. Aber stell dir vor, was du für ein *Geluk* hattest, dass du noch nicht auf dem Grundstück warst. Du hättest ja Spuren hinterlassen können und wärst jetzt vielleicht sogar verdächtig.«

»...«

»Freddy?«

»Frieda ..., das ist alles so furchtbar.«

»Freddy. Du klingst so komisch. Du willst doch hoffentlich nicht sagen, dass du doch schon ...?«

Doch, das wollte Freddy durchaus sagen. Allerdings kam sie nicht dazu, denn die Verbindung wurde abermals unterbrochen. Was zum einen Frieda Herwig die Möglichkeit nahm, ihre Befürchtung bestätigt zu wissen, zum anderen Freddy die Gelegenheit gab, ihren fast verpassten Umstieg in den Zug nach *Bruxelles-Midi* in Angriff zu nehmen. Der ICE hatte längst im Hauptbahnhof Köln angehalten. Freddy rappelte sich auf und hastete aus dem Abteil. Erst jetzt registrierte sie, wie ihre Beine zitterten, wie kraftlos sie war. Im Gang musste sie sich an den Haltegriffen festhalten. Dann endlich war sie aus dem Waggon heraus. Ihr Anschlusszug fuhr fünf Gleise weiter ab, aber es blieb ihr noch genug Zeit. Freddy setzte sich kraft- und mutlos auf eine Bank. Sie musste Henrich anrufen, denn sie wusste weder aus noch ein. Die Sache war völlig aus dem Ruder gelaufen, ihr Mann hatte ja so recht gehabt. Wie so oft – eigentlich wie fast immer.

33

Henrich lag mit seiner Annahme, die junge Frau vom Tiefkühlservice stehe erneut vor der Tür, komplett daneben. Es erwartete ihn kein zartes Lächeln und auch kein weiteres ihrer irritierenden Angebote. Stattdessen flegelten sich zwei weniger zarte Herren vor der Tür herum, als Henrich diese mit einem beherzten Ruck aufriss. Er stemmte beide Hände in die Hüften und sah die beiden erwartungsvoll an. Sie waren offensichtlich nicht von einem freundlichen Serviceunternehmen. Ein besonderes Angebot schienen sie auch nicht feilbieten zu wollen. Der eine war mit einem eher dümmlichen Grinsen bewaffnet, der andere blickte unwirsch drein.

»Guten Tag«, bemühte sich der Unwirsche, eine Art Konversation anzubahnen. »Sind Sie Herr Jacobs?«

Henrich, halb enttäuscht, halb verblüfft, nickte. »Und Sie sind?«

»Von der Kriminalpolizei. Mein Name ist Bernd Simon, das ist Kommissar Billing.« Sie hielten Henrich ihre Ausweise vor die Nase. »Ist Ihre Frau zuhause?«

»Meine Frau?« Henrich hatte Mühe, nicht in Schockstarre zu fallen.

»Ja, Frau Jacobs.«

»Hmm. Was wollen Sie von ihr?«

»Das würden wir Ihrer Frau gerne selbst sagen. Dürfen wir hereinkommen?«

»Das ist aber jetzt sehr schade. Meine Frau ist nicht da.«

»So? Wir würden trotzdem gerne hereinkommen.«

Henrich überlegte fieberhaft, wie er die unangenehmen Besucher loswerden sollte.

»Ja aber, wie soll sie Ihnen denn Fragen beantworten, wenn sie gar nicht …«

»In Ihrem Interesse, Herr Jacobs«, betonte der ältere der beiden Männer. »Sehen Sie«, er deutete auf einen Streifenwagen auf der anderen Straßenseite, in dem zwei uniformierte Beamte warteten. »Wir sind hier in einer ernsten Angelegenheit.«

Henrich blies die Backen auf. »Na denn, wenn Sie meinen. Dann kommen Sie eben herein.«

Die Kommissare Simon und Billing betraten die Diele der jacobsschen Wohnung. Henrich deutete mit einer gleichgültig wirkenden Handbewegung auf das angrenzende Speisezimmer und bat die Herren, Platz zu nehmen. Innerlich brodelte es in ihm, nach außen hin wahrte er tapfer die Haltung und hoffte, man würde seine Unruhe nur als Besorgnis deuten.

Die Herren saßen sich am Esstisch gegenüber und sahen Henrich bedeutungsschwer an. Dieser gab den Ahnungslosen.

»Haben die Herren schon gefrühstückt? Ich hätte noch kalte, hart gewordene Eier mit verbrutzeltem Speck anzubieten.«

Billing schürzte die Lippen und schien nicht ganz uninteressiert zu sein. Simon schüttelte den Kopf und deutete auf einen Stuhl. Henrich blieb stehen, die feuchten Hände auf die Lehne des Stuhls gestützt.

»Also, womit kann ich den Herren behilflich sein?«

»Herr Jacobs, ich muss Ihnen mitteilen, dass gegen Ihre Frau ein Anfangsverdacht besteht, an einem Gewaltverbrechen beteiligt gewesen zu sein.«

Henrich krallte die Finger in die Stuhllehne … »Was sagen Sie da? Meine Frau? Das kann nur ein Missverständnis sein.«

»Leider nein, Herr Jacobs. Wo ist Ihre Frau?«

»Das … weiß ich nicht.«

Kommissar Billing schaltete sich ein: »Herr Jacobs, ich bitte Sie. Sie sollten mit uns kooperieren!«

Bernd Simon mahnte seinen Kollegen mit erhobener Hand zur Zurückhaltung und wandte sich wieder Henrich zu.

»Wann haben Sie Ihre Frau zuletzt gesehen? Und welche Pläne hatte Sie?«

Henrich hatte einen totalen Aussetzer. In seinem Gehirn schien absolute Funkstille zu herrschen.

»Ich ... wir ... ich meine ... wir hatten gestern Abend eine – sagen wir mal – Meinungsverschiedenheit.«

»Und?«

»Ja, und heute Morgen war sie eben weg.«

»So, so. Macht sie das öfter?«

»Anderer Meinung zu sein?«

»Herr Jacobs, ich glaube, Sie verkennen den Ernst der Lage. Bleiben Sie dabei, dass Sie nicht wissen, wo Ihre Frau sich momentan aufhält?«

Henrich ließ endlich die Lehne des Stuhls los, drehte diesen und setzte sich rittlings darauf »Ja ... ich weiß es tatsächlich nicht.«

Was nicht völlig der Unwahrheit entsprach, denn wo genau sich Freddy gerade befand, konnte er tatsächlich nicht sagen. Wohl aber hätte er erwähnen können, dass sie heute zu ihrer Mutter nach Belgien fahren wollte. Dazu kam es aber ohnehin nicht mehr. Billing, vom Typ der junge, forsche Kommissar, hatte sich während der netten Unterhaltung Henrichs mit dem Herrn Hauptkommissar erhoben. Er war in die Diele gegangen und hatte kurz, sehr kurz, telefoniert. Nun stolzierte er breitbeinig und mit noch breiterem Grinsen zurück ins Speisezimmer und meinte, es habe sich etwas ergeben. Dabei beschwichtigte er seinen Vorgesetzten mit einer beruhigenden Handbewegung und legte los. Zum einen wisse man in Kürze, wo in etwa sich Frau Jacobs zurzeit aufhalte, man verfüge schließlich über geeignete Mittel. Zum anderen habe sich der Verdacht bestätigt, dass ... Weiter kam er nicht, denn

Kommissar Simon stand auf und wies ihn brüsk an, keine weiteren Details preiszugeben. Er schob ihn in die Diele und bat Henrich doch mal in der Küche nach dem Rechten zu sehen, es rieche irgendwie streng. Außerdem habe er mit seinem Kollegen etwas zu bereden.

Ab sofort, erklärte er jenem, als sie sich in der Diele Aug in Aug gegenüberstanden, habe er den Mund zu halten und ihm die weitere Vernehmung zu überlassen. Und wenn er auch nur einen weiteren Tag bei der Aufklärung des Falls mitarbeiten wolle, so habe er sich strikt an diese Anweisung zu halten. Ohne Wenn und Aber! Ob das klar ausgedrückt sei? Ja, das sei es wohl, so Kommissar Billing, obwohl der Fall ja nun eine neue Brisanz erhalten habe. Und zwar durch seine Mitwirkung. So erfuhr Kommissar Simon, von dem kurzen Telefonat Billings mit Frau Jacobs, in dem die Hauptverdächtige – so Billing – die Villa Fondant erwähnt, dann aber abrupt die Verbindung unterbrochen habe. Das Mobiltelefon müsse man nun schnellstens orten und die Nummern der geführten Gespräche ermitteln lassen.

Henrich hatte unterdessen wie gewohnt Eier und Speck entsorgt und spähte aus dem Küchenfenster. Die Regenwolken verhießen ein nasses Ende des schönen Herbstwetters. Am liebsten hätte er jetzt das Fenster geöffnet und die Flucht ergriffen, so wie man das öfter mal in Fernsehkrimis sah. Wie albern, ja absurd das war! Genauso wie die Rollenverteilung in diesen realitätsfernen Filmchen. Da gab es oft den freundlichen und verständnisvollen Kommissar und dazu den rabiaten, fast schon brutalen Typ. Das ewige Spielchen von Zuckerbrot und Peitsche. Henrich dachte nur, dass auch das wieder mal total gelogen war, denn diese zwei hier waren beide von der ruppigen Sorte und weit entfernt von verständnisvoll. Wenn er in Kommissar Simon hätte hineinschauen können, wäre ihm indes ein zweifelnder und doch eher auf Freddys Unschuld hoffender Mensch begegnet.

Die Herren Kommissare hatten sich endlich auf das weitere Vorgehen verständigt. Bernd Simon durchquerte das Speisezimmer und streckte den Kopf in die Küche. Was denn Herr Jacobs, respektive das Ehepaar Jacobs, in der Zeit zwischen Samstagvormittag und Sonntagnachmittag gemacht habe. Und ob es Zeugen dafür gebe. Henrich meinte nur, dass ihm gerade die Worte fehlten, er also gar nichts sagen könne, worauf Kommissar Simon erwiderte, das man ihn dann bitte müsse, mit aufs Präsidium zu kommen.

34

Der Tag war so richtig nach Mark Billings Geschmack. Durch seinen Einsatz waren sie einen großen Schritt weitergekommen. Gut, er hatte nur einen einfachen Anruf getätigt, aber das Timing hatte super gepasst. Die Erwähnung der Villa Fondant durch die Verdächtige war ein eindeutiger Hinweis, der Fall bekam endlich Konturen und auch die Fahndung lief bereits auf Hochtouren. Sofort nach dem Telefonat hatte er mit den Kollegen Rücksprache gehalten. Man hatte das Handy von Frau Jacobs geortet, sie hielt sich im Bereich des Kölner Hauptbahnhofs auf. Die Verbindungsnachweise lagen noch nicht vor, aber das würde bald der Fall sein. Auch der Todeszeitpunkt Jasper Frintons, also die vermutliche Tatzeit, war bestimmt worden. Die Tat musste am Samstag zwischen 17 und 19 Uhr geschehen sein.

Für den Vormittag standen außer der nächsten Vernehmung Herrn Jacobs noch zwei weitere an. Die erste mit dem Eigentümer der Villa Fondant. Ein gewisser Walther Hamann, seines Zeichens Kunstauktionator. Wohl ein angesehener Mann, der gute Beziehungen zu Persönlichkeiten aus Politik und Kultur hatte, so die Informationen der kriminaltechnischen Assistentin, die mit der Recherche beauftragt worden war. Das sah nach einer routinemäßigen und eher langweiligen Angelegenheit aus.

Die zweite Vernehmung mit der zugegebenermaßen sehr attraktiven Zeugin versprach dagegen, anregender zu werden. Herr Jacobs würde später an der Reihe sein. Simon wollte ihn noch etwas schmoren lassen. Billing war davon überzeugt, mit den Jacobs einem Gaunerpärchen – und womöglich Mörderpärchen – auf der Spur zu sein. Wäre da nicht sein Vorgesetzter, der zwar eine Menge Erfahrung mitbrachte, es aber aus Billings Sicht an Kreativität und Intuition vermissen ließ.

Sein Telefon klingelte. Es war Simon. Er solle doch zum Vernehmungszimmer kommen, der Zeuge Hamann sei da. Und – er habe das hoffentlich nicht vergessen – die Zeugenbefragung würde er, also Simon, selbst führen.

Walther Hamann war die Ruhe selbst. Vor der Vernehmung hatte er Respekt, aber keine Angst. Er war sich seiner geistigen Beweglichkeit gerade in Ausnahmesituationen bewusst und empfand sich selbst als kaltblütig und nahezu jedem Gesprächspartner überlegen. Vor etlichen Jahren, zu der Zeit als er noch Besitzer eines renommierten Juweliergeschäftes in der Wilhelmstraße gewesen war, hatten einmal Verdachtsmomente im Raum gestanden, die seine mögliche Mitwirkung bei Fällen von Betrug und Hehlerei betrafen. Aber es hatte nicht zu einer Anklage gereicht und er war aus diesen unangenehmen Angelegenheiten sauber herausgekommen. Dass er kurz darauf seinen edlen Laden an der Rue geschlossen und für mehrere Jahre ins Ausland gegangen war, mochte nicht das beste Licht auf ihn geworfen haben. Wirklich geschadet hatte es ihm aber nicht. Mittlerweile war Gras über die Sache gewachsen, er gehörte zur feinen Gesellschaft Wiesbadens und verfügte über einflussreiche Kontakte. Das würde sich auch bis zur Kriminalpolizei herumgesprochen haben.

Hamann saß im eleganten Zwirn, der um die Hüfte weniger elegant spannte, auf einem der billigen, unbequemen Stühle im Vernehmungszimmer. Er konzentrierte sich auf sein Gegenüber, Herrn Hauptkommissar Simon. Jener hatte die Ellbogen auf der Tischplatte aufgestützt, spielte mit einem Kugelschreiber und musterte Hamann aufmerksam. Hinter ihm saß an einem kleineren Tisch ein weiterer Kriminalbeamter. Er war um einiges jünger, wahrscheinlich nur ein Assistent. Jemanden in seinem Rücken zu wissen, behagte Hamann weniger. Aber was sollte ihm passieren? Sein Alibi war zwar etwas schwammig, aber durchaus plausibel.

Hauptkommissar Simon mochte Hamann auf Anhieb nicht. Er war ihm zu glatt, zu selbstgefällig. Wie er da hockte, das feiste Kinn nach oben gereckt, und mit kleinen Schweinsäuglein den Raum und das spärliche Mobiliar abschätzte. Er gab den feinen Herrn von Welt.

»Sie sind der Besitzer der Villa Fondant?«, begann Bernd Simon die Vernehmung.

»Ja, das entspricht den Tatsachen.«

»In welcher Beziehung standen Sie zu Jasper F. Frinton?«

»Er ist – leider muss ich wohl sagen, er war – ein sehr begabter Künstler, den zu fördern ich mir zur Aufgabe gemacht habe. Ich habe ihm gestattet, im ehemaligen Gewächshaus auf dem Anwesen der Villa sein Atelier einzurichten. Er hat sich in den letzten Wochen intensiv mit einer Auftragsarbeit befasst, deren Details ich Ihnen gerne …«

»Danke, dazu kommen wir eventuell später.«

Simon beugte sich etwas weiter vor und sah Hamann direkt an. »Wann und von wem sind Sie vom Fund des Opfers unterrichtet worden?«

»Am Sonntagabend, von meiner Bekannten, Dr. Ruth Kalteser-Kries.«

»In welcher Beziehung stehen Sie zu Frau Dr. Ruth Kalteser- …« Kommissar Simon sah auf seine Notizen.

»Wie gerade gesagt, Ruth Kalteser-Kries«, ergänzte Hamann, »Sie ist meine Partnerin.«

»Lebenspartnerin?«

»Wenn Sie so wollen. Was ist denn eigentlich passiert? Wenn Sie mir die Frage meinerseits gestatten.«

»Herr Frinton wurde ermordet.«

»Ermordet? Das ist ja furchtbar.« Hamanns Mimik wechselte von überrascht zu bestürzt.

»Kann es nicht auch ein Unfall gewesen sein? Vielleicht hat er Wasser holen wollen und ist dabei unglücklich über den Brunnenrand...?«

»Nein, wir haben eindeutige Hinweise darauf, dass es Mord war.«

»Welche Hinweise denn?«, fragte Hamann und richtete sich auf.

»Dazu kann ich momentan keine Angaben machen. Herr Hamann, wir haben Sie am Sonntagabend erst spät telefonisch erreichen können – nach mehrmaligen vergeblichen Versuchen. Was hat Sie davon abgehalten, das Gespräch entgegenzunehmen?«

»Ich war mit meinen Hunden unterwegs und hatte mein Handy zuhause vergessen.«

Simon lehnte sich zurück, nahm kurz Blickkontakt mit Kommissar Billing auf, der sich im Hintergrund eifrig Notizen machte.

»Herr Hamann, ich muss Sie das fragen: Wo waren Sie am Samstag in der Zeit zwischen 16 und 20 Uhr?«

»Wir, das heißt Frau Kalteser-Kries und ich, haben einen netten Nachmittag und den Abend bei mir Zuhause verbracht. Wir haben bei einem ausgesprochen guten Bordeaux – es war ein 2000er Medoc, sehr zu empfehlen, aber nicht leicht zu bekommen – gemeinsame Projekte besprochen. Ruth ist Galeristin, wie Sie sicher bereits wissen. Sie ist über Nacht geblieben.«

»Alles sehr interessant. Kann das sonst jemand bezeugen?«

»Nein, wir waren alleine. Ich denke, Ruth – also Frau Kalteser-Kries – wird Ihnen das gerne bestätigen. Sie ist ja wohl nach mir dran, wie ich gehört habe.«

»Sie geben sich also gegenseitig ein Alibi?«

»Ein Alibi? Werde ich oder meine Partnerin also verdächtigt?«

Simon schnaufte ungehalten. »Das sind Routinefragen, wie erwähnt – Sie erinnern sich sicher. Was war denn der Grund, warum Frau Kalteser am …«

»Kalteser-Kries!«

»… warum also Ihre Partnerin am Sonntagmorgen Herrn Frinton aufgesucht hat?«

»Sie sollte sich über den Stand des Projektes – jenes das ich gerade erwähnt habe, Sie erinnern sich sicher – informieren.«

»Und warum sind Sie nicht selbst hingefahren. Oder Sie beide gemeinsam?«

»Ich war mit anderen Dingen beschäftigt. Unter anderem habe ich Vorbereitungen für eine anstehende Kunstauktion getroffen.«

»Wann haben Sie Herrn Frinton zuletzt gesehen oder mit ihm gesprochen?«

»Wir haben am Freitag telefoniert. Gesehen habe ich ihn letzte Woche, da war er bei mir.«

Das Gespräch verlief reichlich belanglos, wie Kommissar Billing fand. Er selbst hätte da noch die eine oder andere zielführende Frage im Köcher gehabt. Aber er hatte Simon vor der Vernehmung zusagen müssen, sich ruhig zu verhalten. Er solle aufmerksam zuhören, sich Notizen machen und ansonsten wertvolle Erfahrungen bei der Befragung in einem Mordfall sammeln. Für Billing war das eine mehr als abwertende Art und Weise einem jungen taffen Kollegen gegenüber, der sich mit Elan in den Fall einzubringen suchte. Schließlich war er kein Anfänger mehr.

Eben beendete Simon die Vernehmung mit der Bitte an Hamann, sich für weitere Aussagen zur Verfügung zu halten.

Billing erhielt die Anweisung, noch einmal die genauen Daten des letzten Zusammentreffens Hamanns mit Frinton aufzunehmen. Damit verließ Simon den Raum.

Billing war nun mit Hamann alleine. Dieser erhob sich schwerfällig und drehte sich zu Billing um. Was denn jetzt noch aufzunehmen sei, meinte er ungehalten. Ob er das denn nicht schon vorhin habe notieren können. Billing fragte sich, wie dieser schmierige Kerl an eine Frau wie die Galeristin herangekommen sein mochte. Wahrscheinlich war es wie so oft: Macht und Geld. Schon verlor die Dame ein wenig von ihrer Anziehungskraft. Billing ging nicht auf den herablassenden Kommentar Hamanns ein. Stattdessen beharrte er darauf, den genauen Tag nebst genauer Uhrzeit des letzten Treffens zu erfahren und außerdem Datum und Inhalt des letzten Telefonats. Nachdem Hamann Ersteres unwirsch beantwortet und Billing darüber belehrt hatte, dass der Inhalt des Telefonats ihn überhaupt nichts angehe, schickte er sich an, den Raum zu verlassen. Billing jedoch erbat sich noch eine letzte Frage. Ob er denn eine Person kenne mit dem Namen Frederieke Jacobs? Sie sei offensichtlich eine Bekannte Jasper Frintons. Zumindest habe man mehrere Fotos von ihr auf dessen Tablet gefunden und frage sich, in welcher Beziehung sie zu Frinton stehe. Hamann schien etwas irritiert. Er fragte noch einmal nach dem Namen, verneinte aber, diese Person zu kennen, und verließ ohne Gruß den Vernehmungsraum.

Billing war sich nicht sicher, was er davon halten sollte. Die Reaktion auf die Frage war etwas stockend, aber nicht unbedingt verdächtig gewesen. Zumindest war es nichts, was man Bernd Simon gegenüber unbedingt erwähnen musste.

Hamann hatte gehofft, dass ihm Ruth im Präsidium nicht über den Weg laufen würde. Doch sie stand im Vorraum des Vernehmungszimmers, ihm den Rücken zuwendend, und unterhielt sich mit Kommissar Simon. Hamann trat auf sie zu, begrüßte sie überschwänglich mit den herzlichsten Worten und umarmte sie.

Offenkundig überrascht, war ihre Erwiderung, wie Kommissar Simon fand, eher zurückhaltend, fast abwehrend. Die Beziehung schien ihm alles andere als herzlich zu sein. Er war froh, dass er seiner Intuition, die beiden hier zusammenzubringen, nachgegangen war. Gefühle ließen sich eben nicht einfach ausblenden, zumal in überraschenden Momenten. Er verabschiedete Hamann, der verstimmt, aber beherrscht reagierte und bat Ruth mit einer einladenden Handbewegung in den Vernehmungsraum.

Billing hatte bereits Platz am Besprechungstisch genommen und sprang freudestrahlend auf, als Ruth den Raum betrat. Simon meinte, an Billing gewandt, es sei gut, wenn er, da er gerade schon stehe, doch bitte in das Vernehmungszimmer Nr. 2 gehe, um nochmal alle Personendaten zu überprüfen. Das müsse dringend erledigt werden. Außerdem möge er bitte die Kollegin Schneider hereinschicken.

Frau Dr. Ruth Kalteser-Kries bedachte den sprachlosen jungen Kommissar, der mit hochrotem Kopf an ihr vorbei stakste, mit einem aufmunternden Lächeln, zog ihr hauteng anliegendes Kostüm glatt und drapierte sich auf einem der Stühle.

Hamann war nicht sonderlich begeistert. Das Gespräch im Präsidium war zwar weitgehend zufriedenstellend verlaufen, die Begegnung mit Ruth allerdings war nicht eingeplant gewesen. Ihr abweisendes Verhalten hatte zudem sehr auffällig gewirkt. Dieser Kommissar Simon, ein Typ, den man nicht unterschätzen durfte, konnte Ruths Verhalten durchaus richtig interpretiert haben. Vielleicht war es doch ein Fehler gewesen, sie dazu zu drängen, sich auf ein gemeinsames Alibi zu einigen. Nur widerwillig und auf immensen Druck von seiner Seite hatte sie zugestimmt.

Ihr Anruf an diesem Sonntagabend war heikel gewesen. Er hatte nicht damit gerechnet, dass man Frintons Leiche so schnell finden würde. Dass Ruth ihn sofort verdächtigte, war dagegen weniger überraschend. Er hatte die Tat ihr gegenüber nicht gestanden. Schon gar nicht am Telefon. Als sie später bei ihm auftauchte, hatte er erklärt, dass es ein Unfall gewesen sei. Und Ruth dann gehörig unter Druck gesetzt. Hatte ihr klar gemacht, dass, wenn sie nicht mitspiele, er der Polizei ein Hinweis liefern könne, was sie als Hauptverdächtige ins Spiel bringen würde. Als Hauptverdächtige nämlich im Fall Krause. Ja, er sei sich nach reiflicher Überlegung sicher, dass nur sie in Frage komme, dass nur sie ein Interesse daran gehabt haben könne, Krause mundtot zu machen. Denn er wisse inzwischen, dass sie mit Jasper, ihrem heimlichen Geliebten – ja, auch über diesen hinterhältigen Verrat sei er nun im Bilde – gemeinsame Sache machen wollte. Ihrer beider Plan sei es gewesen, ihn zu hintergehen und die Beute aus dem Salzbachkanal alleine zu heben. Natürlich sei ihm klar, dass sie kontern und ihn selbst mit ihrer Aussage belasten könne. Aber sie säßen sowieso im gleichen Boot. Jeder wisse vom anderen, von allen Machenschaften und krummen Geschäften. Sie befänden sich in einer perversen Abhängigkeit und seien damit auf Gedeih und Verderb aufeinander angewiesen.

Ruth war so perplex gewesen, dass sie einen Moment nicht gewusst hatte, wie sie reagieren sollte. Sie war es gewohnt, jede Situation in den Griff zu bekommen und in eine ihr genehme Richtung zu lenken. Doch Hamann hatte sie überrumpelt. Er hatte sie in die Enge getrieben und ihr jeden Handlungsspielraum genommen. Ein Gefühl, das ihr fremd war und ihr gehörig gegen den Strich ging. Sie hatte sich schließlich gefügt, doch das letzte Wort in dieser Angelegenheit war noch nicht gesprochen. Die vermeintliche Millionenbeute, die nach wie vor in diesem Kanal verscharrt sein musste, hatte sie noch nicht abgeschrieben. Leider waren Jaspers Informationen zwar hilfreich, aber nicht ausreichend gewesen. Einen konkreten Plan, wie es weitergehen sollte, hatte sie bislang nicht.

Hamann indes wusste, was er als Nächstes tun würde. Es war nur eine vage Idee, aber er würde seinem Gefühl, das ihn selten betrogen hatte, nachgehen. Die seltsame Person, die er auf Jaspers Tablet auf mehreren Fotos gesehen hatte, ging ihm nicht mehr aus dem Sinn. Aus welchem Grund waren die Fotos im gleichen Bildordner abgelegt gewesen wie die Aufnahmen aus dem Salzbachkanal? Und offenbar gehörte sie zum Kreis der Verdächtigen im Fall Jasper Frinton. Zumindest hatte der naive junge Kommissar die Fotos erwähnt, und dazu noch den Namen der Frau genannt. Was für ein Fauxpas dieses Trottels und was für ein Glücksfall für ihn. Es würde ein Leichtes sein, die Adresse herauszubekommen. Die Dame würde er sich mal ansehen. Eine ungewohnte Tätigkeit für ihn, aber Krause war leider dahin, der würde keine Drecksarbeit mehr übernehmen können.

35

Freddy saß auf einer Wartebank im Kölner Hauptbahnhof, die Ellbogen auf den Knien, den Kopf in die Hände gestützt und heulte. Sie hatte nur etwas verschnaufen und die Wartezeit bis ihr Zug nach Belgien ging, zum Nachdenken nutzen wollen. Doch das hatte ihr nicht gut getan. Wie ein Blitz aus heiterem Himmel hatte die Verzweiflung sie erwischt. Die sorgenvollen Gedanken über die Ereignisse der letzten Woche, die sie bisher erfolgreich verdrängt hatte, waren einer Sturzflut gleich über ihr zusammengeschlagen. Alles war schiefgelaufen. Durch übertriebene Neugier und ihr unglaublich naives Verhalten hatte sie sich und ihren Mann in eine fast ausweglose Lage gebracht. Ihre Ehe, ja sogar ihr Leben, war gerade dabei, im Strudel der Ereignisse unterzugehen.

Sie wischte sich die Tränen aus dem Gesicht und nahm ihr Handy heraus. Sie musste unbedingt mit Henrich sprechen. Gerade als sie die Kurzwahl seiner Nummer eintippen wollte, wurde sie von der Seite angestupst. Freddy zuckte zusammen und ließ vor Schreck das Handy fallen. Eine kleine Kinderhand hielt ihr einen Riegel Schokolade unter die Nase.

»Damit du nicht weinen musst«, piepste eine Stimme. Ein dunkler Wuschelkopf und große fragende Augen schoben sich in ihr Gesichtsfeld.

»Danke, aber ich … ich darf gerade keine Schokolade essen«, sagte Freddy und sah den etwa fünfjährigen Buben bedauernd an.

»Weinst du darum?«

»Nein, nein. Und ich weine ja auch gar nicht mehr«, sagte Freddy und hob ihr Gesicht.

»Aber ich hebe mir die Schokolade gerne auf. Dankeschön!«

Sie nahm dem Buben den Schokoriegel aus den zarten Fingern und wickelte ihn in das Papiertaschentuch, mit dem sie sich gerade noch die Tränen getrocknet hatte.

Eine ältere Dame mit freundlichem Gesicht trat hinzu. »Entschuldigen Sie, der Junge hat Sie doch hoffentlich nicht gestört?«

»Nein, nein, im Gegenteil. Er hat mich nur aufmuntern wollen und mir ein Stück Schokolade geschenkt.«

»Schokolade?« Die Dame beugte sich zu dem Jungen herunter und zog ihn an der Schulter zu sich heran. »Korbinian, wo hast du denn die Süßigkeiten her?«

»Welche Schokolade, Oma?«, fragte Korbinian und versteckte die verschmierten Hände hinter dem Rücken.

Omas freundliches Gesicht bekam einen kritischen Zug. Wie sich herausstellte, hatte Korbinian, ohne zu fragen, in ihrer Henkeltasche nach süßen Schätzen gegraben, derweil Oma mit der sehr ausführlichen Fahrplanauskunft beschäftigt war. Nun erhielt ihr Enkel einfühlsam, aber nachdrücklich eine Lektion darüber, dass man sich nicht einfach Dinge nehmen durfte, die einem nicht gehörten.

Freddy wurde von dieser Situation an ihre eigene Kindheit erinnert. Ihre *Grootmoeder* hatte damals ähnlich reagiert, als die winzige Freddy sich heimlich ein gigantisches Stück von dem Schokokuchen stibitzt hatte und damit unter dem sonntäglich gedeckten Kaffeetisch verschwunden war, um sich ganz und gar dem Genuss hinzugeben.

Diese Erinnerung an ihre liebe *Grootmoeder* löste in Freddy etwas aus. Sie war ein so lieber Mensch gewesen, geradlinig und grundehrlich. Sie hatte strikt nach ihren Werten gelebt und gehandelt. An ihr hatte man sich aufrichten können und sich sicher gefühlt – weil man immer wusste, woran man war. Und plötzlich, als ob Oma ihr aus dem Jenseits die Lösung zugerufen und den einzig richtigen Weg gewiesen hätte, war Freddy klar, was sie tun würde.

Die Fahrt von Köln nach *Bruxelles-Midi* verlief ruhig und ohne nennenswerte Zwischenfälle. Korbinian und seine Großmutter hatten das gleiche Ziel wie Freddy. Der Junge sah die meiste Zeit aus dem Fenster. In den bizarren Formen der immer dichter werdenden Wolken erspähte er einen ganzen Zoo unterschiedlichster Tiere. Seine Großmutter las ihrem Enkel aus einem kleinen Lyrikband vor. Gelegentlich versuchte sie, ein wenig zu ruhen – immer mit einem wachenden Auge auf Korbinian. Waren ihr doch mal beide Augen zugefallen, nahm der Bengel Freddys Handy zur Hand und spielte damit herum. Korbinian konnte noch nicht lesen, aber die hübschen bunten Bildchen auf dem kleinen Display gefielen ihm. Und so drückte er mal auf dieses, mal auf jenes, bis sich nach diversen Dindong-, Grunz- und Quiek-Tönen unversehens eine tiefe männliche Stimme meldete. Vor Schreck ließ der Bub das Handy fallen. Blöd! Blöd! Diese dumme Stimme aus dem Kästchen!

Kommissar Mark Billing war erleichtert. Endlich hatte er sie, die Fahndung lief wie erhofft. Gestützt durch die Handy-Ortung hatte man ermitteln können, dass sich Freddy in einem ICE mit Ziel Brüssel befand. Ihr Handy war vor kurzem eingeschaltet worden und gerade eben – zu Billings Verblüffung – hatte sie ihn angerufen. Vermutlich hatte sie seine Nummer in der Anrufliste gesehen und den Rückruf aktiviert. Allerdings meldete sie sich nicht. Billing hatte mehrfach ins Telefon gebellt, aber bisher ohne Reaktion. Er presste sein Smartphone ans Ohr, nahm es wieder herunter, stellte auf Lauthören und endlich waren Worte zu verstehen – leise, undeutlich, eher aus dem Hintergrund. Billing stellte die Lautstärke auf Maximum und vernahm eine dünne Frauenstimme:

»… wie einst dein Liebreiz mich betört …«
Billings Verwunderung verwandelte sich in Verwirrung.
»Hallo? Wer spricht denn da?«
„… doch ach …«
»Bitte?«
»… und weh …«
»Frau Jacobs sind Sie das?«
Die Stimme wurde noch undeutlicher, als ob jemand das Mikrofon zuhalten würde.
»… von Himmeln … so weit und …«
»Von wo?«
»… allein, mich dünkt …«
»Verdammt! Wollen Sie mich an der Nase herumführen?« Billing brüllte jetzt. Er war kurz davor, die Beherrschung zu verlieren.
»Du blöd, du laut, du blöd!«, tönte es aus dem Smartphone. Das war eine andere Stimme, hell, laut und sehr hoch – ein kleines Kind. Ein sehr ungezogenes kleines Kind.
»Hallo Kleiner? Hier ist die Polizei. Gibst du mir mal schnell deinen Erwachsenen, ich meine deine Mama oder so?«
Billing war nicht sonderlich geübt im Umgang mit Kindern. Was zur Folge hatte, dass der sehr ungezogene kleine Bengel das Gespräch einfach beendete, und zwar ohne zu antworten. Billings Verwirrung verwandelte sich in Wut. Was sollte das? Wie wurde hier mit ihm umgesprungen? Diese Jacobs, die war ja ein ganz ausgebufftes Subjekt. Na, die sollte ihn kennenlernen. Mehrmals noch versuchte er, die Flüchtige auf ihrem Handy zu erreichen, aber vergeblich – sie hatte es wohl ausgeschaltet. Und wenn schon, die belgischen Kollegen würden sie in Brüssel gebührend empfangen und fassen. Da konnte sie sich auf einiges gefasst machen. Billing grinste über sein gelungenes Wortspiel, seine Laune besserte sich.

36

Allmählich lichtete sich der Nebel, die Sicht wurde klarer. Hauptkommissar Bernd Simon sah Land am Gestade der turbulenten Ermittlungen. Nach den jüngsten Ergebnissen und den Vernehmungen von Hamann, Kalteser-Kries und Herrn Jacobs hatte sich ein greifbares Bild geformt. Henrich Jacobs hatte sich eher störrisch gezeigt und darauf beharrt, nichts über den momentanen Aufenthalt seiner Frau zu wissen. Lediglich die Möglichkeit, dass sie auf dem Weg nach Belgien sei, hatte er bestätigt. Die Galeristin dagegen war selbstbewusst und kooperativ aufgetreten. Sie hatte die Angaben Hamanns zum Alibi weitgehend bestätigt. Etwas verdächtig fand Simon ihre Fragerei nach dem Befinden des Kommissars Billing. Hamann hatte während der Vernehmung keine Verdachtsmomente geliefert. Dennoch spürte Simon, dass dieser aalglatte Typ etwas verbarg. Die kriminaltechnische Assistentin war daher beauftragt worden, eine gründlichere Recherche über Hamann zu starten. Man hatte also etwas tiefer gegraben und tatsächlich Dinge aus Hamanns Vergangenheit zutage gefördert, die das Licht um den gönnerhaften Kunstmäzen etwas weniger strahlend erscheinen ließ. Hamanns unklare Rolle in lange zurückliegenden Betrugsdelikten und die damaligen Verdachtsmomente, die auf Hehlerei hingedeutet hatten, waren Anlass genug, die Fäden neu zu spinnen.

Kommissar Simon hatte, nicht zuletzt auf Drängen der Staatsanwaltschaft, einen Besprechungstermin anberaumt, um den aktuellen Stand der Ermittlungen darzulegen. Für Simon, der seine aktualisierte Mindmap auf eine Leinwand im Besprechungszimmer projizierte, stellte sich der Fall, bis auf wenige Unklarheiten, relativ plausibel dar. Die Mindmap war beträchtlich gewachsen und hatte Verästelungen und Verbindungen entwickelt, deren Sinn sich Kommissar Billing nicht sofort erschließen wollte.

Um es seinem Mitarbeiterstab und dem ebenfalls anwesenden Vertreter der Staatsanwaltschaft einfacher zu machen, ging Simon primär auf die Punkte »Opfer«, »Hauptverdächtige«, »Motive« und »Alibis« ein. Unter »Opfer« waren in der Reihenfolge ihres Ablebens aufgeführt: Briesekorn, Krause und Frinton. Als Tatverdächtige tauchten die Namen von Hamann, Kalteser-Kries und Frederieke Jacobs auf. Letztere stand etwas abseits und war mit einem Fragezeichen versehen. Außerdem fanden sich im Bereich der Verdächtigen der verschwundene dritte Straftäter Oszolek sowie auch die Opfer Krause und Frinton.

Simon betonte, dass er sehr optimistisch sei. Man stehe nicht nur vor der Aufklärung der Mordfälle – hier reckte sein Kollege Billing stolz den Kopf in die Höhe –, sondern auch des zwölf Jahre zurückliegenden Raubüberfalls auf den Geldtransporter – Billings Haupt zog sich stirnrunzelnd zurück. Kommissar Simon deutete auf eine der gepunkteten Verbindungslinien. Aufgrund der Hinweise könne man nun eine Beziehung von den damals gefassten Tätern Briesekorn und Krause zu Walter Hamann herstellen. Wie mittlerweile bekannt, hätten gegen diesen vor vielen Jahren Verdachtsmomente bestanden, in Fälle von Hehlerei verwickelt zu sein. Es ergebe sich daher folgendes Szenario, das er nun kurz beschreiben wolle. Simon klickte in seiner Darstellung auf einen Link und öffnete ein Chart mit der Headline »Szenario 1«.

»Briesekorn kommt nach verbüßter Haftstrafe frei und will die restliche Beute des Raubüberfalls heben. Wie bekannt, ist diese bisher nicht gefunden worden. Interesse daran haben auch sein ehemaliger Komplize Krause und eben der mutmaßliche Initiator Hamann. Briesekorn landet nach einem Unfall im Krankenhaus, Krause nach Problemen mit dem Herzen ebenfalls. Beide werden ermordet. Die Person, die mit dem Tod beider in Verbindung gebracht werden kann, ist …«

»… Frederieke Jacobs«, ergänzte Billing und wandte sich in Richtung Staatsanwalt.

»Nicht in diesem Szenario, Herr Kollege«, bemerkte Simon ungehalten.

»Ja aber, die Verdachtsmomente sprechen doch …«

»Darauf kommen wir später zurück. Lassen Sie mich das hier weiter ausführen.«

Simon fuhr fort, während der Staatsanwalt ratlos von einem zum anderen blickte.

»Also, die Person, die in direkter Verbindung zu beiden, nein zu allen drei Toten steht, ist in dieser Fallbetrachtung Walther Hamann.

»Motiv und Alibi?«, fragte der Staatsanwalt.

Simon klickte in seiner Präsentation weiter und öffnete eine neue Verzweigung.

»Das Motiv ist die Beute aus dem Raubüberfall. Tathergang Variante 1: Hamann erfährt im Krankenhaus von Briesekorn den Ort des Verstecks und tötet ihn, um einen Mitwisser loszuwerden. Ebenso verfährt er mit Krause. Dass Krause nicht schon vorher ausgeschaltet wurde, deutet darauf hin, dass dieser nichts vom Beuteversteck wusste. Variante 2: Hamann weiß, wo die Beute versteckt ist, konnte sie aber bisher nicht heben. Hier kommt Jasper Frinton ins Spiel.«

»Inwiefern?«

»Wir wissen von Krause, dass Briesekorn die Beute seinerzeit in einem Stollen oder einem ähnlichen Ort verbergen wollte. Auf Frintons Tablet haben wir Bilder gesichtet, die im Salzbachkanal aufgenommen worden sind.«

»Und?«

»Der Verdacht liegt nahe, dass die Beute irgendwo in diesem Kanal versteckt worden ist. Denkbar ist, dass Hamann Frinton damit beauftragt hat, nach Hinweisen zu dem Versteck zu suchen. Und dass er, wenn er die Informationen tatsächlich erhalten hat, anschließend auch Frinton aus dem Weg geräumt hat. Es finden sich zwar keine Bilder auf Frintons Tablet, die einen möglichen Fundort zeigen, aber …«

»Das heißt, bislang gibt es hierfür keine Beweise?«, unterbrach ihn der Staatsanwalt.

»Noch nicht, aber wir arbeiten daran.«

»Wie sieht es aus mit Hamanns Alibi für die Morde an Briesekorn und Krause?«

»Das ist der noch fragliche Teil dieser Falldarstellung. Walther Hamann hat belegbare Alibis für die Tatzeiten. Im Fall Jasper Frinton allerdings nur gestützt auf die Aussage von Frau Dr. Kalteser-Kries.«

Der Staatsanwalt wiegte nachdenklich den Kopf. »Was ist bei der Sichtung der Überwachungsvideos aus dem Foyer und der Tiefgarage des Krankenhauses herausgekommen?«

»Es wurde eine weibliche Person aufgenommen, die auch aufgrund der Zeugenaussage des Zimmernachbarn von Krause als verdächtig gilt. Das wird gerade überprüft. Hamann konnte dagegen auf keinem der Videos zweifelsfrei identifiziert werden. Er könnte sich aber verkleidet haben.«

»Das sind mir im Moment einige Konjunktive zu viel. Walther Hamann genießt hier in Wiesbaden, zumindest in prominenten kulturellen Kreisen, einen guten Ruf. Er ist als Kunstförderer bekannt und geschätzt und wird, meinen Informationen nach, als Kandidat für das Amt des Kulturdezernenten gehandelt. Herr Simon, sind denn in nächster Zeit neue Erkenntnisse zu erwarten, welche die Konzentration auf Hamann als Tatverdächtigen rechtfertigen würden?«

»Wie gesagt, arbeiten wir daran. Mit einer Observierung …«

»Nein, das gibt die momentane Beweislage nicht her. Da müssen Sie schon etwas mehr liefern.«

Der Staatsanwalt rückte seine Krawatte zurecht und blickte Simon auffordernd an. »Haben Sie noch etwas? Meine Zeit ist begrenzt.«

Simon kratzte sich am Kopf. Seiner Beurteilung schien sich so recht niemand anschließen zu wollen. Kollege Billing rutschte unruhig auf seinem Stuhl hin und her. Simon taxierte ihn kurz und bereute es im nächsten Moment.

»Dann kommen wir doch jetzt zum nächsten Szenario«, bestimmte Billing.

»Als da wäre?« Der Staatsanwalt, der sich schon halb aufgerichtet hatte, nahm wieder Platz.

Billing hob an, doch ein bohrender Blick Simons ließ ihn verstummen.

»Es geht eher um einen Nebenschauplatz«, sagte Simon. »Der Kollege Billing meint sicher die Fahndung nach Frau Jacobs.«

»Das nennen Sie einen Nebenschauplatz?« Der Ton des Herrn Staatsanwalt hatte an Schärfe zugelegt. »Wie ist der Stand der Dinge?«

Billing hob den Finger wie ein Grundschüler. Simon bedeutete ihm mit einem sauren Lächeln, dass er nun an der Reihe sei. Billing nahm den Ball nur allzu gerne auf und legte los.

»Die Flüchtige befindet sich unseren Ermittlungen nach zurzeit in einem ICE auf dem Weg nach Brüssel. Dort wird sie von unseren Kollegen erwartet. Die Festsetzung steht kurz bevor. Durch ihre Flucht hat sich mein …« – er sah hinüber zu Simon – »… hat sich der Anfangsverdacht bestätigt, der durch die undurchsichtige Aussage ihres Mannes noch verstärkt wird.«

»Das ist doch mal ein Wort«, sprach der Staatsanwalt und bedachte Billing mit einem anerkennenden Kopfnicken. »Ich denke, der EU-Haftbefehl ist nur eine Formsache.«

An Simon gewandt meinte er, dass sowohl das entsprechende Szenario – er zog das Wort wie Kaugummi – als auch die Beweisführung nach Vernehmung der Flüchtigen ja bestimmt um einiges schlüssiger zu erwarten sei. Das sei auch vonnöten, denn dass die Zeit dränge und die Presse schon ungeduldig mit den Hufen scharre, brauche er ja kaum zu betonen. Damit erhob er sich, nickte Billing noch einmal wohlwollend zu und verließ den Raum.

Simon rieb sich die von Falten zerfurchte Stirn. Das war definitiv nicht so gelaufen wie gedacht. Es war doch offensichtlich, dass der Raubüberfall vor zwölf Jahren und die Morde in direktem Zusammenhang standen. Billing, der vor Zuversicht und Siegesgewissheit strahlte, schreckte ihn aus seinen Überlegungen auf. Das sei doch super gelaufen, meinte er. Und was übrigens die Alibis von Herrn und Frau Jacobs angehe: für die Tatzeit und ebenso den Tag des Leichenfundes könnten diese von niemandem bestätigt werden. Ob Herr Simon vielleicht Lust auf ein gemeinsames Mittagessen habe. Er könne ihm dann seine Sicht des Tathergangs darlegen und außerdem gebe es in der Kantine heute leckere Jägerschnitzel. Mit Pommes. Und Salat. Vegetarischem Salat. Nein, entgegnete Kommissar Simon, dazu verspüre er nicht das geringste Interesse. Und schon gar nicht wünsche er sich irgendein Schnitzel auf seinem Teller, von wem und mit was auch immer.

Simon drehte sich um, schaltete Beamer und Laptop aus und ließ den konsternierten Billing mit der verschreckten Assistentin und den anderen Kollegen zurück.

37

Freddy würde an diesem Tag nicht in Brüssel ankommen. Auch nicht in Gent und schon gar nicht bei ihrer *Mammie* in *De Pinte*. Sie würde weder *Fricandon met Krieken* essen noch einen ihrer lieben Cousins treffen. Auch die belgischen Kollegen Kommissar Billings würden umsonst auf sie warten. Denn Freddy hatte den Zug nach *Bruxelles-Midi* nicht genommen. Das Einzige von ihr, das die schöne Fahrt gen Westen und die anregende Gesellschaft Korbinians und seiner Gedichte liebenden Oma genießen durfte, war ihr Handy. Sie hatte es dem Buben zugesteckt, als dessen Oma vor Fahrtantritt den Inhalt ihrer Henkeltasche umorganisiert hatte. Das Handy auf die Reise zu schicken war eine spontane Idee gewesen. Geboren in jenem glasklaren Moment, der wie nach einem reinigenden Gewitter dem Sturm ihrer sorgenvollen Gedanken gefolgt war.

Die Erinnerung an ihre famose *Grootmoeder* hatte Freddy neuen Glauben geschenkt. Sie hatte einen Entschluss gefasst. Den Entschluss, die Sache nun zu beenden und sich auf keinen Fall mehr beirren zu lassen. Freddy befand sich auf dem Weg zurück nach Wiesbaden. Direkt nach Hause zu fahren verbot sich natürlich und Henrich anzurufen war zu gefährlich – die hörten bestimmt das Telefon ab. So etwas kannte man ja aus den Fernsehkrimis. Auch dass man mit irgendeinem technischen Schnickschnack über sein Handy gefunden werden konnte. Aus diesem Grund hatte Freddy Frieda Herwig von einem öffentlichen Telefon angerufen und ihr Kommen angekündigt. Frieda hatte sofort zugesagt und gemeint, dass sie so etwas schon gespürt und sich daher selbst aus dem Krankenhaus entlassen habe. Dr. Overbeck allerdings sei nicht sonderlich begeistert gewesen und ... Hier bedauerte Freddy unterbrechen zu müssen und sagte, man habe nun wichtige Dinge zu erledigen. Zum Beispiel müsse Henrich in irgendeiner Form benachrichtigt werden. Dann müsse geklärt werden, was die Polizei mittlerweile aus ihm herausbekommen habe – die würden ihn wahrscheinlich gerade auseinandernehmen. Man einigte sich darauf, all das in Ruhe zu besprechen, sobald Freddy in Friedas Heim angekommen sei. Und selbstredend könne Freddy bei ihr übernachten, beruhigte sie Frieda. Schließlich müsse man ja auch Pläne für das weitere Vorgehen schmieden.

Henrich hatte unterdessen das Präsidium verlassen und befand sich auf dem Rückweg nach Vockenhausen. Er hatte ein Taxi genommen, was er selbstverständlich selbst bezahlte. Er saß auf dem Rücksitz und sah sich ständig nach hinten um, ob man ihn observierte, wie man das wohl nannte. Aber außer einem altersschwachen Traktor, der aus einem Feldweg bei Heßloch herauskam und dem Taxi hinterherzuckelte, waren keine Häscher auszumachen.

Die unangemessen barsche Behandlung durch die Beamten bei der Vernehmung hatte Henrich mehr als bestürzt. Er war sich wie ein Schwerverbrecher vorgekommen. Immerhin hatte er es geschafft, weitgehend standhaft zu bleiben. Der magere Informationsgehalt seiner Aussagen indessen hatte ihn und vor allem Freddy vermutlich noch verdächtiger gemacht. Im Nachhinein konnte er es sich nicht recht erklären, warum er die Situation nicht genutzt hatte, um endlich reinen Tisch zu machen. Aber er wäre sich Freddy gegenüber wie ein Verräter vorgekommen. Wenn der alberne Streit am Abend zuvor nicht gewesen wäre, hätte man sich absprechen können, hätte man klären können, welches Alibi man der Polizei präsentieren würde. Nun hoffte er, dass er mit Freddy sprechen konnte, bevor man sie festnahm. Zweifellos würde das spätestens in

Brüssel der Fall sein. Wie er mit ihr Kontakt aufnehmen sollte, war ihm schleierhaft. Ihre Handy-Telefonate – und höchstwahrscheinlich auch seine eigenen – wurden sicherlich überwacht. Im Moment sah er keine Chance, sie zu erreichen. Daher konzentrierte er sich auf die Dinge, die dringlichst zu erledigen waren. Erste Priorität hatte die Vernichtung des Rucksacks samt Beute. Henrich war sich darüber im Klaren, dass er äußerst bedacht vorgehen musste. Auch wenn er keine Verfolger bemerkt hatte, war es doch möglich, dass man ihn im Umfeld seines Heims bereits erwartete. Die Geldbomben mussten verschwinden. So oder so. Denn es war zu vermuten, dass als Nächstes eine Hausdurchsuchung anstand.

Er war noch nie der Typ gewesen, der lange fackelte. Nein, Walther Hamann verlor keine Zeit. Die Adresse dieser Frederieke Jacobs herauszubekommen, war nur eine Sache von Minuten gewesen. Das Internet bot auch für solche Dinge gute Dienste. Sie hatte ihr Nest im Taunusörtchen Vockenhausen, das zu Eppstein gehörte. Hamann schätzte, ihrer äußeren Erscheinung auf den Bildern nach, dass sie mit einem langweiligen Mann in einem langweiligen spießigen Reihenhaus lebte. Seine Vermutung wurde, zumindest was das Haus betraf, nicht bestätigt. Das Haus schien neueren Baujahrs zu sein. Es lag am Ende eines Wendehammers, war freistehend und hatte mindestens drei Etagen, was bei den teils extremen Hanglagen in Vockenhausen nicht ungewöhnlich war. Durch seine gepflegte Holzbauweise und die großzügigen Glasflächen hatte es durchaus Charme.

Natürlich war Hamanns Anspruch ein anderer. Das hier war kleinbürgerlich, nicht seine Welt. Ein Gutes zumindest hatte das Haus: Es ließ sich bestens observieren. Hamann hatte seinen Wagen zwei Straßen weiter geparkt und sich dem Haus zu Fuß genähert. Seitlich des Grundstücks führten

Steinstufen auf einem schmalen Weg den Hügel hinauf. Dazwischen waren Beete mit Stauden und Büschen angelegt, die von vereinzelten Bäumen unterbrochen wurden. Diese gaben einen ausreichenden Sichtschutz, man konnte relativ unbeobachtet selbst beobachten. Zumal sich rechts des Weges ein brachliegendes Baugrundstück befand. Das knallrote Schild einer Immobilienfirma buhlte um Aufmerksamkeit. Als vermeintlicher Kaufinteressent würde man daher nicht sonderlich auffallen. Hamann hatte sich als Krause verkleidet. Zumindest entsprach das gewählte Outfit seiner Meinung nach dem, was sein Laufbursche bei einem solchen Auftrag getragen hätte: Schiebermütze, tief in die Stirn gedrückt, dunkle Regenjacke, dunkle Jeans, Handschuhe und festes Schuhwerk.

Hamann stand etwa auf halber Höhe der Treppe und besah sich die seitliche Hausfassade. Hinter keinem der Fenster war eine Bewegung auszumachen. Hamann stieg die Stufen bis zum Ende des Weges hinauf und spähte durch das Blattwerk der Bäume. Der kleine, etwas pflegebedürftige Garten lag verlassen da. Offenbar war niemand zuhause. Allerdings stand im Carport ein Wagen. Er musste vorsichtig zu Werke gehen. Eine plötzliche Windböe wirbelte einen zusammengerechten Haufen Laub auf. Hamann blickte zum Himmel empor, der mittlerweile komplett von schiefergrauen Wolken bedeckt war. Es sah verdammt nach Regen aus. Am Fuß der Treppe waren eben eine Mutter und ihr Kind aufgetaucht, die beide rasch die Stufen erklommen und auf ihn zukamen. Hamann drehte sich um und ging strammen Schrittes die Straße weiter in Richtung seines geparkten Wagens. Er würde auf die Nacht warten müssen, vorher war es zu gefährlich, ins Haus einzudringen.

Dieser inoffizielle Alleingang war durch nichts abgesichert, darüber war sich Kommissar Simon im Klaren. Aber er mochte sich weder der Ignoranz des Staatsanwalts beugen noch dem besserwisserischen Geplapper seines Kollegen nachgeben. Er würde Hamann genauer unter die Lupe nehmen. Diesem Kerl traute er nicht – angesehene Persönlichkeit hin oder her. Davor stand ein Besuch der Villa Fondant auf dem Plan. Ihm war eine Bemerkung Hamanns aufgefallen, die jener während der Vernehmung gemacht hatte und ihm nicht aus dem Sinn ging. Hamann hatte erwogen, dass Jasper Frinton beim Wasserholen am Brunnen verunglückt sein könne. Simon konnte sich nicht vorstellen, dass jemand an dem maroden Brunnen noch Wasser schöpfte. Bestimmt gab es doch irgendwo einen Wasseranschluss, um die Beete zu bewässern. Das wollte er vor Ort überprüfen.

Bernd Simons Magen knurrte. Er unterbrach seine Fahrt nach Walluf, hielt in Biebrich an einer Bäckerei an und holte sich ein vegetarisches Sandwich. Es war dick mit Butter bestrichen und belegt mit einem Salatblatt, zwei Scheiben Burlander Käse, Ei und Tomate. Ganz nach Simons Geschmack. Sein Sohn Patrick bezichtigte ihn in Bezug auf sein Essverhalten gelegentlich der Inkonsequenz. Wenn schon kein Fleisch, warum nicht gleich komplett vegan ernähren, bekam er dann zu hören. Simon überlegte, was denn in der veganen Variante von seinem Sandwich noch übrigbliebe: eine in ein Salatblatt gewickelte Tomatenscheibe. Wer sollte denn davon satt werden? In einem Brötchen war bestimmt auch irgendetwas enthalten, was einen Veganer von diesem Genuss abhalten würde. Das musste er seinen Sohn bei Gelegenheit fragen. Am nächsten Sonntag würde er ihn wiedersehen. Dann waren wieder vierzehn Tage vorbei und man durfte einige Stunden gemeinsam Zeit verbringen. Mehr war ihm nicht geblieben vom einst harmonischen Familienleben. Simon schüttelte die Wehmut ab und biss herzhaft in sein Sandwich. Er lehnte, mit dicken Backen kauend, noch einen Moment an der Fahrertür seines Wagens, bis er eine Politesse erspähte, die in der Reihe vor ihm eifrig Strafzettel verteilte. Sie musterte ihn voller Vorfreude, er nickte herzlich zurück, bestieg zügig seinen Wagen und setzte seine Fahrt fort.

Auf dem Grundstück der Villa Fondant wurde Kommissar Simons Vermutung bestätigt. Seitlich am Gewächshaus entdeckte er einen funktionierenden Wasseranschluss. Warum also sollte Frinton Wasser aus dem Brunnen holen? Das war völlig absurd. Hamann hatte sich mit dieser Bemerkung noch verdächtiger gemacht. Simon untersuchte noch einmal die beschädigte Ziehvorrichtung des Brunnens und den Boden um den Tatort, entdeckte aber nichts, was ihm weitere Erkenntnisse gebracht hätte. Als Nächstes inspizierte er aufs Neue den Bereich der Grundstücksmauer, über die laut der Zeugin Kalteser-Wieauchimmer jemand geflüchtet sein sollte. Er zog sich an einem Ast in die Höhe und hatte nun freie Sicht auf den Rhein. Ein ungemütlich scharfer Wind blies ihm ins Gesicht. Er ließ von seinem Vorhaben, über die Mauer zu steigen, ab. Für sein lädiertes Knie wäre das kein Vergnügen gewesen.

Kurz darauf saß er wieder in seinem Wagen und überlegte die nächsten Schritte. Sein Smartphone meldete einen Anruf. Es war Billing. Wo der Herr Hauptkommissar denn sei? Es hätten sich neue Dinge ergeben, die ein rasches Handeln erforderlich machten. Es habe sich herausgestellt, dass die Verdächtige Jacobs mitnichten in dem Zug nach Brüssel gesessen habe. Vielmehr seien den belgischen Kollegen ein Handy, eine Oma und ein Enkel ins Netz gegangen. Ein Handy freilich, das eindeutig der Flüchtigen gehöre. Doch von dieser fehle jede Spur. Der Herr Hauptkommissar könne sich sicher vorstellen, dass hier gerade dicke Luft herrsche.

Kommissar Simon knurrte. Auf dicke Luft verspürte er nicht die geringste Lust. Aber er musste wohl oder übel ins Präsidium zurück. Die geplante Observierung Hamanns musste warten.

Dass die Polizei sich bei ihr melden würde, war zu erwarten gewesen. Schließlich hatte Frieda als Letzte mit Freddy telefoniert. Und natürlich wurden die Anrufe nachverfolgt. Ein gewisser Kommissar Billing hatte rotzfrech verlangt, dass sie umgehend auf dem Präsidium erscheine. Mit dem Hinweis auf ihre überstandene OP und ihrem Unvermögen, irgendwo anders zu erscheinen als in ihrem eigenen Heim, hatte Frieda ihm angeboten, er möge sie doch gerne mal besuchen. Und wenn er einige leckere Teilchen zum Kaffee mitbringen wolle, könne sie nicht anders, als sich über sein Kommen zu freuen. Nein, telefonische Auskünfte erteile sie grundsätzlich nicht. Man könne ja nie wissen, wer da tatsächlich am anderen Ende der Leitung sei. Der werte Herr Kommissar hatte dann bemerkt, er werde sich später noch einmal melden oder morgen direkt vorbeikommen. Aber von irgendwelchen Teilchen wisse er gerade nicht, was damit gemeint sei.

Frieda Herwig war froh, ihn fürs Erste abgewimmelt zu haben. Ein Besuch der Polizei war nicht das, was sie und Freddy gerade brauchen konnten. Freddy würde nach ihrer Rückfahrt von Köln nach Frankfurt voraussichtlich am frühen Nachmittag bei ihr eintreffen – blieb zu hoffen, dass der Kommissar wirklich erst morgen hier auftauchte.

38

Die Kunstgalerie würde an diesem Tag geschlossen bleiben. Vielleicht auch für den Rest der Woche. Ruth Kalteser-Kries drehte das Schild »Geöffnet« auf die andere Seite. Soeben hatte sie einen Entschluss gefasst.

Von ihrer Lebenssituation konnte man im Moment nicht behaupten, dass sie unter einem positiven Einfluss stehe. Ihr Liebhaber war ermordet worden – sie wusste, dass Hamann, das Schwein, das erledigt hatte. Ihre zumindest geschäftlich recht fruchtbare Beziehung mit Hamann war bald auch Vergangenheit. Sie musste etwas unternehmen, die Sache unter Kontrolle bringen, ihrem Leben wieder neue Impulse geben. Ein längerer Auslandsaufenthalt schwebte ihr vor. Südfrankreich war sehr verlockend, oder aber die Karibik. Und davor eine ausgedehnte Shoppingtour in Paris oder Rom. Dazu musste freilich die Reisekasse aufgefüllt werden. Das Geld war ja da, nur eben an einem Ort, dessen genaue Lage sich ihrer Kenntnis entzog und der darüber hinaus wohl nicht leicht zu erreichen war. Durch die Fotos und die Beschreibung Jaspers hatte sie eine vage Vorstellung davon, wo die Beute verborgen sein könnte. Sobald sie da unten im Kanalgewölbe sein würde, würde sie das Versteck schon finden. Doch dort hinunterzukommen war genau das Problem. Ohne Hamanns Hilfe war das kaum zu schaffen. Sie wusste von seinen Verbindungen zu einem Mitarbeiter der Entsorgungsbetriebe. Einer seiner vielen Laufburschen, ein ehemaliger Kleinganove. Ohne solcherlei Gesindel kam Hamann wohl nicht zurande. Wie auch immer sich dieses Faible begründen mochte, manchmal waren solche Subjekte durchaus hilfreich. Der Abstieg in den Kanal würde also nur mit Hamann durchzuführen sein. Das hieß noch einmal gemeinsame Sache machen – zumindest vordergründig. Nach getaner Arbeit würde sie den alten Sack entsorgen.

Ruth wählte Hamanns Nummer, um ihrem Bärchen mitzuteilen, dass sie einlenken wolle. Sie hätten doch ein gemeinsames Ziel, das gelte für sie nach wie vor, und es sei zum Greifen nah. Sie habe die nötigen Informationen, man dürfe nun keine Zeit mehr verlieren. Hamann spielte am Telefon den Verblüfften und hielt es kurz. Man müsse darüber reden, Treffpunkt um 21 Uhr, wie immer. Das bedeutete in Hamanns Appartement. Ruth ärgerte sich über den verhassten Befehlston. Aber das hatte sich bald erledigt. Nach dem Telefonat verließ Ruth die Galerie und fuhr in ihre Wohnung. Dort rüstete sie sich mit notwendigen Utensilien, wie Taschenlampe, Handschuhe, Gummistiefel und Messer, für die Hebung des Schatzes aus. Als Outfit wählte sie eine enge schwarze Lederkluft. Sie fand, damit könne sie gut und gerne als Catwoman durchgehen. Auf jeden Fall würde die Sache heute steigen. Und Hamann würde mitziehen müssen, ob er wollte oder nicht.

Der Wagen, der gegenüber des Hauses auf der anderen Straßenseite stand, war durch das Laub der Bäume kaum zu sehen. Nur wenn der böig auffrischende Wind die Baumkronen durchschüttelte und Sichtlücken schaffte, konnte man den dunklen BMW ausmachen. Henrich hatte ihn und die beiden Insassen längst bemerkt. Schon wenige Minuten nach seiner Rückkehr von diesem unsäglichen Verhör im Wiesbadener Polizeipräsidium waren sie hier aufgetaucht. Seit dem saßen sie nahezu unbeweglich in ihrem Wagen, fast schien es, als seien sie eingeschlafen. Doch Henrich war sich sicher, dass sie wie die Springteufelchen aus ihrem BMW heraushüpfen würden, wenn er sich in irgendeiner Weise verdächtig verhielte.

Eigentlich hatte er geplant, den Rucksack mit den Geldbomben aus der Gartenhütte zu holen. Das verbot sich nun.

Henrich war reichlich bedient. Man beschattete ihn wie einen Verbrecher, von Freddy hatte er den ganzen Tag noch nichts gehört und wie es weitergehen sollte, war ihm schleierhaft. Natürlich machte er sich Sorgen um seine Frau, der Ärger über ihre Sturheit wuchs jedoch. Sie hatte nicht auf ihn hören wollen, nun war die Lage ernster denn je.

Er ging in die Diele und griff sich das Telefon. Er musste mit ihr reden, ob man ihn nun abhörte oder nicht. In dem Moment, als er ihre Nummer wählen wollte, klingelte das Telefon. Henrich zuckte zusammen. Für gewöhnlich war er die Ruhe selbst, doch die Anspannung hatte seinem Nervenkostüm arg zugesetzt. Am anderen Ende war Frieda Herwig, Freddys Vertraute und – wie Henrich sich entsetzt erinnerte – eine Mitwisserin. Henrich hatte ihr Bild genau vor Augen, obwohl er erst zweimal mit ihr zusammengetroffen war. Eine rundliche energiegeladene Person, nicht unsympathisch, aber etwas aufdringlich und sehr geschwätzig. Was genau Freddy an ihr fand, konnte Henrich nicht sagen.

Wie immer war Frieda am Telefon die Freundlichkeit in Person. Wie immer dauerte es seine Zeit, bis die Dame zum Punkt kam. Sei das nicht sehr schade, dass dieser wunderbare goldene Oktober nun ein so dunkles stürmisches Ende finde – ob er denn schon von der Unwetterwarnung gehört habe? Und dabei habe man sich schon fast an den dauerhaften Sonnenschein gewöhnt. Der Grund, warum sie anrufe – er wisse ja sicher, dass sie sich habe einer Hüftoperation unterziehen müssen, die ... aber das sei ein anderes Thema. Also, sie sei inzwischen wieder zuhause und würde sich riesig freuen, wenn er und Freddy sie besuchen würden. Und die Freude sei am allergrößten, wenn der Besuch noch heute stattfinde.

Henrich reagierte einigermaßen zurückhaltend bis ablehnend. Ja, das sei eine schöne Idee, doch gerade jetzt mit seiner Situation nicht vereinbar. Zumal der Umstand, dass Freddy nicht anwesend sei, das Ganze noch verkompliziere.

Aber ja, das sei ja völlig richtig, es sei ihr nur gerade entfallen und er müsse entschuldigen. Ihr Gedächtnis, dieses zerstreute Ding, habe ihr wohl einen Streich gespielt. Freilich habe sie doch heute mit Freddy telefoniert und erfahren, dass jene sich gerade auf dem Weg nach Belgien zu ihrer lieben Mutter befinde. Aber das müsse ihn ja nicht daran hindern, ihr dennoch einen Besuch abzustatten. Im Besonderen aus dem Grunde, da sie Hilfe benötige. Recht dringend sogar. Sie müsse ein großes Paket verschicken. Und da sie ja verständlicherweise noch immer nicht ganz auf den Beinen sei, könne sie das kaum selbst tun.

Henrich war irritiert. Was sollte er davon halten? Was hatte er mit dieser Frau zu schaffen? Er atmete tief durch, um seine Gedanken zu sortieren. Frieda Herwig war nicht auf den Kopf gefallen. Möglicherweise handelte es sich um einen versteckten Hinweis. Den Hinweis, dass seine Frau bei Frieda Unterschlupf gefunden hatte. Und mit dem großen Paket war Freddy gemeint. Nach kurzem Zögern antwortete Henrich, dass er eigentlich gerade verhindert sei, aber wenn sie schon so herzlich bitte, natürlich gerne vorbeikomme. Und ja, wenn nötig auch umgehend.

Die netten Herren im BMW gegenüber des jacobsschen Hauses schreckten aus ihrem Dämmer auf. Es tat sich etwas. Das Telefonat versprach eine räumliche Abwechslung.

Und richtig: Keine fünf Minuten später fuhr Henrich Jacobs seinen Wagen aus dem Carport und steuerte auf die Hauptstraße zu. Der dunkle BMW folgte ihm in gebührendem Abstand.

Freddy hatte das Telefonat abgewartet, den nach oben gereckten Daumen Frieda Herwigs mit einem anerkennenden Nicken quittiert und war schon aus der Tür, bevor Frieda noch den Hörer auflegen konnte. Das war wiedermal ein verrückter Tag. Begonnen hatte er mit ihrer geplanten Reise nach Belgien, die man wohl als Flucht ausgelegt haben mochte, dann der kurz entschlossene Abbruch und die Rückfahrt von Köln nach Frankfurt, anschließend das konspirative Treffen mit Frieda in Wiesbaden und nun war sie auf dem Weg ins abenteuerliche Ungewisse.

Freddy war froh, endlich die längst überfällige Entscheidung getroffen zu haben. Sie würde den Rucksack samt Beute aus der Gartenhütte ihres Hauses holen und noch am gleichen Abend persönlich bei Kommissar Simon abgeben. Sie musste die saure Suppe alleine auslöffeln, schließlich hatte sie sich den Schlamassel auch selbst eingebrockt. Wenn sie sich stellen würde, käme sie vielleicht mit einer geringeren Strafe davon. Wobei sie fand, dass sie im Grunde keine Straftat begangen hatte. Wenn man von der Mitnahme der Beute und dem Einstieg auf ein fremdes Grundstück absah. Die Polizei würde das vermutlich nicht ganz so sehen. Vor allem dann nicht, wenn sie Freddy dabei beobachtete, wie sie die Beute aus ihrer Gartenhütte holte.

Frieda, die gute Seele, hatte Freddy ihr Auto zur Verfügung gestellt. Die gewiefte Dame war außerdem auf die Idee gekommen, Henrich telefonisch zu sich nach Wiesbaden zu bestellen. Wahrscheinlich würden die Polizisten, die vermutlich das Haus observierten, damit vom Ort des Geschehens weggelockt. Bestimmt würden sie Henrichs Wagen verfolgen – in der Annahme, er fahre direkt zu seiner Frau. Freddy konnte so ihr Vorhaben, den Rucksack mit der Beute zu holen, ungestört durchführen.

Freddy sah auf die Uhr. Es war kurz vor halb acht. Die Dämmerung war längst der Dunkelheit gewichen, die tiefhängende Wolkendecke hatte den ganzen Tag schon für eine düstere Stimmung gesorgt. Auf der Nauroder Brücke zerrte ein heftiger Wind an ihrem Wagen. Es konnte nicht mehr lange dauern, bis der angekündigte starke Regen einsetzte. Für manche Gebiete hatte es sogar eine Unwetterwarnung gegeben. Freddy hoffte, dass sie ihren Plan noch im Trockenen würde durchführen können.

Seinen BMW hatte er in der gleichen Straße geparkt wie am späten Vormittag. Nun ging Walther Hamann, den Kragen seiner Regenjacke gegen den kalten Wind hochgeschlagen, langsam die halbdunkle Straße hinunter, die zum Haus der Jacobs führte. Keine Menschenseele ließ sich blicken, was angesichts des stürmischen Wetters keine Überraschung war.

Hamann blieb oberhalb des gepflasterten Wegs stehen, dessen Stufen seitlich am Grundstück hinunterführten. Von hier konnte man mit zwei Schritten am Gartenzaun sein und mit einem beherzten Schwung darüber hinweg. Der Zaun war so niedrig, dass Hamann sich das zutraute. Die enge Reihe der dahinterliegenden Büsche würde ihn einfach verschlucken. Von den beiden Laternen, die den Weg beleuchten sollten, war die oberste defekt, was sein Vorhaben begünstigte.

Bevor er zur Tat schritt, ging er einige Stufen des Weges hinunter, um die Lage zu prüfen. Der Moment schien günstig. Das Haus war unbeleuchtet und still und der Carport stand leer.

Hamann stieg die Stufen wieder hinauf, blickte sich noch einmal zu den benachbarten Häusern um. Nur aus einem in der zweiten Reihe drang aus mehreren Fenstern Licht nach draußen. Bei den anderen waren, vermutlich wegen des Sturms, bereits die Rollläden heruntergelassen.

Der Sprung über den Zaun stellte sich als nicht ganz so einfach heraus. Hamann blieb mit dem Saum seiner Jacke an einem Zaunpfosten hängen und konnte sich nur mit dem Griff beider Hände in die Kirschlorbeerhecke vor einem Sturz retten. Leise fluchend zog er sich hoch, sondierte kurz die Lage. Mit wenigen Schritten war er an der kleinen Hütte, die am Ende des Gartens stand. Rasch verbarg er sich hinter deren Rückseite, die im Schutz eines großen Rhododendronbusches lag. Hamann atmete tief durch. Solcherlei Dinge war er nicht mehr gewohnt. Normalerweise hatte er dafür entsprechendes Personal. Doch unter den gegebenen Umständen konnte er keinen weiteren Mitwisser brauchen. Er lugte hinter der Gartenhütte hervor und beobachtete das Haus. Nichts rührte sich. Doch gerade als er einen Schritt nach vorne tat, hörte er vom Weg her ein Rascheln. Rasch trat er wieder hinter die Hütte zurück.

Freddy schlüpfte durch die Kirschlorbeerhecke hindurch und eilte zielstrebig über die Wiese. Sie hatte keine Zeit zu verlieren. Schnell hatte sie die dicht von Moos durchwachsene Rasenfläche überquert. Die Tür der Hütte war mit einem einfachen Riegel verschlossen. Ein Schloss war überflüssig, hier gab es für gewöhnlich nichts von Wert. Ein Sack Pflanzenerde, Freddys altes Fahrrad, zwei Stapel irdener Blumentöpfe und die üblichen Gartengerätschaften dösten teilnahmslos im Dunkel der Hütte. Unter den Holzdielen des Fußbodens jedoch schlummerte seit einigen Tagen der Rucksack, der nach seiner bewegten Odyssee durch Wiesbaden hier einen neuen Unterschlupf gefunden hatte.

Freddy öffnete die Tür der Hütte und ließ den Strahl ihrer Taschenlampe über die Wände gleiten. Das gebündelte Licht im finsteren Raum wirkte unheimlich. Der Wind, der laut durch die Ritzen pfiff, ließ Freddy erschaudern. Schnell legte sie die Taschenlampe auf ein Regalbrett, schloss die Tür und kniete sich auf den Fußboden. Sie schob einen Sack Erde zur Seite, griff sich eine kleine Hacke und lockerte mit deren Spitze eine der Holzdielen. Als der Spalt groß genug war, bog sie die Diele mit der Hand weiter nach oben, bis sie sich knarrend löste. Freddy langte darunter und zog den Rucksack heraus. Sie öffnete ihn und holte eine der Geldbomben heraus. Im Schein der Lampe schimmerte der Metallbehälter in einem schmutzigen Grau. In der Hütte herrschte Grabesstille, der Wind schien sich gelegt zu haben. Plötzlich erstarrte Freddy. Sie glaubte, jemanden atmen gehört zu haben. Wie in Zeitlupe drehte sie ihren Kopf zur Rückseite der Hütte und beäugte die rissigen Holzpanelen, die mit einer Reihe von Löchern übersät waren. Dann legte sie die Hände zum Lauschangriff hinter die Ohren und hielt den Atem an. Aber sie hatte sich wohl getäuscht – mal wieder nur ein Streich ihrer einfallsreichen Fantasie. Freddy wandte sich wieder dem Rucksack und den Geldbomben zu.

Hamann konnte sein Glück kaum fassen. Ein Auge dicht an ein Loch der schäbigen Hüttenwand gepresst, hatte er soeben Unglaubliches beobachtet. Diese merkwürdige Person hatte doch gerade einen Rucksack aus einem Versteck gezogen und eine Geldbombe zutage gefördert. Das musste ein Teil der Beute – seiner Beute – sein. Fast hätte sich Hamann durch sein überraschtes Schnaufen verraten. Er lugte noch einmal durch das Loch und sah, wie die Frau sich erneut an der Bodendiele zu schaffen machte, schließlich den Rucksack nahm und aufstand.

Hamann fand, dass es nun an der Zeit war. Er langte in seine Jackentasche und vergewisserte sich, dass die Walther PPK noch an ihrem Platz war. Die handliche Pistole war seine Lieblingswaffe und ihm besonders sympathisch, da sie seinen

Vornamen trug. Vorsichtig trat Hamann einen Schritt aus der Deckung heraus auf die Wiese, drückte sich an die seitliche Wand der Hütte, die rechte Hand in der Jackentasche. Eben wurde die Tür geöffnet. Eine geduckte Gestalt schlich heraus, blieb stehen, den Blick zum Haus gerichtet, den Rücken Hamann zugekehrt.

39

Die Luft im Besprechungsraum des Polizeipräsidiums war zum Schneiden dick. Bernd Simon musste sich eingestehen, dass die Ermittlungen bisher eher suboptimal gelaufen waren. Irgendjemand anderem außer sich selbst die Schuld dafür zu geben, war indes nicht seine Art. Auch für den fehlgeschlagenen Zugriff auf Frederieke Jacobs musste er geradestehen. Er hätte die Fahndung nicht der Regie seines unerfahrenen Kollegen Billing überlassen dürfen. Nun machte man ihm die Hölle heiß. Der Fahndungsdruck müsse verstärkt werden, die Verhöre ausgeweitet und endlich Beweise auf den Tisch. Denn die teils hanebüchenen Falltheorien stünden nach wie vor auf sehr dünnem Eis.

Der leitende Kriminaldirektor war zugegen und er war äußerst ungehalten. Fast jeder des mittlerweile zwölf Personen starken Ermittlungsteams bekam sein Fett weg. Simon als Hauptverantwortlicher, der übereifrige Billing – nicht ganz zu Unrecht, wie Simon fand –, die Assistentin wegen ungenügender Recherche, der Mitarbeiter, dem es noch immer nicht gelungen war, die verdächtige Blondine auf dem Überwachungsvideo des Krankenhauses zu identifizieren, und selbst der Staatsanwalt, der sich nicht nachdrücklich genug in die Ermittlungen eingeschaltet habe.

Simon war erleichtert, als die Besprechung zu Ende war. Es waren deutliche Worte gefallen, aber mit Kritik konnte er umgehen, zumal wenn sie berechtigt war. Ein für ihn brauchbares Ergebnis hatte die Aussprache zumindest gebracht: Die Observierung Hamanns war abgesegnet. Allerdings war das Team ausgelastet und für zusätzliche Kräfte keine Genehmigung erteilt worden, was bedeutete, dass die Observierung warten musste. Simon beschloss, das selbst zu übernehmen. Billing hatte signalisiert, dass er später dazustoßen könne. Darauf konnte Kommissar Simon liebend gerne verzichten. Vielleicht würden die notwendigen Berichte, die Billing noch schreiben musste, ihn lange genug fernhalten.

Bernd Simon stand mit seinem Wagen im eingeschränkten Halteverbot, mit Blick auf das Appartementhaus, in dem sich Hamanns offizielles Domizil befand. Sollte Hamann sein Appartement verlassen, zu Fuß oder mit dem Wagen, er würde nicht unbemerkt an Simon vorbeikommen. Vorausgesetzt er war überhaupt zuhause. Simon sah auf die Uhr, es war kurz vor neun Uhr. Gelangweilt kaute er an einem Müsliriegel und versuchte, sich zu erinnern, wann er das letzte Mal jemanden observiert hatte.

Eben hatte Billing angerufen und mitgeteilt, dass er leider so schnell nicht werde kommen können, die Schreibarbeit hielte ihn doch länger auf als gedacht. Simon hatte geantwortet, dass er sich ruhig so viel Zeit nehmen solle wie sonst, vor Ort sei alles ruhig, sehr ruhig, und eine Änderung der Lage nicht abzusehen. Wahrscheinlich würde Billing, wenn überhaupt, sehr spät auftauchen. Simon war es recht. Er blickte die enge Straße hinunter, wo eine wildgewordene Plastiktüte einen Schwarm Laub vor sich her trieb. Der Wind hatte sich zu einem heftigen Sturm entwickelt.

Bis jetzt war alles glatt gelaufen, dennoch hatte Freddys Nervosität kräftig zugelegt. Was nicht zuletzt an der irrwitzigen Situation lag, in die sie sich manövriert hatte. Sie schlich hier wie ein Einbrecher in ihrem eigenen Garten herum, beobachtete ihr eigenes in Dunkelheit gehülltes Zuhause und auf dem Rücken trug sie einen Rucksack mit ihrem eigenen Diebesgut. Der lästige Wind pfiff die Hintergrundmusik dazu. Freddy bekam eine Gänsehaut. Sie fühlte sich beobachtet. In dem

Augenblick, als sie sich umdrehen wollte, presste sich blitzschnell eine Hand auf ihren Mund, ein harter Gegenstand bohrte sich unsanft in ihren Rücken.

»Sie sind verhaftet. Rühren Sie sich nicht und leisten Sie keinen Widerstand!«

Die raue Stimme war barsch, duldete keinerlei Widerspruch. Freddy war zu Eis erstarrt. Auch bei bestem Willen hätte sie sich nicht rühren können.

»Ich ziehe jetzt meine Hand zurück, Sie werden nicht schreien, verstanden?«

Freddy nickte gehorsam. Sie bog ihr Kreuz durch, um dem schmerzhaften Druck der Pistole zu mildern.

»Nicht bewegen, habe ich gesagt. Los, da hinüber zur Hecke.«

Der Kerl bog ihren Arm nach oben und drängte sie über die Wiese zum Zaun.

»Wir steigen jetzt hinüber, Sie werden sich weder umdrehen noch einen Laut von sich geben, klar?«

Freddy stolperte vorwärts. Ihre Beine zitterten. Als sie die Hecke hinter sich hatte, musste sie sich an einem Zaunpfosten festhalten. Der Kerl hatte sich ebenfalls durch die Hecke gezwängt und spähte den Weg hoch und runter. Dann schwang er ein Bein über den Zaun und zerrte auch Freddy hinüber.

Nach der ersten Schreckstarre begann Freddys Verstand, wieder zu arbeiten. Was sollte das alles? Wieso sollte ein Polizist schauen, ob die Luft rein war? Eine ordnungsgemäße Verhaftung stellte sie sich anders vor.

»Lassen Sie mich los! Wer sind Sie überhaupt?«, protestierte sie und versuchte, ihren Arm freizubekommen.

Der Kerl drehte sich um, zeigte sich, zog Freddy nah an sein Gesicht heran, das im schummrigen Halbdunkel der Wegbeleuchtung teuflisch grinste.

»Das wirst du noch früh genug erfahren, mein Täubchen. Und jetzt los.«

Freddy wollte weder irgendjemandes Täubchen sein noch diesem schrägen Vogel folgen. Doch sie bekam ihren Arm nicht frei, zudem war der Pistolenlauf, der in ihre Seite drückte, ein unschlagbares Argument. Trotzdem gab sie keine Ruhe.

»Sie sind doch nicht von der Polizei, was wollen Sie von mir?«, empörte sie sich.

Der Kerl zog ihren Arm noch höher.

»Genug jetzt!«, zischte er böse. »Wenn du keine Ruhe gibst und nicht folgst, wird das Happy End an diesem Abend ohne dich stattfinden.«

Er stieß Freddy vor sich her die Treppe hoch. Bei jeder Stufe bohrte er den Lauf seiner Waffe in ihren Rücken, was Freddy mit einem Aufstöhnen quittierte. Mittlerweile blies der Sturm noch stärker und zerzauste Freddy Haare. Sie bemerkte es nicht. Krampfhaft suchte sie nach einem Ausweg.

Schließlich hatte das sonderbare Pärchen das obere Ende der Treppe erreicht. Hamann hieß Freddy, stehen zu bleiben, und sah sich nach allen Seiten um. Die Straße lag verlassen da. Nur eine Menge Blätter und kleine, vom Sturm abgerissene Zweige, kreiselten zwischen den geparkten Autos umher. Hamann drückte Freddy nach vorne, hielt dann aber inne. Für einen Moment ließ er ihren Arm los und betastete den Inhalt des Rucksacks. Offensichtlich schien er zufrieden zu sein, denn nun ging es weiter die Straße hinunter. Freddy bekam eine Ahnung von den Motiven des Kerls. Es ging nicht um sie, es ging um das Diebesgut. Der Kerl war ein Schwerverbrecher. Gemein und skrupellos. Und wenn sie sich das Bild in Erinnerung rief, das sie bisher erfolgreich verdrängt hatte, nämlich den Anblick der bleichen Knochenhand im Kanal, konnte sie sich vorstellen, was sie erwartete. Eben noch hatte sie überlegt, einen Fluchtversuch zu wagen, doch ihr Mut war verflogen. Vielleicht ergab sich eine Gelegenheit, wenn sie am Ziel waren – wahrscheinlich war das der Wagen des Kerls.

Der Sturm hatte noch einmal zugelegt. Entführer und Entführte wurden kräftig durchgeblasen. Hätte sich jemand bei diesem Wetter im Freien aufgehalten und das seltsame Gespann beobachtet, wäre er durchaus ins Grübeln gekommen. Ob des merkwürdig bockigen Gangs der Dame und nicht weniger ob des älteren Herrn, der den Kopf tief in seiner Jacke vergraben hatte und offenbar von der zuckenden Person vor ihm gezogen wurde. Eben hielt das Gespann vor einem großen dunklen Wagen an. Dessen Blinker leuchteten zweimal auf, das Licht im Wageninneren ging an, die hintere Tür auf der Fahrerseite wurde aufgerissen. Im nächsten Moment kam es zu einem Tumult. Es wurde gerungen, ein erstickter Schrei, die Frau riss sich los, machte zwei Schritte in die andere Richtung, knickte mit dem Fuß an der Kante des Bürgersteigs um und schlug der Länge nach hin. Ihr Begleiter kam hinzu, beugte sich hinunter und hob die Frau ein Stück hoch. Er zog sie zur hinteren Tür und schob sie sichtlich angestrengt auf die Rückbank des Wagens. Keine Minute später fuhr der BMW aus der Parkbucht heraus, beschleunigte und war verschwunden.

Kommissar Simon hatte genug. Er fragte sich, was genau er eigentlich erwartet hatte. Das Hamann, Kalteser-Dingsbums und die Jacobs hier zusammentrafen und die Beute des damaligen Raubzugs unter sich aufteilen würden? Und das vor seinen Augen? Mittlerweile wusste er, warum der Fall nicht vorankam: Er ging ihm gehörig auf die Nerven. Nein – er hasste ihn. Seit dem Moment, in dem ihm klar geworden war, dass die Mordfälle mit dem ungelösten Raubüberfall zu tun haben mussten, der ihm schon genug schlaflose Nächte bereitet hatte. Ein ekliger Grimm war in ihm hochgekrochen, der jedwede vernünftige Herangehensweise im Keim erstickte. Objektivität war angesagt, doch Hamann, dieser feiste Unsympath mit seiner glatten, arroganten Art, machte eine unvoreingenommene Betrachtung unmöglich.

Simon sah zum wiederholten Male auf die Uhr. Mit seinem dynamischen Kollegen Billing war kaum zu rechnen, eine Ablöse also nicht in Sicht. Auch die Wetterlage hatte sich weiter verschlechtert. Der böige Wind blies immer stärker. Man konnte den lauernden Wolkenbruch fast körperlich spüren. Wenn er Glück hatte, konnte er dem Regen entgehen und noch trockenen Fußes zuhause ankommen.

Simon drehte den Zündschlüssel um und startete den Wagen. In diesem Moment zerschnitten Lichtbündel von grellweißen Xenon-Scheinwerfern das Halbdunkel vor dem Appartementhaus. Ein helles Cabriolet mit geschlossenem Hardtop bog in die Straße ein, bremste ab und fuhr in die Einfahrt der Tiefgarage. Kommissar Simon pfiff lautlos durch die Zähne. Frau Dr. Dingsbums war eingetroffen. Er hatte sie nur für den Bruchteil einer Sekunde gesehen, aber es gab keinen Zweifel. Simon machte den Motor aus. Es tat sich etwas.

Diese dämliche Kuh. Musste sie auch über ihre eigenen Füße stolpern. Das hatte ihm zwar erspart, sie wieder einzufangen, aber nun lag sie auf der Rückbank und rührte sich nicht –offensichtlich bewusstlos. Hamann war genervt. Hoffentlich bekam er sie wieder wach, wenn sie in Wiesbaden waren. Vorsichtshalber hatte er sie mit Handschellen an der Metallbefestigung des Beifahrersitzes gekettet.

Mit Ruth hatte er eben kurz telefoniert, sie erwartete ihn bereits in seinem Appartement. Zum Glück seien die gestörten Dackel nicht da, hatte sie gemeint. Hamann hatte seine Lieblinge seiner Haushälterin übergeben, gegen ein horrendes Honorar, wie er fand. Auf die rotzfreche Bemerkung Ruths hatte Hamann nicht reagiert, ihr dagegen aufgetragen, ihn in der Tiefgarage zu erwarten. Er habe eine Überraschung. Eine, die die Sachlage komplett verändere. Und zwar aufs Positive.

Ruth würde in dieser Nacht tatsächlich eine Überraschung erwarten. Wenn sie erst einmal im Kanal waren und die Jacobs sie zum Beuteversteck geführt hatte, würde Lämmchens letztes Stündlein geschlagen haben. Man konnte sich kaum einen idealeren Ort vorstellen. Im Geiste hörte Hamann schon den Widerhall ihres wimmernden Blökens im Gewölbe des Kanals. Er grinste böse und gab Gas.

40

Freddy dachte an das Schoko-Soufflé, das Henrich vor Wochen, als die Welt noch in Ordnung gewesen war, für sie zubereitet hatte. Sie hatte wieder mal nicht abwarten können und die Backofentür noch vor Ende der Backzeit geöffnet. Mit einem Löffel bewaffnet, hatte sie sich dem Soufflé genähert, das vor Schreck prompt in sich zusammengefallen war. So in etwa musste es sich wohl anfühlen, dachte Freddy, so wie sie sich selbst gerade fühlte, nachdem sie ihre Kraft und jeden Halt verloren hatte, unfähig sich wieder aufzurichten, zu kämpfen. Aber nein, sie war kein Soufflé. Sie hatte diese verrückte Woche überlebt und würde nicht kampflos aufgeben.

Sie öffnete die Augen und versuchte, sich zu orientieren. Sie lag quer auf der ledernen Rückbank des Autos, die Beine angewinkelt, Kopf und Schulter halb zwischen Rückbank und Beifahrersitz, an dem sie mit Handschellen gefesselt war. Als sie sich bewegte, wurde ihr bewusst, dass ihr ganzer Körper schmerzte. Sie stöhnte leise auf. Mühsam hob sie den Kopf und blickte auf die Fahrerseite. Da hockte der Kidnapper, der Gangster, Räuber und sicher auch Mörder. Er starrte durch die Windschutzscheibe und nahm keine Notiz von ihr. Freddy versuchte, sich aufzurichten. Ihr Schädel brummte und ein Fußknöchel tat höllisch weh. Ein leiser Schmerzenslaut entrang sich ihrer Kehle. Der Kerl drehte sich überrascht zu ihr um. Als er sah, dass sie wach war, bedachte er sie mit einem gehässigen Blick. Freddy hatte eine gemeine Bemerkung erwartet, doch die blieb aus. Der Fahrer konzentrierte sich wieder auf die Straße.

»Was ... wollen Sie eigentlich von mir?«, krächzte Freddy.

Ihre Stimme war schwach und verriet Unsicherheit und Angst.

»Das wirst du noch früh genug sehen.«

Freddy zerrte an den Handschellen, versuchte, die Beine hinter den Fahrersitz zu klemmen, um in eine aufrechte Sitzposition zu kommen. Doch sie bekam den Oberkörper nicht hoch genug. Vielleicht konnte sie ihrem Peiniger einen Tritt verpassen. Sie legte die Beine wieder auf die Sitzfläche, winkelte sie an und stieß, so fest es ging, mit den Knien in die Rückseite des Fahrersitzes. Mit dem Ergebnis, dass ihr nun auch die Knie schmerzten. Der Sitz hatte kaum nachgegeben, der Kerl nur kurz gezuckt.

»Na, du bist ja eine richtige kleine Wildkatze, was?«, grunzte er.

»Und Sie … Sie ... Hat Ihnen schon mal jemand gesagt, wie hässlich und abstoßend Sie sind? Mit ihren dummen, kleinen Schweinsäuglein.«

»Du gefällst mir! Weiter so – gib's mir!«

»Wenn Sie mir etwas tun, werden Sie es bereuen.«

»Du willst mir drohen? Haha! Ich glaube, wir werden noch viel Spaß miteinander haben.«

»Wer sind Sie überhaupt?«

»Gib Ruhe jetzt, wir sind bald da.«

»Wenn Sie mir keine Antwort geben, schreie ich.«

»Halt bloß die Klappe!«

Aber Freddy schrie tatsächlich los, hysterisch schrill und so laut sie konnte. Ihr Kidnapper brüllte zurück und schaltete schließlich entnervt das Radio ein. Er zappte durch einige Kanäle und blieb bei einer Opernarie hängen, der er eine satte Lautstärke spendierte. Freddy holte tief Luft. Dieser hinterhältige Schuft. Aber so leicht gab sie nicht auf.

Womöglich würde es doch noch ein erfolgreicher Abend werden. Soeben war Walther Hamanns Protzwagen vorgefahren, hatte kurz vor der Einfahrt zur Tiefgarage gehalten und war dann die Rampe hinuntergerollt. Offenbar ein Opernfan, dachte sich Simon. Die Lautstärke der aus dem Wagen brüllenden Sopranistin ließ das vermuten. Simon überlegte, wie lange Hamann wohl brauchen würde, um in sein Appartement zu gelangen. Vielleicht wäre es nicht schlecht, ihm und seiner Gespielin, die ihn sicher schon erwartete, einen überraschenden Besuch abzustatten. Auf die Reaktion war er gespannt.

Simon wartete zehn Minuten, stieg aus seinem Wagen und ging in Richtung Eingang des Appartementhauses. Dabei musste er sich nach vorne beugen, um gegen den unglaublichen Wind anzukommen. Er besah sich die Leiste der Klingelschilder. Alles war in feinstem Messing gehalten. Sich durch die Sprechanlage anzumelden war natürlich Quatsch. Daher suchte er sich einen Namen in der untersten Reihe aus und klingelte drei Reihen weiter oben.

»Meyer zu Kordorf«, meldete sich nach dem zweiten Klingeln eine ältliche Frauenstimme.

»Hier Eberhard Hohenstatt«, antwortete Kommissar Simon. »Sie wissen doch, der aus dem Parterre. Ich hab wieder mal meinen Schlüssel vergessen. Wären Sie so freundlich, mich reinzu…?«

»Herr Hohenstatt? Ich dachte Sie seien in Urlaub.«

»Aber ich bin doch schon längst wieder da, und …«

»Wie? Sie sind doch erst gestern abgereist.«

Aus den Augenwinkeln sah Simon, wie Hamanns Wagen aus der Einfahrt der Tiefgarage herauskam.

Mit einem »Ja stimmt, dann fahre ich eben wieder …« überließ er die verdatterte Frau Meyer zu Kordorf ihren Mutmaßungen über den geistigen Zustand des Herrn Hohenstatt und sprintete zu seinem Wagen. Einen kurzen Blick erhaschte er noch, dann war Hamanns BMW bereits um die Ecke. Hastig sprang Simon in seinen Wagen und nahm die Verfolgung auf. Wenn das, was er gerade gesehen hatte, den Tatsachen entsprach, konnte er ab sofort seinem Instinkt keinen Glauben mehr schenken. Auf dem Rücksitz war neben der Silhouette der Frau Doktor der zerzauste Haarschopf Frederieke Jacobs aufgetaucht. Unglaublich – die machten gemeinsame Sache. Und die Jacobs war offenbar ein ganz ausgekochtes Luder. Kommissar Billing würde wohl recht behalten.

Ruth Kalteser-Kries' Gemütslage war zwiespältig. Einerseits ging es nun tatsächlich daran, den Schatz zu heben – und diese Person, die neben ihr auf der Rückbank saß, würde laut Hamann den Scout spielen –, auf der anderen Seite hatte man nun eine Mitwisserin mehr, was die Lage verschärfte. Ruth hielt die sichtlich nervöse Frau mit Hamanns Pistole in Schach. Das Vögelchen hatte sich doch zuerst tatsächlich geweigert, auch nur die geringste Hilfe bei irgendeiner Schweinerei zu leisten. Ruth hatte das Gezicke mit einem Schlag mit der flachen Hand in das trotzige Gesicht der Frau beendet. Ihr sei ihre Lage wohl nicht klar. Wenn sie nicht mitspiele, wisse man Mittel anzuwenden, die in Fällen von Ungehorsam äußerst wirkungsvoll seien.

Ganz sicher war sich Freddy bis dahin nicht, was das Ganovenpärchen mit ihr vorhatte. Von dem Gespräch der beiden in der Tiefgarage hatte sie nur Wortfetzen mitbekommen. Das feiste Ekel war aus dem Wagen ausgestiegen und hatte die komplett in schwarzes Leder gekleidete Frau, die ihn offensichtlich erwartet hatte, am Arm gepackt und hinter eine Säule gezogen. Dort war es zu einem lautstarken Wortwechsel gekommen. Freddy hatte nur die Worte »Beute« und »Kanal« verstanden. Vielleicht wollte die beiden sie zwingen, das Beuteversteck preiszugeben. Der Albtraum schien kein Ende zu nehmen. Oder womöglich doch. Und zwar auf die schmerzhafte, tödliche Art. So betrachtet, hatte sie nur eine Chance lebend aus der Sache herauszukommen: Sie durfte den Ort des Versteckes nicht verraten. Das war ihre einzige Lebensversicherung. Denn sobald der Schatz gehoben sein würde, wäre sie wertlos, nur eine unliebsame Zeugin. Ob sie jedoch standhaft bleiben konnte, war eine andere Sache. Diese schwarze Hexe war nochmal ein anderes Kaliber als der Kerl. Sie schien mindestens genauso brutal und skrupellos zu sein. Dazu hatte sie wohl eine ausgeprägte sadistische Ader. Freddy mochte sich nicht ausmalen, an welche Mittel die Hexe gedacht hatte. Nun hockte sie neben ihr, bedachte Freddy mit spöttischem Grinsen, schien sich an ihrer Angst zu weiden.

Die Fahrt dauerte nicht lange. Der Wagen hielt nach etwa fünf Minuten in einer Parkbucht rechts der Straße. Freddy sah, dass sie sich in der vorderen Sonnenberger Straße befanden. Der Kerl stieg aus und öffnete den Kofferraum. Er hob einen Leinensack heraus, den ihm seine Partnerin in der Tiefgarage übergeben hatte. Fast hätte der Wind ihn seinen Händen entrissen. Fluchend stellte er den Sack zurück und entnahm ihm ein Paar Gummistiefel, die er sich umständlich anzog. Dann schulterte er den Sack, dessen Inhalt metallisch schepperte, und bedeutete der Hexe und Freddy auszusteigen. Freddy weigerte sich. Ihr war nun klar, was die beiden von ihr wollten. Sie befanden sich seitlich des Kurparks. Hier irgendwo musste der hintere Zugang zum Salzbachkanal sein. Das konnte nur bedeuten, dass die Ganoven sie zwingen würden, sie zum Beuteversteck zu führen.

»Sie glauben doch nicht, dass ich in den Kanal steige!«, protestierte sie. »Sobald ich aus dem Wagen bin, fange ich an zu schreien.«

Die Hexe funkelte sie böse an. »Bei diesem Sturm hört dich niemand, du kleines Miststück.«

Freddy fing an zu zittern. Doch es war der Zorn, der in ihr hochstieg. Mit einem scharfen Ruck schnellten ihre Hände hoch zum Kopf ihrer Gegnerin. Doch sie hatte das Gewicht der Handschellen unterschätzt und bekam nicht genug Schwung in ihren Angriff. Die Frau zuckte im letzten Moment zurück und wurde nur leicht am Kinn getroffen. Erbost holte sie aus und schlug Freddy erneut ins Gesicht. Dann legte sie beide Hände um Freddys Hals und drückte zu.

41

Hamanns Wagen war spurlos verschwunden. Bernd Simon stand an der Kreuzung Wilhelm-, Taunus- und Sonnenberger Straße. Nirgends war das auffällige Rücklicht des BMW auszumachen. Man hätte es von hier aus sehen müssen, denn der Sturm und das drohende Unwetter hatten die Straßen leergefegt. Und Hamanns Vorsprung hatte nur Sekunden betragen. Wenn er die Wilhelmstraße hinunter gefahren wäre, müsste man ihn eigentlich noch an einer Ampel wartend entdecken können. Die Sonnenberger Straße zog sich ein Stück kerzengerade am Kurhaus vorbei und war bis zur ersten Biegung gut einsehbar – auch hier nichts. Blieb noch die Taunusstraße, von der einige Seitenstraßen abgingen. Simon entschied sich, diese Richtung zu nehmen. Er gab Gas und bog in die Taunusstraße ab. Dann wählte er Billings Nummer.

»Sofortige Einleitung einer Fahndung im Bereich Wiesbaden Mitte und Ausfallstraßen«, bellte er in das Mikrofon seines Headsets. »Zielpersonen Hamann, Kalteser und Jacobs, unterwegs in Hamanns 7er BMW.«

Kommissar Billing war begeistert. Der Jacobs ging es endlich an den Kragen.

Freddy holte Luft, würgte heftig und erbrach sich fast in einem peinigenden Hustenanfall. Tränen standen ihr in den Augen. Sie hatte sich dem Tod so nahe gefühlt wie noch nie in ihrem Leben. Diese abartige Kreatur hätte sie fast erwürgt. Genüsslich, mit lüsternen Augen Freddys Todesangst aufsaugend, hatte die Hexe zugedrückt, bis ihr Partner sie von Freddy losgerissen hatte. Man brauche sie noch, hatte er zornentbrannt geschrien. Sie solle sich gefälligst beherrschen. Schließlich zerrte man die in ihrem Schock halb besinnungslose Freddy aus dem Auto und stieß sie vorwärts, immer am Zaun entlang, der den Kurpark von der Sonnenberger Straße abgrenzte. Vor dem Abzweig in die Josef-von-Lauff-Straße hielt Hamann kurz an. Er vergewisserte sich, dass niemand sie beobachtete, zog Freddy weiter voran und bog auf den Weg in den Kurpark ein. Der Park war stockdunkel. Ob die Laternen grundsätzlich nachts nicht brannten oder die Stromzufuhr wegen des Sturms unterbrochen war, konnte Hamann nicht sagen. Er kramte eine Taschenlampe aus dem Leinensack hervor und beleuchtete den Weg. Dieser war voller abgebrochener Zweige und dickerer Äste. Unmengen von Laub wirbelten umher, die Baumkronen peitschten im Wind – man musste sich gehörig vorsehen. Kurzerhand wechselte Hamann auf die Rasenfläche. Er hatte einen Strick um Freddys gefesselte Hände geschlungen und zog sie wie einen bockigen Esel hinter sich her. Freddy konnte kaum gerade laufen. Ihr geprellter Knöchel pochte wild und sandte stechende Schmerzen in den ganzen Fuß. Die Hexe war dicht hinter hier und sie kannte kein Erbarmen: Sobald ihr Opfer langsamer wurde, teilte sie mit der Faust derbe Hiebe aus, die Freddy schmerzhaft in den Rücken oder auf die Oberschenkel trafen.

Hamann blieb stehen. Er leuchtete nach rechts an den Bäumen entlang, die den Lauf des Rambachs säumten. Etwa fünf Meter weiter vorne, etwas zurückgesetzt vom Weg, erblickte er das Ziel. Im Schein der Taschenlampe tauchten die Stäbe eines grün gestrichenen Stahltors auf. Hier mündete der Rambach in den gemauerten Kanal und hier befand sich auch der Versorgungszugang (50.085121, 8.252130). Hamann machte ein Handzeichen und ging voran. Freddy wurde weiter gedrängt, bis die Gruppe vor dem vergitterten Tor anlangte. Dahinter schloss sich ein Pfad über eine kleine Betonbrücke an, die sich über den Rambach streckte. Hamann rüttelte an dem Tor. Es war, wie es sein sollte, es war wie bestellt: Das Tor schwang auf und gab den Zutritt frei. Hamann kannte genug Leute, die einem für relativ kleines Geld einen großen Gefallen taten. Und das, ohne Fragen zu stellen, da sie selbst genug zu verbergen hatten.

Hamann ging über die Brücke und auf der anderen Seite weiter zu einer Leiter, die direkt in das Bachbett hinabführte. Seitlich der Leiter war eine Konstruktion zu sehen, mittels der das massive Stahlgitter, das den Zugang zum Kanal versperrte, bei erhöhtem Wasserzufluss automatisch nach oben gezogen wurde. Auch hier hatte sein Lakai von den Versorgungsbetrieben Wort gehalten. Der Rechen war so weit geöffnet, dass man gebückt darunter hindurch kam. Der Wasserstand des Bachlaufs war durch die lange regenlose Zeit außergewöhnlich niedrig. Mit etwas Glück würde man in seinen Gummistiefeln trockenen Fußes bleiben. Hamann sah an Freddy herunter. Bei ihr traf das nicht zu. Ihre Turnschuhe würden schon bald nur noch kalte nasse Klumpen sein. Genauso wie sie selbst.

Freddy stand bibbernd an eine Haltestange gelehnt und starrte dem langsam fließenden Bach nach, der im Dunkel der Kanalöffnung verschwand. Sie stand unter Schock, war von der Einsicht wie gelähmt, dass nun hier, wo es vor Wochenfrist begonnen hatte, das Abenteuer auch sein bitteres Ende finden würde. Kaum nahm sie die Schmerzen ihres Körpers wahr, kaum drang das Heulen des Sturms zu ihr durch. Sie empfand nur Kälte. Eine Kälte, die von innen zu kommen schien. Jetzt aber, wo sie die Leiter hinabstieg, der Strahl der Taschenlampe den nassen Tunnelgang hinter dem Stahltor aufblitzen ließ, erleuchtete sie ein klarer Gedanke, bei dem sie noch mehr erschauerte: Es würde bald anfangen zu regnen. An der letzten Sprosse der Leiter verharrte sie und blickte in den dunklen Himmel. Nein, es würde nicht nur regnen, es stand ein gewaltiger Wolkenbruch bevor. Wussten ihre Entführer denn nicht, dass der Kanal volllaufen würde, und zwar innerhalb kürzester Zeit? Freddy hatte die bildhaften Erläuterungen bei der Kanalführung noch im Ohr.

Hamann riss Freddy aus ihren Überlegungen. »Es ist an der Zeit. Hinab nun in den Bach und in den verfluchten Kanal. Und zwar flott!«

Ruth bekräftigte Hamanns Befehl mit einem Stoß, der Freddy von der Leiter in das Bachbett beförderte. Freddy torkelte vorwärts und stieß unsanft gegen das Gitter. Hamann zwang sie in die Hocke und unter dem Stahlrechen durch. Ihre Peiniger folgten. Freddys Schuhe und Hose waren bereits klitschnass. Als sie sich mühsam erhob, spürte sie, wie die Kälte wieder in ihr empor kroch. Und die nackte Angst, die ihr die Luft nahm.

Das Tunnelgewölbe wurde vom flackernden Schein zweier Taschenlampen beleuchtet, die eine gespenstische Atmosphäre verbreiteten. Freddy humpelte voraus, von ständigen Ermahnungen und Stößen zur Eile getrieben. Dabei wusste sie nicht einmal, wo genau sie sich befanden. Bei der Führung hatte alles anders ausgesehen. Sicher ähnelten sich die gemauerten Wände, das Bogengewölbe, der Wasserlauf in der Mitte. Aber die Beleuchtung war heller, war angenehmer gewesen. Irgendwo musste es doch einen Lichtschalter geben. Außerdem hatten sie einen Führer gehabt. Nun sollte sie selbst den Reiseleiter spielen. Eine lächerlich absurde Idee.

Bernd Simon hatte die Suche nach Hamanns BMW längst aufgegeben. Bis zum Nerotal war er gefahren, was er im Nachhinein als blödsinnige Idee ansah. Er hoffte, die Kollegen würden die Ausfallstraßen zu den Autobahnanschlüssen im Blick behalten. Immerhin hatte sich mittlerweile Billing gemeldet und berichtet, dass man Herrn Jacobs bei einer gewissen Frieda Herwig habe festsetzen können. Er und die Kollegen seien noch vor Ort und würden die beiden vernehmen. Frau Herwig sei pikanterweise die Frau eines ehemaligen Geschäftspartners – der Herr Kommissar solle sich besser setzen – von Walther Hamann. Offensichtlich stehe man kurz davor, ein regelrechtes Gaunernest auszuheben. Die Hinweise sprächen eindeutig für organisiertes Verbrechen und man müsse überlegen, Kontakt mit den Kollegen vom BKA aufzunehmen. Diese Frau Herwig sei im Übrigen, wenn auch nicht sehr kooperativ, so doch recht redselig und koche einen exzellenten Kaffee. Simon beglückwünschte Billing, meinte noch, dass er für ihn hoffe, dass er weiterhin viel Spaß bei seinem Kaffeeklatsch habe, und unterbrach die Verbindung. Dann schaltete er die Scheibenwischer ein, einige verirrte Tropfen hatten den Weg auf die Windschutzscheibe gefunden. Der längst überfällige Regen würde wohl gleich einsetzen. Es wurde immer ungemütlicher. Auch die laufende Fahndung nach Hamann hatte bisher keinen Anlass zu Optimismus gegeben. Simon beschloss, noch bei Frieda Herwig vorbeizufahren. Sie wohnte am Birnbaum, das war nur wenige Minuten Fahrweg entfernt über die Sonnenberger Straße. Vielleicht bekam er noch eine Tasse heißen Kaffees ab.

Die Dreiergruppe war noch nicht sehr weit vorangekommen. Freddy hatte Schwierigkeiten, sich zurechtzufinden. Das zittrige Licht der Taschenlampen irritierte mehr, als es half. Einen falschen Abzweig hatten sie bereits hinter sich. Hamann wurde zusehends ungeduldiger. Wenn das nochmal passiere, dann könne sie etwas erleben. Sie solle ja nicht glauben, dass man ihn an der Nase herumführen könne. Und wenn sie sich womöglich gerade irgendeine Finte überlege, müsse sie wissen, dass man ihren Mann in der Gewalt habe. Hamanns Stimme klang hohl und dumpf und bitterböse. Freddy zuckte zusammen. Der arme Henrich in den Händen dieser Gangster? Damit hatte sie nicht gerechnet. Abrupt blieb sie stehen, drehte sich zu Hamann um, stierte ihn fassungslos an.

»Du verdammtes Ungeheuer. Wenn du meinem Mann auch nur ein Haar krümmst, dann …«

»Dann …?« Hamann grinste höhnisch.

Schon bekam Freddy wieder einen festen Hieb in den Rücken. Die Hexe, die nie weiter als zwei Schritte hinter ihr war, trieb sie weiter unbarmherzig an. Nach einer gefühlten Ewigkeit erreichten sie schließlich eine Stelle, die Freddy bekannt vorkam. Das musste der Einstieg sein, an dem vor einer Woche die Exkursion ihren verhängnisvollen Anfang genommen hatte. Wieder wurde sie weiter gestoßen, bis Hamann endlich stoppte.

»So, mein Täubchen. Ab hier wird's spannend. Konzentriere dich und vergiss deinen Mann nicht!«

Freddy schluckte. Tatsächlich glaubte sie jetzt zu wissen, wo sie sich befanden. Der kleine Zulauf konnte nicht mehr weit weg sein. Sollte sie ihre Peiniger wirklich zum Beuteversteck führen? Wäre das nicht unweigerlich ihr eigenes Ende? Aber wenn es stimmte, dass sie Henrich in ihrer Gewalt hatten, was blieb ihr anderes übrig? Vielleicht ergab sich eine Möglichkeit zur Flucht, wenn die Ganoven mit der Beute beschäftigt waren. Es war wohl ihre letzte, ihre einzige Chance. Bevor die Hexe ihr wieder einen Stoß verabreichen konnte, setzte sich Freddy mit einem Kopfnicken in Bewegung.

Ruth Kalteser-Kries war mittlerweile froh darüber, dass sich die Dinge so entwickelt hatten. Selbst mit den Informationen von Jasper hätte sie alleine kaum die richtige Stelle gefunden. In diesem unübersichtlichen, einer Gruft ähnelnden Bau war eine Orientierung fast unmöglich. Nun befanden sie sich aber offenbar in genau dem Bereich, den ihr Jasper beschrieben hatte. Der Gewölbegang erweiterte sich beträchtlich, zwei Zuläufe trafen auf den Hauptkanal und bildeten eine Art Kreuzung. Ruth ließ den Strahl ihrer Taschenlampe über Decke und Wände des imposanten Gemäuers gleiten.

»Halt! Hier könnte es sein«, sagte sie mit rauer Stimme. Ihre Taschenlampe erhellte den Eingang eines schmalen, nur halbhohen Zulaufs auf der linken Seite. Hamann wandte sich zu Freddy um und leuchtete ihr mit seiner Lampe ins Gesicht.

»Nun? Ist das der Gang?«

»Ich glaube, es ist eher der auf der anderen Seite«, sagte sie leise und drehte den Kopf weg, um dem grellen Lichtschein zu entgehen.

»So? Ich hoffe für dich, dass du recht hast. Also vorwärts, da rein!«

Freddy bückte sich und spähte in den Gang hinein.

»Ich brauche eine Taschenlampe. Hier ist es teilweise sehr steil, man kann leicht abrutschen.«

Hamann brummte irgendetwas, holte eine weitere Lampe aus dem Leinensack und reichte sie Freddy. Ruth bedeutete er, Freddy zu folgen.

»Geh du doch als Erster hinterher«, zischte sie ihn an.

»Aber Lämmchen, geht ihr zwei Schlanken mal schön voraus in den engen Stollen. Wenn sich etwas ergibt, komme ich schon. Vorher tu ich mir das nicht an.«

Ruth ärgerte sich. So hatte sie das nicht geplant. Hamann im Rücken zu haben bedeutete, ihm die Kontrolle zu überlassen. Mit der rechten Hand betastete sie die Innentasche ihrer Lederjacke. Der harte Druck des Pistolenlaufs gab ihr wieder Mut.

Freddy kroch den Stollen weiter hinauf. War das wirklich der richtige Weg? Sie war sich nicht mehr sicher. Sie zog den verletzten Fuß nach oben auf die abschüssige Rampe und verharrte einen Moment. Der Schmerz in ihrem Knöchel wurde durch die Kälte des klatschnassen Turnschuhs etwas gedämpft, trotzdem fühlte Freddy sich hundeelend. Hoffentlich klappe ich nicht zusammen, dachte sie. Dann tat sie das, was in ihrer Kindheit in schlimmen Situationen immer geholfen hatte: Sie malte sich die leckersten, von ihrer Mutter zubereiteten Speisen aus, die sie erwarteten, sobald alles wieder gut war: Schokotörtchen, Quarkwaffeln, Spekulatius ...

»He, nicht träumen, weiter geht's!«, wurde sie angeherrscht.

Freddy schüttelte sich. Die Leckereien zerstoben zu nichts. Mühsam erklomm sie das steilste Stück des Gangs. Sie fand, dass es auffallend streng roch. Das hatte sie letzte Woche – war das wirklich erst eine Woche her? – so nicht wahrgenommen. Auch lief deutlich mehr Wasser die Rinne herab. Boden und Wände waren feucht und glitschig. Freddy zuckte zusammen, als zwei Ratten an ihr vorbeifegten. Die Ganovin, die nicht locker ließ und ihr dicht folgte, schrie kurz auf. Sieh an, dachte sich Freddy, ganz so abgebrüht ist man wohl doch nicht. Kurz darauf erfasste der Lichtkegel ihrer Taschenlampe eine zugemauerte, roh verputzte Wand. Freddy erkannte die Stelle sofort wieder. Sie waren da. Ihr Adrenalinspiegel stieg sprunghaft an.

42

Das gewalttätige Unwetter, das sich am Tag über dem Rhein-Main-Gebiet zusammengebraut, seine Armeen versammelt hatte, war bereit für den nächsten Schlag. Der orkanartige Sturm hatte Wiesbaden bereits fürchterlich durchgeblasen, nun war es Zeit für den Regen. Die ersten Tropfen, noch jung und verzagt, vom Sturm zerstäubt, erreichten kaum den Boden. Da gab das Brüllen des Donners, das Zucken des ersten Blitzes endlich das Signal zum Angriff. Die Schleusen öffneten sich, der Regen klatschte herab, in dicken schweren Tropfen.

Der Wagen bog in beherztem Tempo in die Sonnenberger Straße ein, beschleunigte schnell, um im der nächsten Minute eine abrupte Vollbremsung zu machen. Die Straßen waren durch den Regen feucht und glatt. Doch die Bordelektronik arbeitete zuverlässig, der Wagen kam ohne Probleme zum Stehen. Bernd Simon ließ ihn einige Meter zurückrollen und glaubte, seinen Augen nicht zu trauen. Aber es bestand kein Zweifel, es war das richtige Kennzeichen. In einer Parkbucht auf der rechten Straßenseite stand der zur Fahndung ausgeschriebene BMW Walther Hamanns. Simon lenkte seinen Wagen in eine Ausfahrt auf der anderen Straßenseite und beobachtete den BMW im Rückspiegel.

Der Regen hatte nochmal zugelegt, die Sicht war schlecht, doch gut genug, um erkennen zu können, ob sich Personen in dem Wagen aufhielten. Als sich nichts Verdächtiges tat, griff sich Simon seinen Minitaschenregenschirm, drehte ihn zweimal hin und her und feuerte ihn wieder hinter den Fahrersitz. Dann fummelte er aus der Kragentasche seines Parkas die

Kapuze heraus, stülpte sie sich über den Kopf, öffnete die Wagentür und sprang heraus. Sofort peitschte ihm der Sturm den Regen ins Gesicht. Simon eilte auf die andere Straßenseite und umrundete den BMW. Es war nichts Auffälliges festzustellen. Nur, wieso parkte er hier – keine fünf Fahrminuten von Hamanns Appartement entfernt? Und wo waren die Insassen? Simon sah sich um. Die Straße war menschenleer. Aus einigen Fenstern der umliegenden Gebäude drang Licht, in der Ferne hörte man Sirenen heulen. Simon trat ein paar Schritte vom Wagen zurück bis an den Metallzaun des Kurparks. Der vermeintliche Schutz unter der ausladenden Krone einer Kastanie erwies sich als trügerisch. Der Baum schwankte bedenklich. Abgebrochenes Astwerk und Kastanien in ihren stacheligen Hüllen lagen verstreut entlang des Zaunes. Simon warf einen Blick über die Büsche in den Kurpark. Ein Blitz zuckte über den Himmel, erleuchtete die Rasenflächen und den Rand des Kurparkweihers. Und sorgte im gleichen Augenblick für die Erleuchtung des Kommissars. Schlagartig war ihm klar, warum Hamanns Wagen hier parkte. Hier in der Nähe führte der Rambach in den gemauerten Kanal. In das Gewölbe, in dem das verborgen sein musste, nachdem man schon über ein Jahrzehnt suchte: die Beute des Raubüberfalls. Simon war sich absolut sicher. Es passte alles zusammen. Die Bilder, die er auf Jasper Frintons Tablet entdeckt hatte, waren eindeutig im Salzbachkanal aufgenommen worden. Simon holte sein Smartphone aus der Tasche und wählte die Nummer Billings.

»Hier ist die Stelle«, sagte Freddy und zog sich den letzten Meter nach oben, dicht an die verputzte Wand heran. Ihre Verfolgerin konnte das Loch zum Beuteversteck noch nicht sehen. Freddy verdeckte es mit ihrem Körper.
   »Was soll das heißen? Ich sehe nichts von einem Loch.«

»Doch, das ist die Stelle. Sie können ihren Komplizen holen.«

»Halt die Klappe, Miststück. Ich weiß selbst, was zu tun ist. Geh' zur Seite!«

»Das geht nicht, sonst rutsche ich die Schräge herunter. Und Sie mit mir.«

Die Hexe taxierte sie mit kalten Augen. Sie richtete ihre Lampe auf die Mauer. Es war genau so, wie Jasper es geschildert hatte. Es musste stimmen, wenn tatsächlich ein Spalt vorhanden war.

Sie drehte sich um und formte die Hände vor dem Mund zu einem Trichter. »Walther! Komm jetzt! Wir haben die Stelle.«

Die Antwort blieb aus. Noch einmal rief sie, doch Hamann reagierte nicht.

»Du bleibst, wo du bist, Miststück! Verstanden?«, befahl sie Freddy.

Tausend Flüche ausstoßend rutschte sie einige Meter die Schräge herunter. Immer weiter glitt sie herab und war fast wieder am Eingang des Stollens angelangt. Freddy fühlte, dass das die Chance war, auf die sie gewartet hatte. Hastig zog sie sich noch ein Stück nach oben, stemmte ein Bein gegen die Kante der Ablaufrinne und drückte mit ihrer Schulter gegen den Stützpfosten. Den hatte sie noch als ziemlich altersschwach in Erinnerung. Kleine Putzbrocken rieselten herab, es knirschte in der Wand, doch sie gab nicht nach. Freddy bückte sich und inspizierte den Spalt in der Wand, durch den sie die Geldbomben herausgezogen hatte. Sie fürchtete sich vor dem Anblick der skelettierten Hand, die ihr fast jede Nacht im Traum erschien. Aber es half nichts, sie musste zusehen, dass sie einen Fluchtweg fand. Vom Eingang des Gangs tönten laute Stimmen zu ihr herauf. Die Ganoven schienen sich zu streiten – gut so! Freddy legte die Taschenlampe neben sich, richtete sich auf und trat, so fest es ging, gegen den Stützpfosten. Es knackste in der Wand, Putz bröckelte herab. Freddy stöhnte auf vor Schmerz. Sie hatte ihr Gewicht auf den geprellten Knöchel verlagert und mit dem unverletzten Fuß zugetreten. Sie biss die Zähne zusammen und trat noch einmal zu. Mit allem Frust, aller Wut, die sich in ihr aufgestaut hatte, und dem unbändigen Willen, zu überleben. Und die Wand beugte sich. Der Stützbalken versagte seinen Dienst, knickte ein und ein Teil des verputzten Mauerwerks stürzte mit Getöse nach hinten in den Hohlraum. Freddy hatte sich vorgestellt, dass Geröllteile der Wand in den Gang fallen und mit dem Wasserlauf nach unten rutschen würden. Das hätte die Hexe bei ihrer Rückkehr aufgehalten. Doch nur kleinere Schuttbrocken hatten den Weg in die Abwasserrinne gefunden und wurden schnell hinabgeschwemmt. Freddy packte die Taschenlampe und leuchtete durch die aufgewirbelte Staubwolke in den nun offen liegenden Hohlraum. Als sich der Dunst etwas gelegt hatte, drang der Lichtschein weiter hinein. Man konnte jetzt erkennen, dass dies tatsächlich ein alter Zulauf war. Der Stollen sah genau so aus wie die anderen Gänge im Kanal. Er stieg allmählich an und verlor sich nach wenigen Metern in der Dunkelheit. Nur Wasser floss hier keines die Rinne herunter. Freddy stieg vorsichtig über die Mauerbrocken und machte einen Schritt in den Gang hinein. Es knackste unter ihrem Fuß. Sie hob ihn an und richtete die Taschenlampe auf den Boden. Mit einem spitzen Schrei sprang sie zurück. Die zersplitterten Knochen der Leichenhand stachen aus dem Geröll heraus. Freddys Herz raste.

Hamann hatte nicht vor, in den muffigen Stollen zu steigen. Wozu hatte er zwei Gehilfinnen, die die Drecksarbeit erledigen konnten. Sollte Ruth doch herumschreien, wie sie wollte. Hamann trat von der Öffnung des Zulaufs zurück, in dessen Rinne eben Gesteinsbrocken heruntergeschwemmt wurden.

Da waren also vielversprechende Dinge im Gange. Ruth rief schon wieder – und ihre zickige Stimme kam näher. Schließlich tauchten zuerst ihre schwarzen Gummistiefel, dann der Rest von ihr in der Stollenöffnung auf.

»Verdammt! Hörst du mich nicht? Ich schrei mir die Seele aus dem Hals und du …«

»Du hast du noch eine Seele, mein Lämmchen? Ich dachte, die hättest du längst verkauft.«

»Das Lämmchen kannst du dir sonst wohin stecken.« Ruth Kalteser-Kries durchbohrte Hamann mit einem kalten Blick. »Auf was wartest du noch? Wir haben die verdammte Stelle gefunden.«

»Na, das hört man doch gerne. Ich wusste doch, dass ich mich auf dich verlassen kann.«

Hamann kramte aus dem Leinensack einen weiteren heraus.

»Hier mein Lämmchen, da hinein mit der Beute.«

»Den Sack kannst du selbst nehmen!«

»Du glaubst doch nicht, dass ich in den Gang klettere. Nee, dafür bin ich nicht gebaut. Das schaffst du schon alleine.« Damit warf er Ruth den Sack vor die Füße.

»Du mieses Stück. Ich soll also die Drecksarbeit für dich erledigen? Du kannst mich mal!« Sie schnappte sich den Leinensack und machte kehrt in den Stollen.

»Na geht doch. Warum das Gezicke?«

Hamann war zufrieden. Das Versteck war endlich gefunden. Sobald er die Beute in seinen Händen hielt, würden sich leider zwei weitere Figuren vom Diesseits verabschieden und sich zu den bereits Dahingeschiedenen gesellen müssen. Sollten sie sich doch im Jenseits miteinander vergnügen. Hamann grinste bei der Vorstellung.

Freddy nahm sich ein Herz und ging weiter in den mannshohen Stollen hinein. Unglaublich! Da lag noch eine ganze

Menge weiterer Geldbomben und Kassetten zwischen den Steinbrocken herum. Freddys Interesse richtete sich jedoch auf den weiteren Verlauf des Stollens – auf ihren möglichen Fluchtweg. Sie hielt die Taschenlampe fest umklammert und folgte den Lichtzeichen, die die Strahlen auf das Gemäuer des Kanals malten. Immer tiefer drang sie in den Gang hinein. Der Modergeruch hier war penetrant. Ein Laut ließ sie herumfahren. Die Hexe kam zurück! Freddy machte die Lampe aus, ging in die Hocke und hielt die Luft an. Vom Mauerdurchbruch drang ein Keuchen herein. Ein Lichtstrahl tastete sich durch die Öffnung und wanderte die Wände des Gangs entlang.

»Du verdammtes Miststück! Zum Teufel, wo steckst du?«

Die Hexe war böse. Ihre Stimme stach in schrillem Echo durch das Gewölbe.

»Gib endlich Laut! Oder soll ich dich holen?«

Am Durchbruch war eine Silhouette zu sehen. Freddy duckte sich noch weiter in das Dunkel. Plötzlich flog ein Stein an ihr vorbei und schlitterte den Gang entlang. Ein weiterer, noch dichter, knallte neben ihr an die Wand. Die Hexe musste Röntgenaugen haben und sie hatte Zorn. Sie fluchte und wetterte, trat wild gegen den Steinschutt, der in alle Richtungen zerstob. Mit einem Mal wurde es still, der Lichtschein konzentrierte sich auf den Geröllhaufen. Offenbar hatte die Hexe die Geldkassetten entdeckt. Ihr heißeres Lachen tönte durch das Gewölbe. Freddy wagte nicht, sich zu bewegen. Aber sie musste die Flucht riskieren. Ihr war klar, dass sie für die Ganoven, jetzt wo diese die Beute gefunden hatten, wertlos geworden war. Sie raffte das, was von ihrem Mut noch übrig war, zusammen und schob sich, so langsam es ihre schmerzenden Knochen zuließen, mit dem Rücken an der Mauer nach oben. Vom Durchbruch her drang wollüstiges Stöhnen zu ihr herüber. Die Hexe gab sich voll und ganz dem Horten der Beute hin. Jetzt oder nie! Freddy stieß sich von der Wand ab und torkelte, eine Hand als Führung am Gemäuer, in die Finsternis des Gangs. Sie wagte nicht, die Taschenlampe anzumachen. Sie hätte ein perfektes Ziel abgegeben.

Unglaublich, diese Frau. Kommissar Billing war geschafft und doch auch ein wenig beeindruckt. Dazu fühlte er eine mittelschwere Betäubung, die vom stundenlangen Monolog der Frau Herwig herrühren mochte. Am Kaffee konnte es nicht liegen, der war stark und ausgezeichnet – eine flämische Spezialmischung, wie die Herwig mehrmals betont hatte. Und erst die belgische Schokotorte – ein wahrgewordener Traum! Man hätte den Abend als netten Besuch bei einem netten Tantchen bezeichnen können, wäre nicht ein Verhör der eigentliche Anlass gewesen. Ein Verhör aufgrund eindeutiger Verdachtsmomente. Nach diesem Abend aber konnte davon keine Rede mehr sein.

Frieda Herwig hatte gemeint, dass der nette Herr Kommissar sie stark an ihren Neffen erinnere. Der sei genauso smart wie der nette Herr Kommissar, und ob man den nicht – er wisse sicher, dass ihr Mann unter mysteriösesten Umständen ums Leben gekommen sei –, diesem Hamann, endlich das Handwerk legen könne. Wenn er und die reizenden Kollegen noch etwas Zeit hätten, könne sie ihnen da einige Geschichten erzählen – und ja, von dem leckeren Kuchen sei natürlich auch noch etwas da.

Billing fragte sich, wer eigentlich auf die Idee gekommen war, dass die Herwig und die Jacobs mit den Kriminellen unter einem Hut steckten? Wer hatte noch von organisiertem Verbrechen gesprochen? Herr Jacobs, dem die Kollegen zur Herwig gefolgt waren, hatte sich als netter, verständiger Mann gezeigt. Wie die übrigen Anwesenden war er kaum zu Wort gekommen, hatte aber im Verbund mit Frieda Herwig die Verdachtsmomente weitgehend entkräften können. Ein Gesprächsverlauf also, der die Mutmaßungen seines Vorgesetzten Simon zu bestätigen schien. Wie es sich nun genau mit Frau Jacobs verhielt, war Billing indes nach wie vor unklar. Zeit zum Nachdenken hatte er genug. Er und seine beiden Kollegen standen nach dem Besuch bei der netten Dame mit ihren Wagen eingekeilt zwischen zwei umgestürzten Bäumen und harrten aus. Die Feuerwehr war unterdessen mit schwerem Gerät eingetroffen. Ob sie bald mit der Arbeit beginnen konnte, war allerdings fraglich. Der Sturm und der Wolkenbruch machten die Hebung der mächtigen Baumstämme im Moment unmöglich.

Der Regen hatte sich zu einer wahrhaftigen Sturzflut entwickelt. Der Rambach war in den trockenen Oktoberwochen als Rinnsal durch sein steinhartes Bett gekrochen. Nun schwoll er rasch an, gewann stetig an Geschwindigkeit und Volumen. Kommissar Simon stand am umzäunten Übergang des Bachs in das Kanalgewölbe und stierte in den sprudelnden Wasserlauf. Er wartete auf die angeforderten Einsatzkräfte. Nach Stand der Dinge konnte ihr Eintreffen noch eine Weile dauern, denn der Sturm hatte ordentliche Arbeit geleistet: Dächer waren abgedeckt, Bäume entwurzelt, Stromleitungen zerlegt worden. Polizei, Feuerwehr, THW und die medizinischen Notdienste waren im Dauereinsatz. Die Stadt war erfüllt vom Sirenengeheul. Kommissar Billing und die anderen Kollegen, die wohl endlich ihren Kaffeeklatsch bei Frieda Herwig beendet hatten, steckten vor der Sonnenberger Straße fest und würden nicht allzu schnell hier sein.

Simon war sich unschlüssig, wie er vorgehen sollte. Es war sehr wahrscheinlich, dass Hamann und die beiden Frauen in den Kanal eingestiegen waren. Das offene Tor und das zum Teil hochgezogene Metallgitter vor dem Einlass konnten kein Zufall sein. Sollte er ihnen folgen? Im Kofferraum seines Wagens hatte er eine starke Lampe gefunden und mitgenommen. Seine Kleidung war dagegen völlig ungeeignet für eine solche Exkursion. Obwohl er nicht mehr viel nasser werden konnte und es im Kanal zumindest von oben her trockener wäre. Allerdings stieg der Wasserstand rapide an. War es nicht ohnehin zu gewagt, sich in das unterirdische Labyrinth zu begeben? Simon hatte keine Ahnung, wie hoch das Wasser im Kanal steigen konnte, aber ungefährlich war die Sache sicher nicht. Wenn die drei tatsächlich hier unten waren, schwebten sie womöglich in Lebensgefahr. Er dachte an Frederieke Jacobs mit ihrer zwar hektischen und unbeholfenen, aber trotzdem sympathischen Art. Noch immer wollte er sich nicht eingestehen, dass er sich in ihr getäuscht haben sollte.

Das Gefühl ließ ihn auch nicht los, als er kurz darauf wieder in seinem Wagen saß. Er startete den Motor, drehte den Zündschlüssel aber sofort wieder um. Eine plötzliche Unruhe erfüllte ihn. Einem schnellen Entschluss folgend stieg er aus seinem Wagen aus, eilte über die Sonnenberger Straße und durch den Park und stand schließlich erneut vorm Einlass in den Salzbachkanal. Er staunte nicht schlecht, als das Metallgitter vor der Kanalöffnung komplett nach oben gezogen war.

43

In dem stockdunklen Gewölbegang ging es langsam, aber stetig bergan. Der modrige Untergrund stank nach Ratten- und Mäusedreck, irgendwelches Getier huschte hin und her. Freddy musste vor Ekel mehrmals würgen. Aber das alles zählte jetzt nicht. Wichtig war, den Mut nicht zu verlieren und immer weiter zu gehen. Sie versuchte, die Hexe im Rücken genauso zu ignorieren wie die Vorstellung von dem, was in der Finsternis vor ihr lauern könnte – oder was wäre, wenn der Gang plötzlich ohne Ausweg endete. Die Hexe hatte noch einmal nach ihr gerufen. Zwar drohend, aber nur halbherzig. Sie schien vollauf mit dem Schatz beschäftigt zu sein.

Freddy riskierte einen Blick zurück. Der Gang hatte eine Biegung gemacht, der Schein der Taschenlampe war nur noch als schwaches Schimmern sichtbar. Noch immer wagte Freddy nicht, ihre eigene Lampe anzuschalten. Tapfer stapfte sie weiter vorwärts in die Finsternis. Sie erinnerte sich dabei an ein Spiel ihrer Kindheit: einen bekannten Weg mit geschlossenen Augen entlang gehen, die Umgebung aus dem Gedächtnis abrufen, das Gehör zu Hilfe nehmen, jeden Schritt, jede Wegbiegung, jeden Anstieg im Geiste beschreiten und möglichst nicht die Augen öffnen, bevor man zuhause war. Auch jetzt schloss sie die Augen, sehen konnte sie in der Dunkelheit sowieso nichts. Nur war der Weg vor ihr ein fremder, das Ziel unbekannt. Und hinter ihr wartete der Tod.

Verdammt! Wo blieb Ruth nur mit dem Zaster? Hatte sie sich mit der Beute aus dem Staub gemacht? Womöglich gab es im Stollen des Zulaufs einen weiteren Ausgang. Hamanns Unruhe wuchs. Ihm blieb nichts anderes übrig, als selbst in den Gang zu kriechen. Was sich als schwieriges Unterfangen herausstellte. Denn durch die Rinne des Zulaufs quoll inzwischen ein kräftiger Wasserstrom, der die ohnehin schon glitschige Rampe in eine wahre Rutschbahn verwandelte. Hamann verfluchte seine Partnerin und sich selbst. Es hätte ihm klar sein müssen, dass sie versuchen würde, ihn zu hintergehen. Mit einer Hand seine Lampe vor sich her schiebend, erklomm Hamann mühsam die ersten Meter des Stollens. Seine Kleidung war bereits halb durchnässt. Er rief nach Ruth, fordernd, befehlend, drohend – doch ohne Reaktion. Hamann war sich darüber im Klaren, dass er ein hervorragendes Ziel abgeben würde, wenn er am Scheitel des Anstiegs ankam.

Kommissar Simon hielt sich dicht an der Wand des Kanalgewölbes. Die bräunliche Brühe, die mittlerweile über die Wasserrinne in der Mitte des Gangs schwappte, drang ihm schon in die Schuhe. Simon fluchte. Das hier war alles andere als ungefährlich. Aber es gab nun mal Situationen, in denen man aus einem inneren Antrieb heraus handelte – rein intuitiv, ohne rationale Überlegung – und die eine Eigendynamik entwickelten, der man sich nicht entziehen konnte. Bevor er in den Kanal gestiegen war, hatte er noch eine SMS an Billing geschickt. Mit schneller Hilfe rechnete er jedoch nicht. Je tiefer Simon in den Kanal vordrang und je schneller der Wasserpegel stieg, umso stärker wurde sein Gefühl, dass dies ein schicksalhafter Tag war und es um Leben oder Tod ging.

Die Beute war gehoben und eingesackt. Ruths Stimmung war bestens. Bevor sie der stickigen Gruft Adieu sagen konnte, mussten noch die zwei lästigen Subjekte beseitigt werden, die ihrer Lebensplanung im Weg stehen könnten. Zuerst war das freche Miststück an der Reihe. Eigentlich schade, dachte sich

Ruth. Das schien eine Person mit Kämpferherz zu sein. Die Nummer mit dem Durchbruch der Mauer und dem Fluchtversuch war nicht schlecht gewesen. Vielleicht hätte man sie als Komplizin heranziehen können. Aber Ruth hasste Planänderungen. Das Miststück würde gleich den Knochen, die sie beim Ausgraben der Geldbomben entdeckt hatte – wer auch immer das gewesen sein mochte – Gesellschaft leisten. Anschließend war Hamann an der Reihe. Sie musste sich sputen. Brummbärchen hatte bestimmt schon Verdacht geschöpft. Er würde den Honig nicht kampflos aufgeben. Ruth nahm den schweren Sack mit den Geldbomben und zog ihn sicherheitshalber einige Meter vom Mauerdurchbruch entfernt an die Wand des Stollengangs. Man konnte nie wissen.

»Herzchen?«, rief sie fröhlich in den dunklen Gang hinein. »Herzchen! Wo bist du?«

Freddy zuckte zusammen, riss die Augen auf. Da war die verhasste Stimme der Ganovin! Wie ein feuchter Schimmelpilz kroch sie am Mauerwerk entlang und suchte nach ihrem Opfer. Freddy lief ein eisiger Schauer über den Rücken. Die Lage wurde immer bedrohlicher. Ihre Hand tastete an der Mauer entlang und griff ins Leere. Im raschen Aufblitzen ihrer Taschenlampe entdeckte sie ein Rohr, das im schrägen Winkel nach unten führte. Es war zu klein, um als Fluchtmöglichkeit in Frage zu kommen. Die Laute von zischendem, brodelndem Wasser stiegen daraus empor. Das konnte nur bedeuten, dass der Regen mittlerweile eingesetzt hatte und der Kanal sich mit Wasser füllte. Direkt vor ihr schien ein großes Rattennest zu sein, schrilles Pfeifen, Gekrusche und Geraschel erfüllten den Stollen. Und von hinten drohte neues Ungemach: Die Hexe hatte sie mitnichten vergessen. Schon waberte der Lichtschein ihrer Lampe über die gegenüberliegende Seite des Gangs.

Wieder rief sie – lockend, schmeichelnd: »Schätzchen!«

Freddy geriet in Panik und rannte los. Um ihre Beine wuselte Geschmeiß aller Art. Sicher wollten sich auch die Kanalbewohner an einen einigermaßen trockenen Ort zurückziehen. Sie rannte, taumelte, stolperte den Gang entlang, rutschte schließlich auf einem schlammigen Brocken aus und landete im Morast des Untergrunds. Sie schluckte ihren Ekel herunter und blieb liegen. Die Taschenlampe war ihr bei dem Sturz aus der Hand geglitten und weitergerollt. Nun lag sie auf der anderen Seite der mit Unrat gefüllten Wasserrinne. Ihr Strahl leuchtete in die Gegenrichtung, aus der jeden Moment die Hexe auftauchen musste. Freddy hatte keine Kraft mehr, sie war am Ende. Mochte sich der Sensenmann endlich entscheiden, welchen Todes sie sterben sollte: durch Erschießen, durch Ertrinken oder durch das bloße Grauen – wenn das möglich war. Freddy war sich sicher, dass dem so war.

Dieses verdammte Gegenlicht. Ruth wurde geblendet, musste einen Moment die Augen schließen. Sie drückte sich an die Wand und schirmte den grellen Schein mit der Hand ab. Sie konnte nicht erkennen, was in dem Gang vor ihr Sache war. Das kleine Miststück führte sicher etwas im Schilde. Aber was sollte sie schon ausrichten können – unbewaffnet und sicher halbtot vor Angst. Es blieb keine Zeit, um lange zu fackeln. Entschlossen schritt Ruth aus, ihre Pistole in Brusthöhe nach vorne gerichtet. Showtime!

Das Wasser im Kanal, das geisterhafte Lichtreflexe auf die Decke des Gewölbes spiegelte, war bereits knöchelhoch gestiegen. Bernd Simon zweifelte daran, dass er noch weit kommen würde, als er von hinten jemanden rufen hörte. Er blickte überrascht über die Schulter zurück und sah eine Gestalt aus dem Dunkeln auftauchen.

»Hamann? Schnell! Raus hier!«, rief die Gestalt und watete durch das Wasser auf Simon zu. Dann blieb sie stehen und im nächsten Moment flammte das Deckenlicht des Kanals auf.

»Ich hab doch gesagt, bei Regen ist es zu gefährlich im Kanal. Beeilung! Sonst ist es zu spät!«

Wenige Meter vor Simon machte er erneut halt.

»Zum Henker … Wer sind Sie? Und was machen Sie hier?«

Simon musterte den Mann. Ein bulliger grobschlächtiger Kerl mit struppigem Bart und auffallend rotem Gesicht. Er hatte sich jetzt in voller Größe vor ihm aufgebaut.

»Haben Sie mich eben Hamann genannt?«, fragte Simon.

Der Mann war irritiert. »Was geht Sie das an?«

Er packte den Kommissar am Arm.

»Wenn wir hier unten nicht krepieren wollen, müssen wir sofort aus dem Kanal heraus.«

Simon riss sich los.

»Lassen Sie mich! Hier unten sind noch Leute.«

Der Kerl schüttelte den Kopf und schrie ihn an: »Haben Sie nicht kapiert? Wir haben keine Chance! Da, gucken Sie!«

Die Brühe rauschte jetzt mit erheblicher Kraft durch den Kanal und zerrte an den Beinen der Männer. Man konnte zusehen, wie der Pegel rapide stieg. Simons Hoffnung floss dahin. Er resignierte und folgte dem Mann, als plötzlich ein Schuss durch das Gewölbe hallte. Simon stoppte augenblicklich.

»Haben Sie das gehört?«

Der Rotgesichtige nickte.

»Wir müssen zurück!«

Der Rotgesichtige schüttelte den Kopf.

»Hören Sie jetzt zu! Ich bin Kriminalbeamter und ermittle gegen einen gewissen Hamann. Wenn sich herausstellt, dass Sie etwas mit ihm zu tun haben, wird das hier nicht gut für Sie ausgehen.«

Simon sah den Kerl herausfordernd an.

»Wenn sie andererseits dafür sorgen, dass ...«

Sein Gegenüber stutzte, ging einen Schritt zurück, runzelte die Stirn.

»Von der Kripo?«

Simon zog seinen Ausweis aus der Jackentasche und hielt ihn dem Kerl vor die Nase.

Der verzog das Gesicht und ging noch einen Schritt zurück.

»Na, was ist nun?«

Der Kerl kratzte sich am Kopf, war offensichtlich im Zwiespalt. Schließlich nickte er Simon zu.

»Okay. Aber jetzt raus hier. Wir können es höchstens von oben versuchen. Und auch nur, wenn Sie mir sagen, wo sich die Leute aufhalten.«

Das freilich wusste auch Simon nicht.

Auf ihrer hastigen Flucht vor den immer höher steigenden Wasserfluten erreichten sie das hochgezogene Metallgitter am Eingang des Kanals. Das öffne sich bei starkem Regen automatisch, hatte der Rotgesichtige auf Simons Frage geantwortet. Damit die Kanalöffnung nicht durch Schwemmgut aus dem Rambach verstopft werde.

Nach kurzer Diskussion kam man überein, dass der Schuss in nicht allzu großer Entfernung gefallen sein konnte, auch wenn das Echo im Rundgewölbe möglicherweise täuschte. Man würde also mit Simons Wagen schnellstens zum nächstmöglichen Kanaleinstieg in der Wilhelmstraße fahren und sehen, ob man noch Hilfe leisten konnte. Wenn der Kanal bis dahin nicht schon komplett vollgelaufen war.

Hamann fuhr zusammen. Fast hätte er seinen Halt verloren und wäre die verfluchte Schräge wieder heruntergerutscht. Hatte der Schuss ihm gegolten? Er tastete nach seiner Waffe.

So kurz vor dem Ende des Anstiegs galt es wachsam zu sein. Der kräftige Wasserschwall, der über die Rinne neben ihm herabströmte, verschluckte jedes weitere Geräusch und bescherte Hamann ein mulmiges Gefühl.

Langsam robbte er bis zum oberen Rand des Anstiegs. Von hier hatte er freien Blick auf den Stollenverlauf. Undeutlich war weiter hinten eine seitliche Öffnung in der Mauer zu sehen. Von Ruth jedoch keine Spur. Sicher war sie in dem Nebenstollen zu Gange und der Schuss hatte der Jacobs gegolten. Gut! Eine Mitwisserin weniger. Dass Ruth skrupellos zu Werke ging, wusste Hamann. Umso mehr Vorsicht war geboten.

Er kroch weiter bis zu einer Stelle, wo er sich halbwegs aufrichten konnte, und zog seine Pistole aus der Tasche. Langsam, den Rücken eng an die Wand gedrückt, schlich er bis zur Maueröffnung voran. Die Wand musste offenbar erst vor kurzem beschädigt worden sein, überlegte Hamann. Vielleicht durch den letzten Wolkenbruch, der überall viel Schaden angerichtet hatte. Ansonsten wäre die Stelle einem seiner Gehilfen schon längst aufgefallen. Als Hamann in die Öffnung steigen wollte, ertönte das dumpfe Dröhnen eines zweiten Schusses.

Die erste Kugel hatte Freddys Halsschlagader um einen Zentimeter verfehlt, ihren Hals nur gestreift. Ein unglücklicher Querschläger. Ruth Kalteser-Kries hatte den Schuss blindlings abgefeuert. Um Angst zu schüren. Um eine Reaktion, eine Bewegung zu provozieren.

Freddy war halb besinnungslos vor Angst. Sie hatte mit dem Leben abgeschlossen. Nur der höllisch brennende Schmerz hielt sie wach. Sie war wie gelähmt, unfähig, sich zu rühren. Durch ihre geschlossenen Augenlider nahm sie einen grellen Lichtschein wahr. Der zweite Schuss traf ihre Taschenlampe, die an der Wand hinter Freddy splitternd in ihre Einzelteile zerbarst.

Ruth hatte endlich freie Sicht in den Gang. Aus einer Öffnung in der Rundbogendecke troff Wasser, Ratten wuselten umher. Ihr Opfer lag nur etwa drei Meter entfernt zusammengekrümmt auf dem morastigen Boden. Sie rührte sich nicht, schien bereits schwer getroffen zu sein. Ihr Hals war blutüberströmt. Ruth legte noch einmal an. Seit sie den Jagdschein hatte, gierte sie nach ihrem ersten Fangschuss. Nun war es soweit. Das Rehlein würde nicht länger leiden müssen.

Hamann steckte vorsichtig den Kopf in den Wanddurchbruch. Als sich nichts rührte, stieg er über die Mauerbrocken in den Gang hinein. Dieser stieg sichtlich an, bevor er in etlichen Metern Entfernung auf der Höhe eine Biegung machte. Dort stand Ruth. Ihre Silhouette zeichnete sich deutlich vor dem Schein ihrer Lampe ab. Selbst in dieser Situation macht sie eine gute Figur, dachte Hamann. Weitaus aufregender war jedoch das, was der wandernde Strahl seiner eigenen Lampe aus der Dunkelheit schälte. An einer Wand lehnte der prallgefüllte Leinensack. Endlich – nach so vielen Jahren!

Hamann wog die Chance ab, Ruth von hinten zu erwischen. Es war riskant, die Entfernung bei den schlechten Sichtverhältnissen eigentlich zu groß. Vorsichtig stieg er über die zerbröckelnden Mauersteine, dabei ließ er Ruth nicht aus den Augen. Sie hatte ihre Pistole im Anschlag und zielte auf etwas, was Hamanns Blicken durch die Biegung des Gangs verborgen blieb. Das konnte nur die Jacobs sein. Er machte einen weiteren Schritt auf dem rutschigen Geröll. Dieses hielt seinem Gewicht nicht stand, gab im nächsten Moment nach und brachte Hamann in eine gefährliche Schieflage. Mit einem kurzen, aber geräuschvollen Satz erreichte er die Stollenwand und hielt sich daran fest. Ruth fuhr erschrocken zusammen und verlor für einen Moment die Kontrolle.

Ein dritter Schuss löste sich. Die Kugel fand schnell ihr Opfer, drang von schräg hinten in die rechte Schulter ein, zerfetzte Luft- und Speiseröhre und trat über dem Brustbein wieder aus.

Hamann keuchte. Das war knapp gewesen. Hätte er auch nur eine Sekunde gezögert, wäre Ruth ihm zuvor gekommen. Sie war durch den wuchtigen Aufprall seiner Kugel an die Wand geschleudert worden, hatte sich um die eigene Achse gedreht und Hamann erstaunt, ja empört angesehen. Dann war sie wie ein leerer Sack in sich zusammengefallen und regungslos liegen geblieben. Aus ihrer Brust sickerte Blut und vermischte sich mit der braunen Brühe, die den Boden des Stollengangs langsam zu füllen begann. Hamann steckte die Pistole zurück in die Jackentasche, überlegte einen Moment und holte sie wieder heraus. Er wischte den Griff an der Jacke ab und warf die Waffe im hohen Bogen in den Stollen hinein. Zu spät fiel ihm ein, dass die Jacobs möglicherweise noch am Leben war. Sei es drum – es war höchste Eile geboten. Er musste schnellstens raus aus dem Kanal. Das Rauschen des Wassers hinter ihm war noch stärker geworden.

Ein letztes Mal richtete er die Lampe auf seine Geliebte, doch er scheute den Anblick ihrer Todesfratze. Hastig wandte er sich um und griff den Sack mit der Beute. Das enorme Gewicht überraschte ihn. Dass der Sack so schwer sein würde, hatte er nicht erwartet. Angestrengt stapfte er durch die Geröllbrocken zurück zum Mauerdurchbruch. Mit der rechten Hand hatte er die Lampe gepackt, mit der linken zog er den Sack hinter sich her. Plötzlich kollerten Steine umher, der Boden begann wegzusickern. Hamann geriet ins Straucheln und fiel der Länge nach auf den Schutthaufen. Fluchend rappelte er sich auf und erblasste im nächsten Moment. Direkt vor ihm traten die Knochen eines Menschen aus dem sandigen Untergrund hervor.

Einen Augenblick war Hamann irritiert. Er stierte die Knochen an, dann den Totenschädel, der eben vom herabrieselnden Steinstaub freilegte wurde. Und endlich begriff er. Dies konnten nur die Überreste von Oszolek sein. Der verschwundene Dritte der Bande. Er galt seit kurz nach dem Raubüberfall als vermisst. Hamann konnte sich ausmalen, dass Oszolek ihn und seine Kumpanen hatte ausbooten wollen. Der Anruf bei der Polizei, der letztlich zu Briesekorns Festnahme geführt hatte, war wohl ihm zuzuschreiben. Oszolek musste vor seinem Verrat von seinem Kumpel Briesekorn das Beuteversteck erfahren haben. Dann waren beide hier unvermutet zusammengetroffen und es hatte Streit um den Zaster gegeben. Ein Streit mit tödlichem Ausgang. Briesekorn war daraufhin mit einem kleinen Teil der Beute geflüchtet. Freilich ohne Erfolg. Ja, so mochte es gewesen sein. Hamann nickte bedächtig. Nach über zwölf Jahren war die Beute nun endlich in den richtigen Händen. Wäre es damals wie geplant gelaufen, hätte niemand sterben müssen. Aber so gab es zumindest keine Zeugen. Schmort alle in der Hölle, dachte Hamann. Er rappelte sich auf, packte den schweren Sack und schleifte ihn zur Maueröffnung. Als er den um das Doppelte angeschwollene Wasserstrom erblickte, der sich im angrenzenden Stollen herabwälzte, begann er, lauthals zu fluchen.

44

Die Augenlider wollten sich nicht öffnen lassen. Sie weigerten sich, stellten sich tot, waren wie zugeklebt. Wie damals, als die kleine Freddy beim Versteckspiel eingeschlafen war. Der doofe Jan aus dem Nachbarhaus war schon dreimal an ihrem Schlupfwinkel vorbei gelaufen und hatte sie nicht bemerkt. Obwohl es nicht das beste Versteck gewesen war – angelehnt an die olle Regentonne neben der Gartenhütte, halb verdeckt von Beerensträuchern. Damals waren es die himbeersaftpappigen Hände gewesen, die – die müden Augen reibend – für Klebstoff gesorgt hatten. Nun war es ein anderer Saft. Freddy hatte Mühe, in die Realität zurückzukehren. Der Schlaf, aus dem sie ein lauter Knall brutal herausgerissen hatte, war ein so guter Freund. Er vergab, vergaß und linderte Schmerz, der alte Gaukler. Nun war er vertrieben worden. Komm zurück, dachte Freddy. Blöder Jan, du hast ihn verjagt.

Sie bewegte die Finger der rechten Hand und fasste in schmierigen Unrat. Es fühlte sich nicht nach zermatschten Himbeeren an. Es roch auch nicht danach. Etwas platschte auf ihr Gesicht und ihren Hals. Es regnete. Dicke Wassertropfen perlten von ihrer Stirn, troffen in ihr Ohr, benetzten ihren Hals. Sofort war der höllische Schmerz wieder da, schlagartig war Freddy sich bewusst, wo sie sich befand. Die Hexe! Stand sie noch immer da und wartete darauf, ihrem Opfer in die Augen sehen zu können, wenn sie die letzte, die tödliche Kugel abfeuerte?

Freddy riss gewaltsam die Augen auf, riskierte einen Blick, lauschte, hob vorsichtig den Kopf und hätte vor Schmerz fast aufgeschrien. Ihr Hals fühlte sich an wie ein Stück Fleisch auf dem heißen Grillrost. Freddy zog eine Hand unter ihrem Körper hervor und richtete sich halb auf. Von der Hexe keine Spur. Doch halt. Dort an der Mauer, etwa zwei Meter entfernt, nur halb vom Schein der Taschenlampe erfasst, lag sie. Ein Bündel Mensch, zusammengekrümmt, entstellt, ein in den Schmutz geworfenes Stück Leben. Freddy wunderte sich, dass sie bei diesem schrecklichen Anblick nur Erleichterung verspürte. Der Refrain aus einem Märchenfilm kam ihr in den Sinn: Die Hexe, die Hexe, die böse Hexe, die ist tot.

Sie sah sich weiter um. Das Ende des Stollengangs lag im Dunklen. Das Pfeifkonzert der Ratten war verstummt. Wo waren die Biester hin? Gab es doch einen Ausgang? Freddy setzte sich ganz auf. Alles an und in ihrem Körper schmerzte. Sie robbte an die Taschenlampe heran, nahm sie an sich und erspähte die Pistole, die halb unter einem Bein der Toten lag. Sie packte die Waffe am Lauf und zog sie hervor. Das war also das Mordinstrument, das ihr Leben fast beendet hätte. Nun war die Hexe selber tot. Freddy hielt inne. Wieso eigentlich? Was war überhaupt geschehen? Hatte sie sich aus Versehen selbst …? Absurd! Aber das bedeutete, dass noch jemand hier in der Nähe war. Der schmierige Kerl, der sie entführt hatte! Sofort spürte sie wieder Panik in sich aufsteigen. Wie bestellt, hörte sie vom Eingang des Stollens jemanden rumoren. Freddy umklammerte den Griff der Pistole. Diesmal würde sie kein so leichtes Opfer sein. Sie robbte zurück. Hier an der Gangbiegung hatte sie eine ausreichende Deckung.

Was nichts an der Tatsache änderte, dass sie einen Ausgang suchen musste. Von der Decke tropfte immer mehr Wasser herunter, die eklige Brühe im Gang stieg an. Freddy beschloss, den weiteren Verlauf des Stollens zu untersuchen. Einen Angriff auf ihren Entführer wagte sie nicht. Sie wusste noch nicht einmal, wie man mit einer Pistole umging, ob man sie entsichern musste, ob sie überhaupt noch Munition enthielt.

Nachdem sie die Waffe äußerst behutsam in ihre Jacke gesteckt hatte, stemmte sie sich hoch. Augenblicklich wurde ihr schwindelig und sie musste sich an die Wand lehnen. Vielleicht lag es an der faulen, gasigen Luft oder aber sie hatte zu viel Blut verloren. Freddy zwang sich zur Ruhe und setzte nach einigen Sekunden Verschnaufens ihren Weg fort.

Hamann war entsetzt. Sollte all die Mühe vergebens gewesen sein? Auf diesem Weg würde er jedenfalls nicht mehr aus dem Kanal herauskommen. Schon drohte das Wasser über den Rand des Mauerdurchbruchs zu schwappen. Es war nur eine Frage der Zeit, bis auch dieser Stollen sich füllen würde. Abgesehen von einigen Wasserlachen, die von der tropfenden Decke gespeist wurden, war er bis jetzt einigermaßen trocken geblieben. Da! Hatte er nicht gerade ein Geräusch vernommen? Er leuchtete in den Gang hinein. An der Biegung sah er Ruths Leiche an der Wand lehnen. Einer Eingebung folgend schaltete er seine Lampe aus. Tatsächlich schimmerte in dem Gang ein schwacher Lichtschein, der sich zu entfernen schien. Die Jacobs lebte. Und sie war auf der Flucht. Offenbar war sie nicht einmal schwer verletzt. In Walther Hamann stieg Zorn auf. Er ballte die Hände und hätte am liebsten gegen die Wand geschlagen. Wie hatte die Sache nur so aus dem Ruder laufen können?

Seine Taschenlampe flammte wieder auf und tastete sich den Boden des Stollens entlang. Dieser stieg stetig an, was dafür sprach, dass es weiter oben länger trocken bleiben würde. Vielleicht hörte der Regen rechtzeitig auf und das Wasser würde wieder abfließen. Andererseits bedeutete der Anstieg noch mehr Plackerei mit dem Beutesack. Hamann überlegte, ob er nicht einen Teil herausnehmen sollte, doch die Gier obsiegte. Entschlossen griff er sich den Sack und setzte sich in Bewegung.

Das Gangende war schneller erreicht, als Freddy gedacht hatte. Eine grob verputzte Mauer versperrte den Weg. Resignation machte sich in ihr breit. Es stank entsetzlich. Und sie selbst stank. Ihre Kleidung war ein einziger verdreckter, kotiger Lumpen. Freddy würgte. Der Boden unter ihr bestand aus undefinierbarem Schmodder. Offenbar stand sie genau im Nest des Getiers, dessen hässliches Pfeifen ihr noch immer in den Ohren klang. Doch die Ratten waren geflohen. Wohin war rätselhaft. Seitlich in der Mauer hatte Freddy ein weiteres, schräg nach unten abgehendes Rohr entdeckt. Im Gegensatz zum ersten blubberte das Wasser in diesem bereits bis zum Rand. Hierdurch konnten die Ratten kaum geflüchtet sein. Oder waren sie einfach schnell genug gewesen? Freddy richtete ihre Lampe auf die feuchte Decke des Stollens. An einer Stelle troff mehr Wasser herab als an den übrigen. Als Freddy näher heranging, den Weg der herabfallenden Tropfen verfolgte, glaubte sie ihren Augen nicht zu trauen. In Kniehöhe war eine Metallleiter angebracht, die aufwärts führte und etwa drei Meter weiter oben in einem runden Einlass endete. Von dort drang starkes Rauschen und Prasseln herab. Freddy lugte in den Aufgang hinein. Das war eindeutig Regen. Da musste es eine Öffnung, einen Ausstieg geben. Der Strahl ihrer Taschenlampe indes enthüllte das Gegenteil. Zwar rannen an den Rändern des Schachtes Rinnsale von Wasser herab, der Einstieg selbst war jedoch abgedeckt, nicht die kleinste Öffnung war zu sehen. Freddy wollte das so nicht hinnehmen. Sie ergriff eine der Leitersprossen und kletterte hinauf.

Der verdammte Sack wurde mit jedem Schritt schwerer. Hamann keuchte heftig. Er musste einen Moment ausruhen. Von dem fauligen Gestank war ihm speiübel, sein Kreislauf war kurz davor, schlapp zu machen. Er merkte, dass der Untergrund immer schwammiger wurde. Hinter ihm suppte die

Brühe bereits in den Gang hinein. Wie eine Badewanne, die volllief – nur ging das hier entschieden schneller und einen Hahn zum Zudrehen gab es nicht. Der Gang führte noch einige Meter bergan, bevor es ebener weiterzugehen schien. Hamann nahm all seine Kraft zusammen, packte den Sack und schleifte ihn hinter sich her. Nach der Hälfte der Strecke machte er schlapp. Fluchend öffnete er den Sack, langte hinein und holte zwei Geldbomben heraus. Er bedachte sie mit einem wehleidigen Blick und schleuderte sie zurück in Richtung des Mauerdurchbruchs.

»Da, Oszolek – dein Anteil!« Hamann lachte höhnisch. »Mehr hast du nicht verdient, du Verräter.«

Doch sein ehemaliger Kumpan schien nicht zufrieden zu sein. Der Sack ließ sich nicht weiter bewegen. Hamann musste ihn fast zur Hälfte leeren. Er verscharrte die Kassetten und Geldbomben mit dem Fuß halbwegs im nassen Schotter. Dann konnte er endlich seinen Weg fortsetzen. Den Zaster hole ich mir später, dachte Hamann. Wenn der miese Verräter ihn nicht mit Lämmchen verprasst. Sein Gesicht verzog sich zu einem halb wahnsinnig anmutenden Grinsen. »Mähhh! Mähhh!«

Schließlich war er auf Höhe des Anstiegs und am Knick des Gangs angelangt. Dort lehnte noch immer seine Geliebte mit dem Rücken an die Wand und starrte ihn aus dem Jenseits an. Hamann drehte sich angewidert um. Doch auch dieser Anblick verbesserte seine Laune nicht. Der Wasserpegel war in der kurzen Zeit um über einen Meter angestiegen. Der Stollen füllte sich rasant.

Hamann hastete weiter in den Gang hinein. Hier stand die Brühe noch nicht so hoch, aber deutlich drang das Plätschern des Wassers durch den Stollen. Hamann geriet in Panik. Der Widerschein seiner Lampe warf zitternde Lichtkegel auf die Gewölbedecke. Wo war die Jacobs? Hatte sie einen Ausgang gefunden? Der weitere Verlauf des Stollens war dunkel. Womöglich machte der Gang noch eine Biegung.

Hamann stoppte. Hier irgendwo musste seine Pistole liegen, die er vorhin unbedacht in den Gang geworfen hatte. Und tatsächlich blitzte ihr Lauf auf, als Hamann den Schein seiner Lampe über den Untergrund huschen ließ. Sie lag auf einer Anhäufung von Unrat und schien einigermaßen trocken geblieben zu sein. Rasch nahm er sie, wischte sie an einem Hosenbein ab und steckte sie in die Jackentasche. Dann stakste er weiter in den Stollen hinein. Der Wasserpegel schien nun auch hier sehr rasch anzusteigen. Einige Meter weiter sah Hamann den Grund: Aus einem Rohr in der Mauer sprudelte in hohem Bogen ein Strahl trüben Wassers in den Gang. Hamann lachte hysterisch auf und zerrte den mittlerweile durchnässten Sack heran.

Weiter, immer weiter, befahl er sich selbst. Dort hinten musste doch ein Ausgang sein. Wo sollte die Jacobs denn sonst abgeblieben sein? Da erschollen hämmernde Laute aus dem Dunkel des Stollengangs. Hamann grinste breit. Da war doch das Püppchen. Zeit für die Abrechnung! Er griff nach seiner Waffe.

»Da kommt niemand mehr raus«, rief der rote Bulle. »Der Kanal ist schon halb voll. Bei der Geschwindigkeit des Wassers wird jeder mitgerissen. Und es steigt immer weiter.«

Um sich in dem Getöse von Regen und Sturm verständlich zu machen, musste er fast schreien. Er stand mit Simon über einem der runden Einstiege gebeugt, den er gerade geöffnet hatte und schüttelte den Kopf. Aus seinen klatschnassen Haaren und seinem Bart spritzten Unmengen an Wassertropfen nach allen Seiten.

»Gibt es denn nicht irgendwo in diesem Kanalnetz einen Bereich, der höher liegt als der Hauptstrom?«, fragte Simon.

»Einen Bereich, zu dem man sich hätte flüchten können?«

Wieder schüttelte sein Gegenüber den Kopf.

»Nee. Es gibt zwar einen alten stillgelegten Zugang zum Kanal, der einige Meter höher verläuft. Aber der ist zugemauert. Wie sollte da jemand hinein …«

»Ist der auch von oben zugängig, wie dieser hier?«

»Ja, im Prinzip schon. Ich bin mir aber sicher, dass der Einstieg abgedeckt wurde.«

Der Bulle richtete seine massigen Körper auf. »Er müsste etwa 300 Meter in dieser Richtung liegen.«

Kommissar Simon folgte seinem Blick. Eine Sturmböe fegte einen riesigen Ast vom Warmen Damm herüber, quer über die Wilhelmstraße, und schleuderte ihn in die Windschutzscheibe eines geparkten Wagens. Weiter die Straße hinunter warf das Blaulicht eines Feuerwehrautos Flackerlichter über den nassglänzenden Asphalt.

»Los, hin zu diesem Einstieg! Das ist wohl das Einzige, was wir tun können«, rief Simon und zog den Mann hinter sich her zum Wagen.

Schnell hatten Simon und der Mann der Versorgungsbetriebe die kurze Strecke hinter sich gebracht. Wie erwartet, war der Einstieg mit einer verschraubten Metallplatte abgedeckt. Ohne geeignetes Werkzeug war diese unmöglich zu öffnen. Simon versuchte zum wiederholten Male, per Handy Hilfe anzufordern. Er hielt sich ein Ohr zu, um überhaupt etwas verstehen zu können, doch es kam keine Verbindung zustande. Den zwielichtigen Typ hatte er geheißen, in seinem Dienstfahrzeug nach Werkzeug zu suchen. Sicher würde er nur die üblichen Pannenhilfsmittel finden, aber man konnte es damit zumindest versuchen.

Freddy stand am oberen Ende des Schachtes und hämmerte mit dem Griff der Pistole, so fest sie konnte gegen die Abde-

ckung. Vielleicht war es nur Einbildung, ein Wunschtraum gewesen, aber sie meinte, durch das Rauschen des Regens Stimmen gehört zu haben. Sie schrie um Hilfe, hämmerte, heulte – die einzige Reaktion war ein schwammiges Geräusch aus dem Stollengang. Ihr Verfolger! Sie blickte nach unten. Der Wasserstand war extrem gestiegen, der Boden nicht mehr zu sehen. Soll er doch absaufen, dachte sie.
Hamann kämpfte um sein Leben. Die Geschwindigkeit, mit der die Wassermassen gestiegen waren und nun den Stollen fluteten, hatte ihn total überrascht. Es blieben ihm nur noch Minuten. Der Sack mit der Beute war ihm längst aus der Hand gerissen worden. Schmodder und tote Raten schwammen vorbei. Panisch stemmte er sich gegen die Strömung. Bevor auch seine Lampe weggeschwemmt wurde, hatte er auf der rechten Seite die Sprossen einer Leiter entdeckt. Aus dieser Richtung war auch das Hämmern gekommen. Mit äußerster Anstrengung schaffte Hamann das letzte Stück und bekam eine der Sprossen zu fassen. Erschöpft hielt er sich fest und stierte hinauf in den dunklen Schacht. Da oben musste die Jacobs stecken.

Als der rotgesichtige Mann vom Wagen Simons zurückkam, hielt er neben einer kleinen Werkzeugtasche noch einen Wagenheber in den Händen. Wie man damit die Metallplatte aufbekommen sollte, war Simon schleierhaft. Wahrscheinlich war es sowieso zu spät. Als sie sich über den Einstieg beugten und die Werkzeuge auspackten, ertönte der grelle Sirenenton eines herannahenden Feuerwehrautos. Simon fuhr herum. Der Wagen war in die Wilhelmstraße eingebogen und näherte sich ihnen mit hohem Tempo. Simon sprang auf und rannte, mit den Armen wedelnd, auf die Straße. Wohl eher, um einen Unfall zu verhindern, bremste der schwere Wagen ab, kam kurz vor Simon zum Stehen und überschüttete ihn mit einem

Schwall Wasser. Der Fahrer schrie Simon an, gestikulierte wild, trat leicht auf das Gaspedal, der Wagen rollte wieder an. Doch Simon ließ nicht locker. Er holte seinen Dienstausweis aus der Jackentasche und hielt ihn die Höhe.

Der Rotgesichtige betrachtete das Schauspiel und überlegte, ob er die Gelegenheit nutzen und sich aus dem Staub machen sollte. Helfen konnte man sicher sowieso niemandem mehr. Da vernahm er ein rhythmisches Hämmern, das vom Schacht auszugehen schien. Schnell beugte er sich über den verschlossenen Einstieg, schirmte das Geprassel der Regentropfen mit seinem Körper ab und legte ein Ohr an die Metallplatte. Ja, zweifelsfrei kam das Hämmern aus dem Schacht. Der Deckel vibrierte unten den Schlägen. Er sah auf und schrie nach dem Kommissar. Der kam gerade zurück, mit einer Tasche voller Schraubenschlüssel und anderem Werkzeug.

»Die können ihren Einsatz nicht unterbrechen, haben mir aber …«

Simon verstummte, als der Rotgesichtige ihm mit dem Zeigefinger vor dem Munde bedeutete zu schweigen. Simon ging in die Hocke und lauschte. Er riss die Augen auf, als er das Hämmern vernahm. Im nächsten Augenblick zerriss ein Schuss aus der Tiefe des Kanals die Geräuschkulisse des Unwetters.

45

Die Hauptsammler und Rückhaltesysteme konnten die Regenmengen nicht mehr fassen. Wasser quoll aus allen Schachtdeckeln und Einläufen seitlich der Straßen, es strömte von den Dächern, stürzte aus den tiefschwarzen Wolken herab, in solcher Wucht und Dimension, als ob Noah das Zeichen gegeben hätte, das er nun soweit wäre. Der Kurpark, die Tiefgarage vor dem Kurhaus und das gesamte Bowling Green waren überflutet, die Wilhelmstraße glich einem reißenden Gebirgsbach. Etliche der Platanen seitlich der Rue hatten die Gehwegsplatten gesprengt, waren herausgerissen oder in bedrohlicher Schieflage geraten, Autos waren umgekippt oder in Schaufenster gedrückt worden, abgerissene Schilder und Äste, Mülltonnen und zerbrochene Dachziegel wirbelten durch die Luft, krachten in Hausfassaden und Fenster.

Das Heulen des Sturms und der Sirenen, der krachende Donner, das Bersten umstürzender Bäume, die Einschläge von Hagelkörnern und das Splittern von Glas, das Rauschen, Spritzen und Gurgeln der Wassermassen – all das vermischte sich zu einer ohrenbetäubenden Kakofonie und erfüllte die Stadt. Der Sturm hatte sich in einen verheerenden Orkan verwandelt. Es bot sich ein Bild totaler Verwüstung. *Aquis mattiacis* – die Wasser der Mattiaker schlugen über Wiesbaden zusammen.

Dann holte das Jahrhundertunwetter zum vernichtenden Schlag aus. Das Kurhaus (50.084995, 8.247653), das Wahrzeichen Wiesbadens, schien für den finalen Akt bestimmt zu sein. Es befand sich genau im Auge des Orkans, trotzte standhaft den Angriffen, während erste Säulen der Kurhauskolonnaden unter dem Einschlag herumwirbelnder Bruchstücke einknickten.

Die hochgepeitschten Fluten standen schon am obersten Stufenabsatz des Kurhausaufgangs, als der Orkan endlich hineinfuhr in die bereits zerborstenen Fenster, sich Tonnen von Hagelkörnern in die Räume und Säle erbrachen, monströse Blitze in das Dach einschlugen und das Bauwerk im Mark erschütterten. Risse bildeten sich quer über die Fassade, die umspülte Basis einer der Säulen des Aufgangs begann zu bröckeln, sandte Furchen aus, die den Steinkoloss von unten bis oben durchzogen, sich verbreiterten. Erste Brocken fielen herab, bis sich schließlich die Säule, ihres eigenen Gewichtes müde, selbst zum Einsturz brachte.

Kommissar Simon erwachte aus einer kurzen Bewusstlosigkeit. Zusammengekrümmt und mit brummendem Schädel lag er auf der Rückbank seines auf die Seite gekippten Wagens und starrte ungläubig in den Rückspiegel. Wiesbaden ging unter. Ein solches Chaos hatte er noch nie erlebt. Er tastete nach seinem verletzten Ellbogen und zuckte zusammen vor Schmerz. Der Arm war offenbar gebrochen. Was aus dem rotgesichtigen Mann geworden war, dessen Rolle in diesem Fall er noch nicht durchschaut hatte, wusste er nicht. Nachdem sie den Deckel des Einstiegs entfernt hatten, war er in letzter Minute, kurz bevor das Wasser aus dem Schacht nach oben gequollen war, heldenmütig hinuntergeklettert und hatte geholfen, den Körper Frederieke Jacobs heraufzuhieven. Auf der letzten Sprosse der Leiter, gerade als er aus dem Schacht steigen wollte, hatte ein durch die Luft schwirrendes Schild seinen Rücken gestreift und ihn wie einen Baum gefällt. Simon hatte sich selbst schnellstens in Sicherheit bringen müssen, als ein Bauzaun umzukippen drohte. Den leblosen Körper Frederieke Jacobs mit sich schleifend, hatte er es bis zu seinem Auto geschafft. Dort hatte er Schutz gefunden, bis eine Orkanböe den Wagen samt Insassen gepackt, herumgeschleudert, die Straße herauf und auf ein geparktes Auto geschoben hatte. Simon war dabei auf den Rücksitz katapultiert worden.

Der gespenstische Anblick im Rückspiegel ließ Simon nicht los. Entsetzen und Faszination zugleich erfassten ihn bei jedem Blitz, der die Szenerie in grelles Licht tauchte. Ein leises Stöhnen riss ihn aus dem Bann, den das Gewitter auf ihn ausübte. Frederieke Jacobs hing reglos auf dem Beifahrersitz, Schulter und Kopf an den Türholm gelehnt. Sie lebte noch, war aber nicht bei Bewusstsein. Bernd Simon konnte nicht erkennen, wie schwer sie verletzt war und welcher Art ihre Verletzungen waren. Die Wunde am Hals hatte er mit einer Kompresse aus dem Autoverbandskasten notdürftig versorgt. Wenn sie jedoch innere Blutungen hatte, würde sie möglicherweise nicht mehr lange durchhalten. Sie brauchte dringend ärztliche Hilfe.

Simon verrenkte den Hals und blickte aus dem Fenster. Sein Wagen hing in einem beunruhigend schrägen Winkel mit dem linken Vorderrad auf dem Kofferraum eines anderen Autos. Keine Chance, ihn wieder herunter zu bekommen. Simon hoffte, dass er nicht komplett umkippen würde, und wagte nicht, seinen unbequemen Platz zu verlassen. Nüchtern registrierte er, wie ihn eine bleierne Müdigkeit ergriff. Die physischen und psychischen Anstrengungen der aufreibenden Nacht forderten ihren Tribut. Er schloss für einen Moment die Augen. Seine Gedanken begannen zu kreisen, machten ihn schwindelig. Zwischen Fahrersitz und Rückbank ertasteten seine Finger das mobile Blaulicht.

Der blöde Jan hatte schon wieder nach ihr gespuckt. Kaum waren die Kirschen reif, ging es los. Immer das gleiche Spielchen: Mit den leckeren roten Früchten wurde man gelockt – Na Frederieke, magst du auch ein paar? Komm und hol sie dir! – und zack, klebte einem ein abgelutschter Kern auf der Backe oder in den Haaren. Heute war keine ihrer älteren Geschwister da, sie war Jan hilflos ausgeliefert. Überhaupt war heute alles anders. Sie saß in der Regentonne im eiskalten Wasser, Jan war größer als sonst, guckte auch nicht so honigsüß, sondern abgrundtief böse. Die gespuckten Kerne flitzten wie gefährliche Geschosse mit lautem Knall an ihr vorbei und jetzt – uhhh! – hatte sie einen bösen Treffer hinnehmen müssen. Sie hielt sich den brennenden Hals. Jan lachte gemein, lud eine neue Kirsche nach. Freddy tauchte aus Angst in der Regentonne unter und erwachte schreiend aus ihrem Traum.

»Alles ist gut. Ich bin bei dir! Alles ist gut.«

Henrich hatte Mühe, die zappelnde Freddy zu beruhigen. Seine Hand lag auf ihrer Schulter, sein Gesicht an ihrer rechten Wange. Kommissar Bernd Simon saß Henrich gegenüber auf einem Besucherstuhl und sah Freddy besorgt an. Sein rechter Arm steckte in einem Gips, den sein Sohn in krakeliger Schrift mit dem Spruch »Shit happens« verziert hatte. Henrich drückte den Notknopf und sprach weiter mit leisen beschwichtigenden Worten auf Freddy ein. Eine Krankenschwester betrat das Zimmer der Intensivstation.

»Ist sie wach?«

Henrich nickte.

Die Krankenschwester warf einen Blick auf die Anzeige der angeschlossenen Geräte und nickte Henrich beruhigend zu.

»Lassen Sie ihr Zeit. Die Narkosemittel wirken noch nach. Außerdem hat sie starke Schmerzmittel bekommen.«

Henrich dankte ihr und wandte sich Freddy zu. Sie war wieder fest eingeschlafen.

Bernd Simon räusperte sich. »Ich denke, ich werde jetzt gehen. Es wäre nett, wenn Sie mich informieren könnten, sobald es Ihrer Frau besser geht, also, wenn sie ... stabiler ist.«

Henrich sah den Kommissar fragend an.

»Nicht nur aus ermittlungstechnischen Gründen, sondern auch persönlich. Sie verstehen sicher, was ich meine.«

»Ja, schon in Ordnung, Herr Kommissar.«

Simon erhob sich, gab Henrich die Hand, warf noch einen Blick auf Freddy und ging mit leisen Schritten zur Tür.

»Herr Kommissar?«

Simon blieb stehen.

»Vielen Dank nochmal für Ihren persönlichen Einsatz und Ihre Hilfe.«

Bernd Simon sah Henrich an und nickte. »Schon okay. Bis dann.«

Als der Kommissar gegangen war, schloss Henrich für einen Moment die Augen. Auch für ihn waren die letzten Tage in ständiger nervlicher Anspannung nicht einfach gewesen. Die Sorge um Freddy und das befremdliche Zusammentreffen mit den Kripobeamten bei Frieda Herwig hatten ihn fast aus dem Gleichgewicht gebracht. Die gute, geschwätzige, nervende und sehr gewiefte Frieda! Mit ihrem Mundwerk, das keine Zwischenrede duldete, ihrer Hinhaltetaktik und vor allem ihrem köstlichen belgischen Kuchen hatte sie die Ermittlungsbeamten an der Nase herumgeführt, hatte sie abgelenkt von den angeblich so eindeutigen Verdachtsmomenten.

Das Warten auf Nachricht von Freddy war das Schlimmste gewesen. Das verheerende Unwetter, bei dem auch Friedas Haus durch eine umgestürzte Tanne in Mitleidenschaft gezogen worden war, hatte das Gefühl der Hilflosigkeit noch verstärkt. Bis zum frühen Morgen hatte man nichts erfahren, hatte selbst nichts unternehmen können, bis endlich das

Mobilfunknetz wieder stand und Henrich von Kommissar Simon aus dem Krankenhaus angerufen worden war.

Henrich öffnete die Augen und sah Freddy an. Kopf und Hals bandagiert, mit einem Wirrwarr von Schläuchen und Kabeln an Überwachungsgerätschaften und Infusionsbeuteln angeschlossen, und mit einer Hautfarbe so blass und fahl wie Pergament. Sie hatte großes Glück gehabt.

Kommissar Simons Bericht nach war die Rettung einem Feuerwehrkommando zu verdanken, die Freddy und den Kommissar aus dessen zerstörtem Auto befreit und einem ASB-Team übergeben hatten. Wäre der Kommissar nicht auf die Idee gekommen, das mobile Blaulicht in Gang zu setzen, wäre der Wagen vermutlich nicht so schnell entdeckt worden. Freddy hatte neben einer Gehirnerschütterung und etlichen Brüchen und Prellungen eine Schussverletzung, die zu einer schweren Infektion geführt hatte. Was angesichts des verschmutzten, Wassers im Kanal kein Wunder war. Aber die Ärzte waren guter Hoffnung. Friederike sei eine echte Kämpfernatur.

Tage später stand Bernd Simon in Freddys Zimmer im St.-Josefs-Hospital am Fenster. Kopfschüttelnd beobachtete er die Gärtner, die in den Grünanlagen mit Laubbläsern die Blätter zusammenfegten. Er hasste diese elektrischen Krachmacher. Gerade hatte er einen Anruf vom Kollegen Billing erhalten. Man habe die Leichen Hamanns und der Kalteser-Kries – was für eine Schande! – aufgefunden. Am Rheinufer. Man stelle sich vor! Und angeblich hätten sie sich umschlungen gehalten oder seien vielmehr merkwürdig ineinander gekrallt gewesen, wie der Kollege der Spurensicherung sich ausgedrückt habe. Beide seien übrigens – zum genauen Hergang habe er auch schon eine starke Vermutung – Schussverletzungen erlegen. Simon sagte zu, gleich ins Präsidium zu kommen. Er sei ungemein gespannt auf Billings Theorien zum Tatverlauf. Dann blickte er sich zu Freddy um. Sie strahlte über das ganze Gesicht. Was für eine Freude! Frieda Herwig war zu Besuch gekommen. Eben hatte Frieda, listig lächelnd und schwer bepackt mit Tüten und Taschen, das Zimmer betreten. Als sie Kommissar Simon erblickte, beäugte sie ihn misstrauisch – hörte die Fragerei denn nie auf? – aber schnell hatte sie sich wieder im Griff. Frieda umarmte Freddy, erkundigte sich nach ihrem Befinden und meinte, der nette Herr Kommissar – übrigens könne man ihm für seine aufopfernde Hilfe nicht genug danken! – habe doch jetzt bestimmt noch einen wichtigen Fall zu lösen. Damit fing sie an, ihre Tüten auszupacken.

Simon schmunzelte. »Hallo, Frau Herwig. Nett, dass sie mich erinnern. Ja, tatsächlich muss ich gleich gehen. Nur noch eine Sache.«

An Freddy gewandt meinte er, dass er es sehr bedaure, dass ihr Erinnerungsvermögen noch immer nicht vollständig zurückgekehrt sei. Er hoffe sehr, dass dies in nicht allzu ferner Zeit der Fall sein werde. Vor allem ihre Geschichte um den Fund der Raubbeute weise noch erhebliche Lücken und Ungereimtheiten auf. Ob ihr denn zu der einzelnen Geldbombe in ihrem Rucksack, den man im Wagen Hamanns gefunden habe, nicht noch etwas eingefallen sei?

Freddy erwiderte kopfschüttelnd, dass es leider noch immer jede Menge schwarzer Löcher in ihrem Kopf gebe. Und soweit sie wisse, würden diese ungern wieder etwas herausrücken.

Simon wiegte nachdenklich den Kopf, gab beiden Damen die Hand und verabschiedete sich.

Kurz vor der Tür hielt er noch einmal inne und richtete den Blick auf ein abstraktes Gemälde von Kandinsky, das neben der Zimmertür an der Wand hing. Irritiert schüttelte er den Kopf und fragte sich, mit welcher Motivation man ein solches

Bild in einem Krankenzimmer aufhing. Dann endlich verließ er das Zimmer.

Frieda lächelte überfreundlich und schickte dem netten Herrn Kommissar ein Winken hinterher. An Freddy gerichtet meinte sie, dass sie herzlich von Henrich grüßen solle. Er würde sich heute wohl etwas verspäten. Ein gewisser Herr Chen Li – Freddy wisse, wer gemeint sei – habe gestern Abend überraschend vor der Tür gestanden. Seine gesamte japanische Reisegruppe habe es sich nicht nehmen lassen, vor ihrer Abreise einmal die nette Taunusgemeinde zu besuchen. Henrich sei nichts anderes übrig geblieben, als Herr Li samt seinen Freunden für heute zum Essen einzuladen. Dieser habe die Einladung sehr gerne angenommen. Er schätze es als Zeichen der deutschen Höflichkeit und als Dank für die Aufbewahrung des Rucksacks mit den zwei metallenen Glückskeksen, wie er sich schalkhaft ausgedrückt habe. Henrich habe sich als Abschiedsessen für ein typisch hessisches Gericht entschieden: ausgestopfter Lochfisch. Frieda sah Freddy fragend an. Was das sein solle, wisse sie beim besten Willen nicht. Davon habe sie noch nie gehört. Dafür aber habe sie etwas wirklich Leckeres mitgebracht. Sie ging zum Tisch hinüber und packte eine herrliche belgische Schokotorte aus. Freddy setzte sich etwas auf.

»Das sieht ja toll aus«, bewunderte sie den vielversprechenden Anblick. »Aber mag ich Schokolade? Mach ich mir etwas aus Kuchen? Ich kann mich gar nicht erinnern.«

Sie blickte zu Frieda hinüber, die eben Kaffeetassen und Kuchenteller auf den Tisch stellte. Frieda hob überrascht den Kopf. Die beiden sahen sich einen Augenblick ernst an, dann brachen sie gemeinsam in schallendes Gelächter aus.

ENDE